講談社文庫

水鏡推理Ⅵ

クロノスタシス

松岡圭祐

講談社

contents

水鏡推理Ⅵ

クロノスタシス

本書は過労死について描いている　その意味で「人の死なないミステリ」ではない
劣悪な職場環境による過労死が根絶されるよう強く願う

1

向かいのデスクに、いるべき人がいないと意識するたび、葬儀への参列を思いだす。雨の降りしきる午後だった。灰いろの厚い雲が空を覆い、陽射しのいっさいを遮断していた。黄昏どきに似た暗がりばかりがひろがる。季節はまだ夏だったが、凍えそうなほど寒かった。

日野駅に近い古びた木造家屋、彼女の生まれ育った実家が、告別式の会場だった。時間を気にしたくない、彼女の両親や祖父母がそう望んだため、自宅葬になったときいた。玄関先にまで漂う香のにおいを、いまでもはっきりと覚えている。

享年二十八、秋山恵子の早すぎる死を弔う家族らは、意外なほど物静かだった。憔悴しきっていたのかもしれない。目もとが恵子によく似た母親は、沈痛な面持ちで終始うなだれていた。出棺のときも、喪服姿の遺族らは軒下に並び、ひたすら無言を貫いた。屋根瓦の凹みから、幾筋もの雨だれが滴り落ちる。白く染まった降水の向こう、霞（かすみ）がかったような遺族一同の姿があった。どの顔も生気を失い、疲弊のいろを濃くしていた。

秋山恵子が使っていたデスクに、献花はない。積みあげられた書籍や書類、筆記具もそのままになっていた。年を越し一月になっても、生前の私物が放置されている。やむをえないと同僚たちは考えているのだろう。

菊池（きくち）裕美（ひろみ）には納得がいかなかった。なぜ花を飾ることさえ許されないのか。考えるまでもない、職場を取りしきる彼の方針だった。彼は下で働く人間の心に理解をしめさない。恵子の葬儀にも結局、最後まで姿を見せなかった。後日に至っても、香典の支払いすら拒否したではないか。

裕美と恵子は同じ年に、国家公務員の一般職試験に合格、文部科学省の外局である文化庁勤務となった。中央合同庁舎第七号館、当世風のインテリジェントビルに隣接する、レトロな六階建て。旧文部省庁舎が現在の文化庁だった。

文化財部の美術学芸課、学芸研究室に配属になり、そこで初めて恵子と知り合いになった。色白で痩せていて、おとなしく清楚（せいそ）な印象の恵子は、いま思いかえしても口数が少なかった。葬儀のときの母親に面影が重なる。向かいの席どうしでも、当初はなかなか打ち解けなかった。

だがほどなく、文化財の発掘調査に関する業務で組んでから、頻繁に言葉を交わすようになった。国分寺のマンションに独り暮らししている裕美は、恵子と同じくJR中央線の四ツ谷駅乗り換えで通勤していた。よく一緒に帰った。裕美の部屋に恵子が泊まりにきたこともあった。気づけば文化庁に入って以来、最も親しい友人になっていた。

職場を眺め渡す。さほど広くない室内に、八つのデスクがひしめきあっている。二年先輩の係員、高田信弘が目の前を通りかかった。恵子のデスクを見下ろし、表面を手でさすった。

高田が周りにきいた。「秋山がいなくなってから、誰かこのデスク拭いたか?」

裕美の後輩、木下亮太が書類から顔をあげた。「主が不在とはいえ、女性のデスクに触れるのはどうも」

軽口が神経を逆なでする。裕美はいった。「わたしがときおり拭いてます。デスクの上にある物は、そのままにしてますけど」

高田は少しばかり気まずそうな顔でうなずいた。「そうか。道理で埃が少ないと思った」

無神経な発言だった。とはいえ高田も木下も、葬儀の後しばらくは落ちこんだ表情を見せていた。あれが彼らの偽らざる本心なのだろう。普遍的な日常が戻ったことを喜ぶべきかもしれない。

国家公務員の給料は、世間に知られるよりずっと安く、仕事は多忙を極める。総合職でない一般職の場合は、いっそう過酷といえた。出世も昇給も遅く、常に激務を余儀なくされる。

ただし文化庁は、ほかの省庁ほど厳しい労働環境にはない、長いこと裕美はそう感じていた。文科省のように国会対策に追われたりしない。総合職は一般職を見下さず、残業を強いることも稀だった。霞が関ではおそらく、最も平和な職場にちがいなかった。

ぎすぎすした空気が漂いだしたのは、文化庁の京都への移転が決まってからだった。

行政の首都一極集中を解消するためだとか、地方創生に資する目的だとか、さまざまな説明がなされた。だが職員にとっては、移転の理由などどうでもよかった。ただ混乱があるだけだった。職場が京都になる。東京住まいの者はどうなるのか。別の機関への異動が許されたとしても、後任への引き継ぎは疎かにできない。関係省庁との連携や政策調整も、以前のようにはいかなくなる。東京と京都、協議はいちいち日を改め、新幹線で移動するのか。行政機能の低下を招くのは必至だった。

日本の文化庁は予算を低く抑えられている。移転にともなう多様な問題を、すべて解決しうる経済力など持ちあわせていない。よってあらゆる手配は、文化庁職員のサービス残業に委ねられる。

裕美と恵子は揃って体調を崩した。ほかの職員も疲労のいろを濃くし、仕事の効率は目に見えて下がった。幹部が業績悪化の理由に気づき、善処してくれることを心から望んだ。しかし上層部は別の方法をとった。各部署の管理が手ぬるいと感じたらしく、室長や課長を総入れ替えした。

新たな室長は総合職の四十代、尾崎寛樹だった。彼がこの部署にきてからというもの、平穏だった職場の空気は一変し、ほかの省庁と同じく修羅場の様相を呈してきた。

連日の徹夜は当たり前になった。有休の申請は即却下される。尾崎はささいなミスすら許さない。独善的な態度ばかり強硬にしめす。がみがみと口うるさく、部下を追いこみ、みずからは失態の責任を回避しようとする。異議を申し立てることは許されない。いまこの瞬間、部署が静けさを保っているのは、尾崎が留守にしているからだった。

職員は毎朝、出勤簿に押印する。だが退庁時間は記録に残らない。タイムカードもICカードも未導入だった。人事院の規程により、すべての省庁がそうしている。定時退庁が進んでいると政府は公言する。しかしそれは事実ではない。

当時、秋山恵子の残業時間は月三百時間を超えていた。粛々と職務をこなすぶん、尾崎から責任を押し付けられることが多かった。裕美は恵子をできるだけ手伝おうとしたが、自分の仕事も抱えていて、思うように援助できない。恵子は、無理をしないで、そういって力なく笑った。虚ろな目をしていた。帰れないうえ、仮眠も二時間しかとれない日々が、七月以降もつづいた。

忘れもしない八月四日、木曜日の昼下がりだった。無断欠勤した恵子について、尾崎はさかんに悪態をついていた。裕美も恵子に電話やメールをいれたが、応答はなかった。やがて職場に連絡があった。耳を疑う事態だった。

秋山恵子は通勤の途中、四ツ谷駅のホームで昏倒し、病院に運ばれていた。意識は回復せず、そのまま息を引きとった。死因は虚血性心疾患。冠動脈の閉塞または狭窄により、心筋への血流が阻害され、心臓に障害が起きたという。ストレスが原因になることも多い、過労死の代表的な症状のひとつだった。

だが移転による混乱を極めているせいか、文化庁において彼女の死は、驚くほど取り沙汰されなかった。警察も病死と判断した。尾崎はいまもなお、この部署の室長としてのさばっている。職員の死などおかまいなしに、暴君は健在しつづける。

過労による死といえば、大手商社アルカルクの新入女子社員が、たった一年で自殺したと連日報道されている。騒動がきっかけになり、アルカルク社は午後十時に強制消灯、一斉退社を実施した。ところがじつは、みな仕事を家庭に持ち帰ったり、クライアントのオフィスで残業を続行したりで、いっこうに改善の兆しがないともいわれる。一日八時間、週四十時間の法定労働時間を超えるなら、企業は労働基準監督署へ36（サブロク）協定届の提出が必要だが、徹底されていないらしい。

民間にはブラック企業が数多（あまた）あり、徐々に実態が浮き彫りになってきている。しかし国家公務員の過労は、いまだ世間から充分に理解されていない。

高田の声が裕美の耳に届いた。「そういえば過労死バイオマーカー、あとは文科省の判断待ちだって？」

ふと裕美は注意を喚起された。過労死……。

「ええ」木下がいった。「僕もけさニュースで観（み）ました。研究公正推進室が問題なしと認めれば、実用化になるらしいですよ」

「測定のときいたな。厚労省の肝いりの研究だとか。実現しなきゃまた、税金の無駄遣いだって叩かれるだろな」

裕美は妙に思ってきいた。「なんの話ですか」

木下が裕美に向き直った。「去年の春ごろ、全員に測定があったでしょう。病院で健康診断のついでに。睡眠計ってやつも配られて、それつけて一週間寝ろって」

ああ。そういえばそんなことがあった。裕美はつぶやいた。「あのＰＤＧ値……でしたっけ。検査後に数値を知らされた……」

「それだよ」高田がうなずいた。「まだ文化庁が暇を持て余してたころの話だ。おかげで誰も重視しなかった。実際、このところ馬車馬みたいに働かされて、数値も大幅に変わってきてるだろうよ」

木下が控えめに笑った。「測り直したほうがいいかもしれませんね」

高田はため息をつき、無人と化した恵子のデスクを眺めた。「菊池も、秋山と数値を見せあってたよな」

そうだった。裕美は思いだした。厚労省から職員全員に届いた二つ折りのカード。開いてみると、それぞれのＰＤＧ値が記載してあった。裕美と恵子の数値は、大きくかけ離れていた。ただその数値がどんな症状をあらわすのか、まるで不明だった。目下研究中の科学技術について、全省庁の職員を対象としたデータ収集が目的であり、なんらかの症状を判断するものではない。たしかそんな但し書きがついていた。拍子抜けし、恵子と笑いあったのを覚えている。

とはいえ裕美は数字に強かった。ふたりの数値はいずれも記憶に刻みこまれている。たしか……。

裕美は高田にきいた。「その過労死バイオマーカーって研究、詳細を知る方法はないんでしょうか」

「『厚生労働』に載ってただろう。検査結果がでた直後だから、六月号だったか」

「そうなんですか。見落としてました」裕美はデスクの引き出しを開けた。

『厚生労働』は、厚労省の広報誌だった。各省庁の発行物が毎月送られてくる。いちおう一年間は保管しようと決めていたが、目を通しきれていなかった。

二つ折りのカードは、どこへしまいこんだのか見あたらない。しかし『厚生労働』六月号は発見できた。過労死バイオマーカーは巻頭記事だった。

厚労省と東京大学大学院医学系研究科の共同開発。同大学院の特任教授でもある菅野祐哉医学博士が、創始者兼開発者であり、現在もほぼひとりで研究をまかされている。

機能的磁気共鳴画像装置で検知される脳の活動パターンや、睡眠パターン、血液中のストレスホルモンの水準を測定し、方程式を経て統合的に数値化する。このＰＤＧ値により、過労死の危険度を表現できるとしている。高血圧や動脈硬化などの基礎疾患が悪化する兆候や、脳血管疾患や急性心不全の発生リスクも推し量れる。のみならず、血液に含まれるストレスホルモンのコルチゾール値から、自殺に至る無意識バイアスの有無も察知できるという。過労による病死と過労自殺、両方とも予期できるらしい。

これが本当なら、画期的な研究にちがいなかった。

精神疾患の病歴や、本人の感じるストレスだけでは、過労死のリスクを具体的にしめしにくい。うつ病との因果関係も明確でなかった。しかしＰＤＧ値が危険値であれば、過労死の危険ありと断定できる、そこまでの精度を持つらしい。

危険値の職員にはただちに休養をとらせ、場合により治療を施すことで、過労死は根絶できる。菅野博士はそう主張していた。肝心の危険値は、ＰＤＧ値が１５７・５以上。

裕美は息を呑んだ。はっきり記憶している。自分のＰＤＧ値は１２９・６だった。そして恵子のＰＤＧ値は、１６７・２。意味わかんないね、そういって笑いあったのを覚えている。

１６７・２ということは、恵子の数値は危険値に該当する。恵子はあの時点でもう……。

「あのう」裕美は震える自分の声をきいた。「ＰＤＧ値が１５７・５を超えていれば……。過労死と認定されるってことですか」

高田は裕美を見つめてきた。「過労死と認定？　おかしな言い方だな。死んだあとに測るわけじゃないんだよ。過労死のリスクを科学的に検出する方法だ」

「でも、もし過労死の疑いがある人が、生前に検査を受けてたら？　ＰＤＧ値が過労死と判断する決め手になりませんか」

高田が神妙な面持ちになり、木下に視線を向けた。木下も真顔で高田を見かえした。

小さくため息を漏らし、木下が裕美に告げてきた。「過労死バイオマーカーはですね、実用の一歩手前とはいいますけど、まだ研究段階です。公式に認められなきゃなんとも」

「でもな」高田が木下にいった。「菅野博士の論文は広く国内外の学界に認められてるし、ＰＤＧ値による判断は、大勢のデータを集計した結果だろ？　医療機関も納得済みだ。研究公正推進室なんて、研究倫理をたしかめる部署でしかない。チェックといっても形式だけだろう。もう実用化したも同然じゃないか」

「わかりませんよ」木下が微笑した。「研究公正推進室は、九割がた決まってたプロジェクトARTを白紙に戻させたじゃないですか。ほかにもたくさんの研究不正を暴いてます。馬鹿にはできません」

「ああ、たしかにな。末席にすぎない係員が、とんでもない直感を働かせて、捏造や不正を暴いたとか」

裕美はきいた。「よっぽど優秀な人なんでしょうか」

高田が首を横に振った。「その逆だよ。名もない私立大学出身の女性職員で、一般職だ。専門家が小難しく考えすぎて盲点になっているところを、むしろ単純なものの見方をするから、真実に気づけるとか」

木下が鼻を鳴らした。「わかりますね。科学の捏造というのはごくシンプルなようですから。顕微鏡写真を切り貼りしたり、使いまわしたり」

裕美はたずねた。「その末席係員の名前、ご存じですか」

高田が応じた。「変わった名だから、いちどきけば記憶に残る。水鏡瑞希だ」

いまは昼休みの時間だ、つかまるかもしれない。裕美は腰を浮かせた。

高田がきいた。「どこへ行く?」

「文科省へ行ってきます。研究公正推進室へ」

理由を口にせずとも、察してくれたらしい。それ以上の質問はなかった。ただ高田が憂鬱そうにこぼした。「現状はてんてこ舞いだ。昼食の時間も惜しんで働かなきゃならん。秋山ばかりか、きみまで失うわけにはいかないよ」

複雑な気分とともに、裕美は高田を見つめた。「戻ってきたらすぐ、倍以上働いて遅れを取り戻します。秋山さんのぶんも」

高田がまた恵子のデスクに目を向けた。「そこまで心配するな。人手が足りないのは、いまのうちだけだ」

冷たい言い草だった。たしかに省内人事は迅速におこなわれる。問題にひと区切りつけば、補充要員もやってくるだろう。

だが恵子のことを過去にしたくない。

裕美は黙って退室した。廊下を進むうち歩が速まる。過労死バイオマーカー。ひょっとしたら、埋もれた真実を掘り起こせるかもしれない。

2

文化庁に隣接する中央合同庁舎第七号館、それが文部科学省のビルだった。十五階から十八階が科学技術関連、十四階以下が教育関連と分かれている。

裕美は一階にある食堂へ向かった。昼休みだけに混雑している。だが彼女がどのあたりにいるか、研究公正推進室できかされていた。いつも食器の返却口近くに陣取るらしい。ひとりきりで日替わり定食を食べる、痩身の若い女性がいれば、水鏡瑞希にまちがいないという。

さがすまでもなかった。四人掛けのテーブルで周りといっさい会話せず、黙々と箸を進めるレディススーツが目についた。華奢(きゃしゃ)な身体つきで、長い髪に縁どられた小顔に、大きな瞳とすっきり通った鼻すじがそなわっている。

合い席していた職員たちが食事を終えたらしい。トレーを手に席を立った。ひとり残った瑞希の皿は、まだ竜田揚げとキャベツの千切りが食べかけだった。

裕美は歩み寄って声をかけた。「あのう。よろしいですか」

「どうぞ」瑞希は顔もあげずにいった。

向かいの椅子を引いて腰かける。裕美は瑞希を見つめた。

二十五歳ときいたが、こうして見ると国家公務員になりたての新人という印象だった。肌艶のよさは女子大生のようだ。

瑞希が視線をあげ見かえした。「並ばないとだめですよ」

「えっ」裕美はきいた。「なにがですか」

「食事。ここセルフサービスです。注文とりに来てくれるわけじゃないです」

「ああ、それは知ってます。この食堂もときどき利用しますから」

「そうなんですか？　失礼しました」瑞希は悪びれたようすもなくいった。「お客様でご存じないのかと」

「文化庁の職員なんです。菊池裕美といいます。文化財部の美術学芸課、学芸研究室です」

いきなり自己紹介を受けたからだろう、瑞希は面食らった顔になった。「初めまして。わたしは……」

「研究公正推進室の水鏡さんですよね？」

「ええ。そうですけど」

「こちらにおいでだとうかがったんです。じつは過労死バイオマーカーについてお話が」

「なんですって？」

「過労死バイオマーカーです」

瑞希は戸惑いのいろを浮かべた。「あのう。それはいったいどういう……」

「ご存じないですか。去年の『厚生労働』六月号に載ってます」

「広報誌……？　あまり読まないんです」

「でも省庁の全員が、ＰＤＧ値の検査を義務づけられましたよね？　去年の春ごろですけど」

「あー。なんか、健康診断のついでに、そんなものを受けさせられたような」

「まだお聞き及びでないだけかもしれません。研究公正推進室のほうで、過労死バイオマーカーが検証されるようです。水鏡さんは、不正や捏造を見破るのが得意だとか。その慧眼で、研究が本物であると立証できないでしょうか」

「本物であると立証……。捏造を暴くのではなくて、ちゃんとした研究だと証明してほしいとおっしゃるんですか」

「そうです。きっと正しい研究なんです」

瑞希は箸を置き、トレーを横に滑らせた。「すみません。なぜ文化庁にお勤めの菊池さんが、過労死バイオマーカーを重視なさってるんですか」

説明しようとして、裕美は思わず口ごもった。

同僚である秋山恵子の過労死を証明したい、そう望んでいるといえば、彼女の聡明な思考を鈍らすのではないか。私情をまじえず、客観的に是非を判断してもらわねばならない。それが彼女の務めだろう。

瑞希がなぜか戸惑い顔になった。「それと、ですね。わたし、ただの末席係員にすぎません。一般職ですし、ちゃんとした官僚に頼んだほうが」

実際には国家公務員イコール官僚なのだが、職場ルールで官僚といえばキャリアを指す。キャリア官僚の略語として官僚と呼んだりする。いっぽうで、技官以外のすべての職員は事務官なのだが、特に肩書きのないノンキャリ係員を事務官と呼ぶ習わしがある。総合職と一般職という露骨な差別を、表面上は伏せておくための隠語に近い。だが瑞希はみずからを一般職と明かした。

見栄っ張りでないところも信頼が置ける、そう感じながら裕美はいった。「わたしも一般職の係員ですよ」

「よくて総合職の助手を務めるぐらいなんです。それも雑用ばかりです。研究の詳細とかデータとか、難しいことはなにもわかりません」

「でも国が核融合技術開発の方針を転換したきっかけは、水鏡さんなんですよね？ほかにもご活躍だったとききました」

「どれも偶然みたいなものです。上の人たちが大げさにとらえただけで、わたしはなにも」

チャイムが鳴り響いた。文科省では学校と同じく、定時にチャイムが鳴る。周りのテーブルで、職員が続々と席を立つ。

裕美は焦りだした。尾崎が午後に戻るといっていた。彼は時間にやたら厳しい。つぶやきが漏れた。「もう戻らないと」

時間に追われていることを、瑞希も察してくれたらしい。穏やかに告げてきた。

「うちの部署で、すでに誰かが担当してるかもしれません。全力で取り組むよう伝えておきます」

「お願いします」裕美はすがるような思いとともにいった。「過労死バイオマーカーがしめす危険値の精度は、きわめて高いと思います。もし異論があった場合、正しい研究だと水鏡さんが証明してください」

おかしな頼みにきこえたにちがいない。実際、瑞希は途方に暮れた顔をしている。それでも、秋山恵子の名誉を守るためにたいせつなことだった。彼女の遺族に補償請求の権利が生じるかどうか、その瀬戸際でもある。

ただこの場で、確約めいたものを得られるはずもなかった。裕美は立ちあがり、深々と頭をさげると、逃げるように駆けだした。

奇異な行動は百も承知だった。でもいまは、ほかに頼れる存在がない。

3

瑞希は廊下を小走りに駆けていった。研究公正推進室のドアへ近づく。室内からざわめきはきこえない。やばい、また遅刻か。ノックをし、頭をさげながら入室した。

ほかの部署のように、デスクが島状に集積されてはいない。大学の大教室に似た雛壇に、無数のデスクが設置され、職員たちが黙々と仕事を進める。彼らの前方にはスクリーンが設置され、スパコンからのリアルタイム文字情報が投映されている。

瑞希は階段状の通路を、後方にある自分のデスクへと向かいだした。

そのとき、顔見知りの男性職員が声をかけてきた。「水鏡」

「あ、はい」

「さっき、文化庁から女の人がきてたぞ。菊池さんだったかな。食堂にいると教えたけど」

「あー、ええ。お会いしました」

立ちどまって会話したせいだろう、室長の目にとまったらしい。低い声がスピーカーを通じ室内に響いた。「水鏡」

思わずびくっとして、前方のスクリーンわきにあるデスクを眺める。中年男のいかめしい顔が、こちらに向けられていた。

肝を冷やしながら、瑞希は室長の石橋将吾（いしばししょうご）のもとへ急いだ。「はい……」

白髪のまじった頭に眉だけが異様に黒々と濃い、しかめっ面の四十代が、肘掛け椅子におさまっている。石橋が瑞希を見上げてきた。「昼休みはとっくに終わってると思うが、午後の紅茶でもたしなんでたか」

瑞希は苦笑した。「食器返却口が混みあって、行列になっていたので……。申しわけありません」

「チャイムが鳴る前に食事を終えるべきだ。小学校と同じだ」

突然の訪問を受けたからと弁明したくなる。しかし瑞希はなにもいわなかった。遅刻した事実は否定できない。

石橋のほうも、それ以上は苦言を呈さなかった。黙って雛壇に目を向ける。すると、ひとりの男性職員が立ちあがった。

三十歳前後、線が細く、どこか軽そうな印象を漂わせている。椅子にヘッドレストがついていた。一般職でなく総合職だとわかる。

部署内では何度か見かけたものの、言葉を交わす機会もなかった。瑞希は頭をさげた。男性のほうもおじぎをかえしてきた。

石橋が男性にいった。「須藤（すどう）。助手をつける。調査は水鏡と一緒におこなってくれ」

須藤と呼ばれた男が、ふたたび瑞希に会釈した。「須藤誠（まこと）。よろしく」

瑞希はあわてて応じた。「水鏡瑞希です。不束者（ふつつかもの）ですが、お見知りおきを」

声がうわずっていた。緊張のせいか、おかしな自己紹介を口にしてしまった。瑞希はきまりの悪さを感じた。

石橋はにこりともせずつぶやいた。「不束者なのはみんな知ってる。ただ前任の室長が水鏡を高く評価してたようだ。そこで末席の係員であっても、いちど責任ある仕事を与えてみることにした」

「恐縮です……」

「本題に入る。厚労省が研究を進める過労死バイオマーカーについて、急ぎ評価をしめさなきゃならん。三日以内に研究の是非を判断できるよう、内容を調査し、報告書をあげてほしい」

瑞希は驚いた。「過労死バイオマーカーですか」

「初耳とはいわんだろうな。うちの部署で働く以上、最先端科学には常に関心を持つべきだ」

「はい」瑞希は食堂できいた話をそのまま告げた。「省庁の全員がＰＤＧ値の検査を義務づけられた、あれですよね。去年の『厚生労働』六月号に載ってました」

ほう。石橋の顔つきが変わった。「知ってたか」

須藤が表情を和ませた。「よその広報誌までチェックしてるのか。偉いな。僕はまだぴんとこない」

石橋は須藤に咎めるような目を向けた。「軽口を叩ける立場じゃないだろう。水鏡を見習え」

真顔になった須藤が頭を垂れた。「深く反省しております」

瑞希は当惑をおぼえた。あまり期待をかけられるのも困る。

石橋がいった。「過労死と過労自殺の両方が予見できる、革新的な研究だな。従来は医師ごとに健康診断やカウンセリングの結果をまとめ、ストレスの蓄積ぐあいを推し量ってた。だが過労死バイオマーカーはすべてをＰＤＧ値に集約し、誰でも一見して危険を察知可能だ。労働者に休みをとらせる基準も明確にできる」

瑞希のなかに疑問が生じた。「有休が却下される理由づけに使われたりしませんか？　危険値でないから過労ではない、休ませないって」

須藤が微笑した。「だから正確かどうかが重要なんだろ。ひとりの例外もあってはならないってぐらいの、高い精度が要求されるってことだよ」

石橋はうなずいた。「厚労省では精度が実証されしだい、公的な基準として採用する方針のようだ。国会でも法案を提出する。過労死は社会問題だし、対処が急がれてる。うちに三日しか時間的猶予を与えなかったのも、早く実現したいからだろう」

瑞希はいった。「あー。もうすぐプレミアムフライデーが導入されるから、それに間に合わせようってことでしょうか」

だが石橋は眉をひそめた。「あれは残業時間の短縮が目的じゃない。早めに帰宅させ、個人消費を促進させるのが狙いだ。経済産業省の広報誌は読んでないのか？」

「すみません」瑞希はつぶやいた。本当は厚労省の広報誌も読んでいない。

須藤が石橋を見つめた。「月にいちど午後三時に帰れたところで、ほかの日の残業や休日出勤が増えるだけですね」

「まあな」石橋が同意をしめした。「そもそも日本の平均残業時間は韓国の倍、フランスの三倍だ。有給休暇の消化率も六割ていど。みな休みたがらない。実際、休むと周りに迷惑がかかるし、後で忙しくなるし、体裁も悪いという感覚が働くからな」

「僕は気にしませんが」

「少しは気にしろ。須藤の有休消化率はほかの先進国並みだ。百パーセントに近い」

「そうなるのが理想というお話かと思ってましたが」

「サボり癖のある職員が理想のはずがないだろう。問題視されてるのは、死ぬまで働きがちな日本人の気質だ。きみらは数少ない例外だな」

瑞希はふと気になった。ＰＤＧ値を通知された二つ折りのカードがあったはずだ。どこにしまっただろうか。数値を確認したい。そう思いながら瑞希はたずねた。「過労死バイオマーカーが公的基準になったとして、自分のＰＤＧ値が危険値だったら、すぐに休暇をもらえるんでしょうか」

石橋の眉間にいっそう皺（しわ）が寄った。「なにを嬉（うれ）しそうにいってる。うちの職員のＰＤＧ値なら、もう全員ぶん目を通した。危険値はひとりもいなかった」

駄目か。瑞希は軽い失望とともに苦笑いした。「検査は去年の春でしたけど、それ以降のほうが忙しかったと思います」

須藤も軽い口調で告げてきた。「健康診断と同じで、ＰＤＧ値の測定も年にいちどだろうね」

石橋は硬い顔でいった。「過労死について冗談めかすのは不謹慎だぞ」

たしかに笑ってはいられない。瑞希は表情がこわばるのを感じた。ふだん誰も口にしたがらないが、霞が関での病死や自殺は稀ではない。

定時退庁が進んでいるとマスコミは報じている。なのにどの省庁も、深夜に至っても明かりを点けっぱなしだ。終電後の深夜二時、独身寮行きのマイクロバスがでる。逃せばタクシーに乗らざるをえない。だが省庁ごとにタクシー券が異なるため、該当する会社のタクシーが来るまで、寒空の下で待たされる。その時間にも帰れなければ、職場に泊まりこみになる。

期限つきの仕事ばかりで、休日と睡眠時間を犠牲にするしかない。一日の残業時間が七時間以上、ひと月で二百時間以上。十一月と十二月は最繁忙期であり、三百時間を超えることもざらにある。頭脳明晰なはずのキャリア官僚に、書類仕事の誤字脱字が激増する時期でもあった。いま職場があるていど落ち着いているのは、その修羅場を乗り越え、わずかばかりの正月休みを経て持ちなおしたからだった。

若い職員には仕事が山ほどまわされる。理由をたずねると、年配なら死んでしまうから、そんな答えがかえってくる始末だった。

末席係員にも雑務が押しつけられる。分量はとてもひとりではこなしきれないほどだ。瑞希は昨年末、初めて心身ともに限界を感じた。肩が凝りやすくなり、背中や腰が痛くなった。寝つきも悪く、朝方に夢をよく見るし、目覚めてからも疲れがとれていない。頭がすっきりせず重い。立ちくらみも頻繁にある。冷え症もひどくなった。去年の春の時点で、それらの初期症状はあったと記憶している。ところがPDG値は危険値でないという。過労死バイオマーカーなる研究を否定してやりたい衝動に駆られる。

ふと菊池裕美のことが脳裏をよぎった。どういう事情か、彼女は過労死バイオマーカーの実用化を望んでいたようだ。それも、ずいぶん切実なようすだった。やはり偏重はよくない、瑞希はそう思い直した。調査は客観的に、公平におこなわれる必要がある。

本年度も官庁街に数名の死者がでている。例年のことなので、具体例はいちいち記憶に留めていない。しかし新聞記事を目にしたり、噂話をきいたりした。いずれも過労死の疑いがあると考えられるが、霞が関ではあえて誰もそのことを口にしない。地震国なのに地下鉄の通勤ラッシュは危険だと指摘するようなものだった。当たり前すぎて問題に挙げられない、いったところでどうにもならない。

ただしいまは、そこが核心のような気もする。瑞希はきいた。「最近お亡くなりになった職員は、去年春の時点でのPDG値、どうだったんでしょうか？」

石橋が唸(うな)った。「気になるところだが、プライバシーなのでこっちではわからん。研究者の菅野博士にきくしかないだろう」

須藤はスクリーンを見上げた。「実現度はどうですか。スパコンが分析してますよね」

プリントアウトした書類が、室長のデスクの上にあった。石橋はそれを取りあげていった。「ＳＯＴＡは過労死バイオマーカーについて、青の半円を表示している。科学的裏付けは充分らしく、実用化の確率も八十パーセント以上となってる。ただし今回の研究では、省庁職員らのデータ集計が優先したため、民間については業務別にもっと細かく調べるべきではとの指摘もある」

須藤がため息をついた。「少なくとも、僕らに関しては正確ってことでしょうか」

「そこも検証の対象だ」石橋は分厚いファイルを差しだした。「厚労省からまわってきた資料。菅野博士のもとへ行く前に予習しとけよ」

4

今年三十歳になる須藤誠は、ごくありきたりなサラリーマン家庭の次男坊として育った。

いわゆる〝お受験〟には失敗、公立小学校に通いだしたものの、奮闘して中学から私立の進学校に入学できた。高校にあがるころには成績もさらに上昇し、東大という選択肢が見えてきた。浪人せず一発合格し、両親を大喜びさせた。

東大は、一年と二年の一般教養課程において、学部が分かれていない。二年生の時点で、成績と本人の希望を考慮したうえで、三年生以降の所属学部が決まる。もっとも入学時に、おおまかな振り分けはさだまっている。文科一類の学生が法学部、文科二類なら経済学部、文科三類は教育学部か文学部。

須藤は文科二類で、経済学部に進んだ。法学部とちがい、民間企業へ就職する学生が大半を占めていた。官僚になるのはごく少数、一割ていどしかいない。

将来はあまり真剣に考えてはいなかった。だが友人の誘いで生真面目な自主ゼミに加わり、そこの影響を受け、官僚になるのも悪くないと考えるようになった。毎日のように法律や社会、人権について討論していれば、それ以外の情報が頭に入らなくて当然だった。学部の仲間がみな、高給を期待できる金融機関を志望するなか、須藤は国家公務員試験対策の予備校に通いだした。

総合職試験には、教養試験と専門試験、政策論文試験、そして人物試験の面接がある。私大の出身者とは異なり、東大生は教科に偏りなく学習してきている。そのおかげか須藤も、教養試験にさして苦労しなかった。公務員試験が東大生に有利という噂は本当だった。須藤は合格を果たした。

民間企業にくらべ、省庁の採用プロセスはごく短期間に実施される。三つの省庁をまわり、面接を受け、そのなかで志望を絞りこむ。須藤が文部科学省に決めたのは、外との関わりが少ない、閉じた組織だと感じたからだった。仲間内だけで人間関係を保てるのならストレスは少なそうだ、そう思った。

勤めだしてすぐ、考えが甘かったと悟った。総合職の七割が東大生だが、みな法学部の出身で、どこか近寄りがたいエリート臭を漂わせていた。組織も徹底した縦割り構造で、上の命令に黙って従うしかない。ほかの省庁との調整作業も案外多く、通達事項の文章を何百時間もかけ、繰りかえし修正する毎日だった。

若手は総合職と一般職の区別もなく、常に激務を強いられる。資料の発注と取りまとめ、会議の準備、国会業務。休む暇などあるはずもなかった。四十人いた同期のうち、六人がたちまち辞めた。彼らの憑き物が落ちたような、晴れ晴れとした顔を見れば、官僚という仕事がいかに割に合わないか、あらためて考えるまでもない。

かといって須藤には、転職する勇気がなかった。不利になることが多すぎる。地位、給料、退職金、年金、福利厚生。なまじエリート街道を歩んできただけに、リセットはきつい。この社会では、いちど勤めだしたらそこに骨を埋めざるをえない、そんな観念がスタンダードになっていないだろうか。

申し付けられた職務にはすなおに従事し、ほかには思考を働かせない、結局それが生き延びるすべだと思い知った。向かい風に抗って歩こうとすれば、疲弊するばかりでなく、たちまち身を削られてしまう。

いまも同じだった。須藤は水鏡瑞希とともに、資料室に籠もっていた。過労死に関する映像を観るという、なんとも気の滅いる時間を過ごしている。

映像は厚労省による制作で、石橋から渡されたファイルのなかにディスクが入っていた。須藤は画面を眺めてはいるものの、なるべく集中しないよう心がけていた。本気で理解を深めようとすれば、精神面にダメージを受ける。しんどそうな仕事の場合、状況に応じて適度に力を抜く。長く仕事をつづける秘訣だった。

ところが瑞希のほうは、椅子から身を乗りだして画面に見いっている。

須藤はきいた。「そんなに興味持てる?」

すると瑞希が片手をあげて制してきた。「いまいいところです」

野球中継の九回裏でも観ているような反応だった。実のところ、画面には死亡率のグラフが表示されているだけでしかない。

ナレーションが淡々と告げる。厚労省の統計によれば、過労による自殺および自殺未遂は、過去十年間で十倍に増加。昨年度も百八十七人が過労死に認定されている。従来は三十代から四十代のサラリーマンに多いとされたが、いまでは上下の年齢層に広がり、二十代の若者にもみられるようになった。大半は男性だが、女性の割合も増えてきている。

過労死という言葉の定義は、かつて曖昧だったものの、現在では厚労省による定義がある。過度な労働負担が誘因となって、高血圧や動脈硬化などの基礎疾患が悪化し、脳血管疾患や虚血性心疾患、急性心不全などを発症、永久的労働不能または死に至った状態。これに自殺も含むとしている。日本で多発した現象のため、欧米に当てはまる語句がなく、英語やフランス語でもカローシと呼ばれている。

死に至るメカニズムについても詳しく説明された。長時間労働により蓄積した疲労が血圧を上昇させ、血管にダメージを生じ、動脈硬化につながる。やがて脳出血や致命的な不整脈を起こし、血栓ができ、心筋梗塞や脳梗塞を引き起こす。

自殺の場合は、働き過ぎにより抑うつ状態やうつ病を発症、精神面のバランスを失い、希死念慮すなわち死への願望を抱きがちになる。残業時間の増加が睡眠不足へとつながることも、大きな要因だという。

スマホの着信音が鳴った。須藤は取りだして応じた。はい、須藤です。瑞希がモニターの音量を絞った。

きこえてきたのは同僚の声だった。「研究公正推進室に、株式会社ピップマウスってところから電話がありまして。いま保留中です」

須藤はきいた。「なんの会社ですか」

「超音波ネズミ避け器を製造販売してるそうです。先日、うちがその種のツールを非科学的と発表したでしょう。たしか担当は須藤さんでしたよね？」

上司に押しつけられ、なにも考えずにこなした仕事だった。須藤はうんざりしながらいった。「ええ。マスコミ向けの声明文は、僕が書きました。でも専門家の意見を踏まえ、部署の見解をまとめただけです」

「向こうは不本意みたいですよ。抗議も辞さないといってます」メモを読みます。ある民家での実験で、屋根裏にチーズを置いたところ、かじられていた。超音波機器を仕掛けたのちには、かじられなくなった」

「はあ。そうですか」

「同社では猫避けタイプの超音波器も扱ってるそうです。路地に面した飲食店の自動ドアが、野良猫のせいで頻繁に開いていたのが、超音波器のおかげで開かなくなった。どちらも住民や店主の証言、詳細に撮った写真などの証拠があるといってます」

「で、どうしろっていうんですか。文科省として声明を撤回しろって？」

「それだけじゃなくて、迷惑料代わりとして、文科省のお墨付きをもらいたいそうです。自分たちの超音波器に」

なんてずうずうしい。須藤はじれったさを募らせた。「専門家にきいたんですよ。ネズミはたしかに高い音を嫌うけど、その音は人の耳にも不快な音としてきこえるはずといわれました。百歩譲って、人間の可聴範囲外でネズミの嫌がる音程があったとしても、ほどなく慣れるらしいです。食べ物を奪おうってときには、音ぐらい辛抱するそうです」

「たしかですか」

「いや、たしかかどうかは……。ネズミにきいてみないことにはなんとも」

「先方は譲らない姿勢みたいです。なにしろ屋根裏に置いたチーズが……」

堂々めぐりだ。須藤は遮った。「もうききましたよ。こっちとしちゃ特にコメントはありません」

「訴えるとか息巻いてますけど」

須藤は困惑して口ごもった。反証のため、また何ヵ月もかけて検証し直すのか。すると瑞希が告げてきた。「声明文、書き換える必要なんてないですよ」

静寂のなか、スマホの通話がきこえていたらしい。須藤は瑞希にたずねた。「どうしてそういえる？」

瑞希はリモコンで映像を一時停止させた。「ネズミはチーズが好きじゃないです」

なんだ。須藤は落胆しながらいった。「それ、ネットでよく見かける噂話だけど、ガセだよな。食料貯蔵庫のチーズをネズミに食い荒らされたって事件が、ちゃんと歴史の記録に残ってる」

「ドブネズミだったからです。穀物などの植物性より動物性の食べ物を好み、チーズやバターを摂取します。でも外の低い場所に住んでるし、身体も大きいので、家のなかにはまず入りこめません。屋根裏にいたのならクマネズミかハツカネズミです。それらは植物性の食べ物が好きなので、チーズは食べません」

「実験は業者のいんちきだってのか?」

「自動ドアにしても最近は、検知エリア内での猫や犬の動作を想定したプログラムがなされてます。だから開きません。古い自動ドアなら例外もありえますけど、ふたつともマイノリティなケースだなんて、実験の信頼度としては低いです」

「あるいはでたらめかだな」

「たぶんそうでしょう」

「ネズミや猫に詳しいとは知らなかった」

瑞希はつぶやいた。「仮設住宅育ちなので」

沈黙が降りてきた。そうか、と須藤は応じるしかなかった。茶化すような内容ではない。

須藤はスマホにいった。「お待たせしてすみません。ネズミはですね……」

「きこえてました」同僚の声が応じた。「先方にそう伝えてみます。あとでまた連絡します」

通話が切れた。須藤はほっとしてスマホをしまいこんだ。

水鏡瑞希は、やはりただの一般職末席係員ではなかった。風変わりな知識を機転に役立てる。学力に乏しくても、噂どおりの頭の回転の速さだった。須藤のなかで複雑な思いが渦巻いた。仕事が楽になりそうだという喜び。総合職なのに能力が及ばないことへの劣等感。彼女と一緒にいれば学べるのではないかという期待感。それらがまざりあって胸のうちを疼かせる。

瑞希がきいた。「どうかしましたか」

「いや」須藤は澄ました顔をしてみせた。「つづけようか」

映像が動きだした。今度は過労死をめぐる年表が表示された。

一九九九年十一月、うつ病による過労自殺が労災認定の対象になると明確化された。二〇〇一年十二月には認定基準が改正。発症前六ヵ月間の疲労の蓄積など、労働時間の長さが具体的な数字で考慮されるようになった。過労死バイオマーカーが実用化されれば、PDG値が新たな基準となる、ナレーションがそう解説した。

これまで過労と死との因果関係の立証は、非常に困難だった。労災を請求後、認められる割合も五割弱に留まっている。よって、新たな科学的基準が求められている。過労死バイオマーカーはまさしくうってつけだった。

二〇一四年十一月には、過労死等防止対策推進法が施行された。国が実態調査をおこない、過労死に対し防止策を講じることになった。過労死バイオマーカーが導入されれば、PDG値の測定が、広く雇用者の義務となると予想される。

PDG値による診断は、当事者に自覚症状がない場合にも有効だった。たとえば過労が引き金になり、統合失調症を発症した場合、そのことに自身が気づきにくいとの報告がある。だが科学的な基準があれば、数値をしめして本人を説得できる。

画面のなかで精神科医が告げていた。本人が辛(つら)さを認識し、言葉にできることが、治癒への第一歩になります。

厚労省の制作した映像資料だけに、どうしても過労死バイオマーカーの宣伝めいてくる。しかし、必要とされているのはまぎれもない事実だろう。

須藤はいった。「労災認定をめぐる裁判がしょっちゅう起きてるけど、それも過労死の基準が曖昧なせいだよな」

瑞希がうなずいた。「さっき見た書類にも載ってました。労働基準法で、法定労働時間は週四十時間と決まってますよね。ブラック企業はそれ以上働かせてるくせに、早朝と深夜は実質的な労働じゃなかったとかいって認めたがらない」

「勤務中に死んだんじゃなく、激務から解放された数ヵ月後に死んだら、いっそう泥沼らしいな。雇い主は過労以外の死因を主張してくる」

「ＰＤＧ値基準なら、そんなこともなくなりますね」

そうだな。須藤はつぶやいた。やはりブラック企業以前に、まず省庁にこそ適用されてほしい。

スマホが鳴った。瑞希がまた画面を静止させた。須藤は電話に応答した。

同僚の声は弾んでいた。「さっきの件ですけどね、先方が抗議を取りやめましたよ。もういいですって電話が切れました」

須藤は苦笑せざるをえなかった。「わかりました、どうも」

瑞希がにんまりと笑った。「図星だったみたいですね」

スマホをポケットにおさめ、須藤は瑞希を見つめた。「きみはこの仕事、嫌にならない？　安月給でこきつかいやがってとか思わないか」

「思いますよ。でも」瑞希はモニターに向き直り、リモコンを操作した。「必要とされてないよりずっといいし」

須藤は瑞希の横顔を眺めた。末席係員とは思えない頼りがいを感じる。自嘲ぎみに笑った。やはり彼女に学ぶべきかもしれない。

5

瑞希は須藤とともに、文京区本郷にある国立医学研究所へ向かった。大学病院に隣接するガラス張りの真新しいビル、その七階に過労死バイオマーカー研究室はあった。

エグゼクティヴデスクを中心に、雑然と書類に埋もれた室内は、大学の教授室を思わせる。観葉植物の鉢植えにもファイルが積んであった。バザーのジャンク品在庫のごとく、使いこまれた機材が所狭しと置いてある。いくつかは瑞希にも馴染(なじ)みがあった。クロマトグラフィやバイオセンサー、電磁波スペクトルを解析する分光機器。

室内には菅野祐哉博士ひとりだけがいた。年齢は五十前後、痩せ細った身体つき、髪を几帳面(きちょうめん)に七三に分け、神経質そうな面立ちの白衣姿。過労死バイオマーカーの研究者として、瑞希が思い描いたとおりの人物がそこにいた。いかにも堅物の科学者らしい。

菅野はぼそぼそと喋った。「被験者には睡眠計をお持ち帰りいただき、眠りのパターンを一週間にわたり計測します。これにｆＭＲＩの測定結果と、コルチゾール値を合わせるほか、職種別のストレス割合を加算してＰＤＧ値を算出します。おふたりも省庁勤務ですから、去年ご協力いただいたと思いますが」

須藤がうなずいた。「はい。睡眠計って、腕につけるやつですよね？　一週間、就寝時につけっぱなしでした。病院のほうで健康診断のついでに、検査を義務付けられたんです」

「どなたもそうでしたよ」菅野は無表情のまま、落ち着いた声を響かせた。「ここでは計測をおこないません。データの取り方は完全にマニュアル化されてますから、どの医療機関でも正確に測定されたはずです」

瑞希は菅野を見つめた。「わたしたちのＰＤＧ値ですけど、どうだったでしょうか」

菅野がデスクにつき、パソコンを操作した。「さっきお名前をうかがって、検索をおこないました。これです」

モニターが瑞希たちに向けられた。検索結果が二件、須藤誠と水鏡瑞希の顔写真と名が表示されている。ＰＤＧ値は須藤が１０５・６、瑞希が１１２・１だった。

須藤は画面を眺めながらつぶやいた。「危険値というのは……」

菅野が応じた。「157・5以上。測定後、一年で30を超えて上昇することは、通常考えられません」

思わずため息が漏れる。瑞希はいった。「全然だいじょうぶですね」

すると須藤も苦笑を浮かべた。「長期休暇は夢のまた夢か。菅野先生、危険値に0・1届かなければ休ませてもらえないんでしょうか」

「いえ」菅野は控えめな口調のままだった。「マイナス0・5までを誤差の範囲に含めます。国内外の研究機関からも賛同をいただいております」

「ということは、157・0から157・4のあいだなら……」

「再測定すべきでしょう。その結果、同等かより深刻な数値がでれば、リスクありと判断します」

瑞希は菅野にたずねた。「PDG値、また測ってもらうわけにいかないでしょうか」

「お望みなら、前回も協力してくれた病院のひとつに伝えておきますよ。血液の採取のほか、睡眠計での計測が一週間必要ですが」

研究についての調査期限は三日だった。瑞希は笑ってみせた。「それはまたじっくり受けるとして、いまは研究の是非について、報告書を作成する立場でして」

菅野は冷静に応じてきた。「理論はすべて論文に書いてありますから、そちらをご覧ください。全省庁職員から収集したデータについても、一覧をお渡しします」

「ありがとうございます」瑞希は気になったことを口にした。「あのう、去年の春以降に亡くなったかたについても、PDG値をお教え願えるんでしょうか」

「むろんです」菅野が深刻な面持ちになった。「官報の人事異動欄を眺めると、ときおり官吏死亡という表記を目にします。敬称も、お悔やみの言葉もなく、ただ日付のほか死亡と記載があるだけです。総合職と一般職を合わせ、この九ヵ月間に三人の省庁勤務職員が亡くなってます」

菅野がキーボードを操作した。画面に三人の顔写真と名が連なる。勤める省庁と部署が併記されている。当然ながら、瑞希の知り合いはひとりもいない。だが画面を眺めるうち、鳥肌が立ってきた。

瑞希はつぶやいた。「PDG値、三人とも危険値ですね」

須藤が身を乗りだした。「ほんとだ。160台がふたり、190台がひとり」

菅野は神妙にうなずいた。「そのとおりです。過労死の疑いが濃厚です。それぞれ本人に通達すべく、部署へ連絡しましたが、どこも同じ反応でした。研究段階にすぎないものを基準に休ませるわけにはいかないと」

瑞希は衝撃を受けた。「上司たちがそう返事したんですか」

須藤がいった。「ありうるよ。もともと過労が発生してたんだから、そこには上司の無理解があったんだと思う。進言したところで、ブラック企業の経営者さながらに突っぱねるだろう」

三人のなかのひとりは財務省主計局の主査だった。髪を短く刈りあげた細面の写真。瑞希にとって面識はなく、吉岡健弥という名も初めて目にする。だが匿名での報道を新聞記事で読んだばかりだった。

瑞希は画面を指さした。「この人ってつい最近、自殺したんですよね。まだ若かったって」

須藤が唸った。「文科省とは道を一本はさんで、すぐ隣りだ。なのに詳細は、ほとんどきこえてこないな」

「距離的にも近いし、このケースから調べてみるのも悪くないかも」

「まて。亡くなった人の事情を個別に調査する気か?」

「PDG値が測定されてるんだし、過労死かどうか判明すれば、危険値の精度検証にひと役買うんじゃないかと……」

「水鏡。僕たちは過労死バイオマーカーの科学的是非を判断しようってんだよ。故人が過労だったかどうか実地調査するなんて」

菅野が真顔でいった。「有効かもしれません。過労死バイオマーカーの危険値は、理論とデータ集計に基づいて弾きだされたものです。それらは資料が揃ってますから、いくらでも検証できるでしょう。問題は実例です。ひとりの例外もあってはならないのですから、亡くなった三人について調査していただくのも理にかなってます。私も実態を知りたいですし」

須藤は頭をかきながら画面を眺めた。「吉岡健弥さんについて、ほかにわかることはありますか」

菅野がまたキーを叩く。画面が切り替わった。プロフィールと検査結果の詳細が表示される。吉岡健弥。一九八一年七月十八日生まれ、東京大学法学部出身。財務省勤務。ＰＤＧ値、１６１・４。ほかに血圧、視力、聴力、コルチゾール値などの数字が並ぶ。

須藤がいった。「三十五歳で主査ってことは総合職だな。一般職ならもっと年齢が高い」

菅野はため息まじりに告げてきた。「決して楽な生き方ではありません。主査は主計官の補佐ですが、在職中または退職や異動直後に亡くなった人が多いんです。年配者なら死んでしまうといわれるほどの仕事量です。財務省が大蔵省だったころから、年にひとりは自殺者がでるといわれてきました」

よく耳にする話だと瑞希は思った。ふだんから徹夜の連続、とりわけ予算編成期になると、想像を絶する激務に追われるらしい。各省庁からの要求額を削減する役割のため、恨みも買いやすいときく。

画面を眺めるうち、身長と体重の数値が目にとまった。153センチ、41キロ。瑞希はつぶやいた。「顔写真からはわからなかったけど、かなり小柄ですね」

菅野がうなずいた。「痩せすぎですし、拒食症だった疑いもあります。主査は各省庁の担当者と張りあわねばなりません。たいてい総務課の課長クラスが相手です。ほとんどが年上でしょうし、身体も彼より大きかったでしょう。いかにストレスが溜まっていたか想像がつきます」

須藤は菅野にきいた。「ストレスが原因の自殺だったとしても、仕事以外の理由だったとは考えられませんか」

「まさしくその点をはっきりさせることが、過労死バイオマーカーの研究課題のひとつです。しかし、家族構成と自殺リスクを結ぶPDG値は、過労死の危険値とはまたちがってきます」

「そうなんですか」須藤がきいた。

「ええ。たとえば妻との同居がない男性は、妻と暮らす男性にくらべ二倍の自殺リスクがあり、無職の場合はさらに二倍となりますが、無職独身男性の自殺においてPDG値は288・3以上が危険値です。過労死の危険値とは大きくボーダーが異なります。理論もデータも揃っていますので、詳細に検証してみてください」

菅野がデスクを離れ、本棚をあさりだした。分厚いファイルを三冊引き抜き、須藤の前に積みあげた。須藤は顔をひきつらせながら、ありがとうございます、そうつぶやいた。

瑞希は研究自体を疑ってはいなかった。すでに国際学会の反応を調べ、省内の専門家の意見もきいたが、理論としては非の打ちどころがないようだった。問われるのは精度と、それに基づく実用度だ。まさかとは思うが、数値に誤りがあってはならない。

「あのう」瑞希は菅野にいった。「疑ってるわけじゃないんですけど、吉岡健弥さんのPDG値が測定時、この画面のとおりだったという裏付けはありませんか」

須藤があわてたように制してきた。「おい。失礼だろ」

菅野は表情を変えず告げてきた。「いえ、いいんですよ。細部まで検証がなされるべきだと思います。データ収集ですが、省庁ごとに検査を受けた医療機関が異なるので、そちらにきいてみてはどうでしょう」

画面には、吉岡健弥のPDG値を測定した病院と、担当者の名が表示されていた。

愛真会病院精神科、医師・佐久間竜平。

須藤がうなずいた。「恐縮です。では、この病院をあたってもよろしいでしょうか」

「どうぞ」菅野はふたたびデスクにおさまり、居ずまいを正した。「この調査が、過労死バイオマーカーの実用化につながることを、心から祈ってます」

瑞希は菅野の冷静な面持ちを眺めていた。いちども笑っていない。実直さのあらわれだと受けとっていいのだろうか。

6

午後三時半になった。赤坂二丁目の愛真会病院も、外来診療時間が終わったらしい。瑞希は須藤とともに応接室へ通された。

精神科の医長でもある佐久間竜平が、ファイルを抱えて入室してきた。冗談めかした言動を好む初老だった。眼鏡の奥でぎょろ目を剝いている。おまたせしましたね、佐久間はそういって、ファイルのなかから一枚の書類を取りだした。ええと、これが吉岡健弥さんのＰＤＧ値測定記録。

瑞希はソファから身を乗りだし、書面を眺めた。ＰＤＧ値、161・4。菅野のもとにあった記録と同じだった。

須藤がスマホを取りだし、電卓機能に切り替えた。「ちょっと失礼します」

書類に記載された検査項目の数値をもとに、論文の方程式に従い、ＰＤＧ値の算出にかかっている。最終的に弾きだされたＰＤＧ値は、やはり161・4だった。計算にも誤りはない。

須藤はため息をついた。「間違いありませんね。PDG値の危険値にあたります」

「そうなのかね？」佐久間はどこかおどけたような口調で応じた。「私は、過労死バイオマーカーのことはよく知らない。そのPDG値というのも、菅野博士の研究だし、私としては厚労省のお達しに従っただけだ。マニュアルの規定どおり、睡眠計や血液成分を検査してね」

須藤が論文の書面を佐久間に見せた。「算出方法、これで合ってますよね」

「合ってる。というより、私も同じ論文を参照した。省庁職員の測定を担当したすべての医療関係者が、しっかり指示どおりにやってる。仕事だからしようがない。国レベルのデータ収集とあっては、ただいわれたとおりこなすだけだ」

瑞希はきいた。「吉岡健弥さんのことを覚えておられますか」

「ああ」佐久間はうなずいた。「財務省の人たちのなかで、ひとりだけチビだったせいか、印象に残ってる。でも明るい人でね。ムードメーカーというのかな。いつも冗談をいって看護師を笑わせてた。いや、あれはただ女好きなだけかな」

「……明るい人だったんですか？」

「そうだね。あんなひょうきんな若者は、最近めずらしい」

須藤が妙な顔になった。「過労のストレスでナチュラルハイになってたとか……」

佐久間は笑いながら首を横に振った。「ないない。ありえんよ。私の見るかぎり、彼は正常だったと思うね。一緒にきてた同僚ともウマが合ってたようだったし、絶えず笑顔だった。ネクタイのいろも、省庁勤務のわりにはちょっと派手めでね。感じのいい人だったよ」

「じゃあなんで自殺したんでしょう」

「皆目見当もつかんね」

瑞希は戸惑いを深めた。「でも先生は、そのう、精神科医なんですよね？」

「そうだよ？」佐久間は目を剝いて瑞希を見つめ、それからまた笑った。「ＰＤＧ値の測定は、健康診断のついでにおこなっただけだ。私は彼のカウンセリングもおこなったけど、夜もぐっすり眠れてるみたいだし、身体の不調も訴えてなかったから、なんの精神疾患も抱えてないと判断した」

須藤は検査結果を指ししめした。「これらの検査項目、すべて佐久間先生がお調べになったんでしょうか」

「いや。血液の採取は内科の看護師だし、その成分も臨床医学センターにサンプルを送って分析してもらってる。どこの病院でも、そうだったと思うよ。私はこの病院で、ＰＤＧ値検査の責任者に任命されてたから、全体を取り仕切ったのはたしかだが」

「数値に誤りはないんですね？」

「ない。血液にしても内科の医長はじめ、複数の目によるチェックがある。ほかの生体データと矛盾があればすぐ気づくし、問診との比較もある。いまは医療機器のコンピュータに記録も残るし、正確を期してる」

「でも過労死バイオマーカーの危険値だったんですけど」

「だから、それはわからんといってるだろう。菅野博士は著名な人だし、論文にも矛盾はないから、理論上は正しいと私も認めてる。でもＰＤＧ値のなかで、一定の数値以上が過労にあたるってのは、収集したデータによるいわば統計なわけだ。まだ精度が充分でない可能性があるな」

須藤がきいた。「佐久間先生は、吉岡さんの自殺の原因が過労でないとお考えですか」

「彼は患者でないし、私も相談を受け診療したわけじゃないから、断言はできん。でもにわかには信じがたいね。とはいえ検査は去年の春で、彼が自殺したのは十一月だったな。そのあいだに潜伏していたストレスが表出したのかもしれん。十一月といえば、財務省は多忙の極みだろうから」

瑞希は素朴な疑問を感じ、佐久間にたずねた。「先生は、過労の患者さんを診たことがあるんですか」

「当たり前だろう」佐久間の顔にはまだ笑いが留まっていた。「なかなか失礼な質問をするね、きみは」

「すみません……」

「いや。美人はなにをいっても許される。可愛いは正義だな」佐久間が笑い声をあげた。

須藤がつきあいの笑いを浮かべた。瑞希は当惑するしかなかった。

佐久間のぎょろ目が瑞希を見つめてきた。「この立地だから、精神科の患者は公務員やビジネスマンばかりだ。精神疾患を生じた理由の最多が働きすぎだ」

「重症か軽症かも、先生はひと目でわかるんでしょうか」

「診療すればね。自殺を望むほどひどい症状かどうか、医師ならあるていど判断がつく」

「そうなんですか」

「ああ。多くの自殺志願者は、自分に自殺の危険があることを否定する。それも無意識のうちにね。重度の統合失調症の場合、妄想を伴い現実逃避する。だが本人がどうあろうと、医師の目からすればあきらかだよ」

「すると過労のダメージは、自分で気づきにくいものなんでしょうか」

「上司から休んでいいと許可を受けた瞬間、緊張の糸がぷつりと切れ、涙がとまらなくなる。それでようやく過労を実感する、そんな人も多いな」

瑞希は思わず唸った。「経験豊かな佐久間先生が、吉岡さんは過労自殺ではなかったとおっしゃるんですね」

「そう安易に結論付けようとしないでくれるか。過労死バイオマーカーはまだ研究中だし、精度を高める余地がある、それだけのことだろう。ただ、菅野博士には頑張ってもらいたいね。苦労人だから」

須藤がきいた。「お知り合いなんですか」

佐久間は真顔になった。「面識はなくても、彼が閉塞性血栓血管炎の奥さんのために、医師として地位向上を望んできたことは知ってる。私たちにとっては有名な話だ」

瑞希は佐久間を見つめた。「それはどういう……」

「英語ではバージャー病、ドイツ語ではビュルガー病といってね。脚の末梢(まっしょう)動脈の内膜に炎症が起き、動脈の閉塞につながり血流障害が生じる。アジアには多いが、女性の患者は稀だ。原因はよくわかってない」

「医師としての地位向上というのは？」

「バージャー病は特定疾患であり、医療費は公費負担助成の対象なんだが、なにしろ原因不明の難病なので治療が難しい。金があればどうにかなるという問題でもないんだ。あらゆる方面の専門機関に研究を進めるよう依頼したり、その成果を情報提供してもらったり、効果的な治療法を優先して開発してもらうためには、医学界で力を持たなきゃならない。どの世界でも人を動かすのは大変なことだ」

「過労死バイオマーカーが認められれば、菅野博士は業界に影響力を持ち、奥さんの難病を治せるってことですか」

「そう簡単じゃない。同じ医学であっても分野がまるでちがうから、垣根を越えて働きかけるのも困難だ。それでも医学界というのはひとつの閉じた世界だし、あまり詳しくいえないけど、内情は持ちつ持たれつだったりする」

「へえ……」

「どこかの富豪が札束を積んで新薬の開発を頼んだところで、詐欺師の餌食になるのがおちだ。ただし医学界で確固たる地位を築いている人物となれば、ギブ・アンド・テイクが成立する。確実ではないけど、少なくとも治療法の開発を促す具体的な働きかけが可能になるんだよ」

「じゃあ菅野博士にとっては、過労死の撲滅よりも、奥さんを救うほうがモチベーションになってるわけですか」

「勘違いしないでほしいが、医者といえど、職務と人生の目的がかならずしも一致してるわけじゃないんだ。きみらも同じだろ？　社会貢献のために働いていても、仕事だけが自分の幸せじゃない。菅野博士も同じだ。彼は立派な人物だから、公私混同はしない。奥さんのことが第一だろうが、研究所ではやはり過労死の根絶を願い、労を惜しまず働いてるはずだ」

「そうですね」瑞希はつぶやいた。「たしかに……」

「ともかく、菅野博士の目的は医学界での地位を高めることにある。ただし安易に名誉を手にいれようとしてるわけではない。たしかな研究でなければ認められないんだから、彼も誤りがないよう徹底するだろう。まして、きみら研究公正推進室が疑いの目を向けがちな、捏造研究などあろうはずがない」

須藤が苦笑いを浮かべた。「そんなこと考えてもいませんよ」

「そうか」佐久間はまた笑顔になった。「ならいい」

瑞希は首を傾(かし)げてみせた。「先生は、菅野博士の研究が正しいとお思いなんですよね？」

「もちろんだ。私だけじゃなく、論文を読んだ世界じゅうの専門家が同意見だ」

「でも吉岡さんの自殺は、過労が原因でないとおっしゃるんですよね……？」

「繰りかえしになるが、過労死バイオマーカーは研究段階なんだから、これから精度を高めていけばいいだろう。実際、吉岡さんについては、危険値だったなんてまるで信じがたい。それだけだ」

瑞希は須藤と顔を見合わせた。須藤は困惑のいろを浮かべている。同じ気分だと瑞希は思った。

吉岡とはどんな男だったのだろう。彼の職場を訪ねるよりほかになさそうだった。

佐久間が目を剝いて見つめてきた。「話はもういいかね？　結構。文科省のほうも、幹部の天下り斡旋問題でてんてこ舞いだろ？　同情するよ。どこの組織にもあることだからね」

反応に困る物言いばかりだった。立場上、苦笑することさえ難しく思える。お邪魔しました、そう告げて瑞希は須藤とともに立ちあがった。

本音をぶつけて患者の心を開くのが精神科医なのだろう。いまのところ必要としていない、瑞希はそう感じた。頼りたくなる日もきてほしくない。

7

一月も半ばになったいま、ほんのわずかずつ日没が遅くなっている気がする。午後四時半、空はまだほのかに明るい。

中央合同庁舎第七号館と道路を挟んだ向かいに、横方向に延々と広がる古風な五階建ての鉄筋コンクリートがある。戦前に建った官庁としては、これといった装飾もなく、面白みに欠ける外観といえた。しかし正面玄関のみは例外で、威風堂々たる石造りの三連アーチが出迎える。

瑞希は須藤とともに、財務省のなかへと歩を進めた。石橋室長により先方の了解を得てある。訪問の目的は、研究公正推進室による科学技術調査。主計局に通されるのに支障はなかった。

ただ主計局は担当する省庁ごとに、部署が細かく分かれていた。吉岡健弥は、厚生労働第七係の所属だった。厚生労働担当主計官の下に、五人の主査がいる。職場は六つのデスクが並ぶだけの、狭く簡素な部屋だった。

デスクのひとつは空席になっていた。百合の花が飾られ、フォトフレームがふたつ供えられている。恋人らしき若い女性の写真だった。ほかにノートが一冊置いてある。吉岡と、吉岡の死から一ヵ月半。まだ補充要員は来ていないらしい。

部署の雰囲気はどこか冷やかだった。瑞希と須藤が入室しても、主査たちは立ちあがろうともしなかった。黙々と書類仕事を進めている。自己紹介をする素振りもない。

もっとも瑞希は、この部署を訪ねる前に、顔写真つきの職員名簿に目を通してきた。五人の主査は把握できている。

案内してくれた若い女性の主査、八重順子だけは礼儀をしめしていた。吉岡のデスクのわきに立ち、静かに当時の状況を説明した。「朝の十時半ぐらいでした。突然電話が入って、吉岡が亡くなったと知らされましてね。数日後には自殺と断定されたとききました。そのように報道もされました。小さな新聞記事でしたけど」

須藤がいった。「『週刊現在』に、自殺の理由は過労とはっきり書かれたことがありましたよね。実名は伏せてありましたけど」

「わたしにはなんとも……。実際のところは、よくわかっていないようです」

瑞希は須藤に目を向けた。須藤もじれったそうな顔で瑞希を見かえした。

不明のままでは済ませられない。瑞希は順子を見つめた。「過労じゃないんでしょうか」

順子が困惑ぎみに微笑した。「それはちょっと……」

すると吉岡の二年先輩にあたる主査、芦道柊太が顔をあげた。「ありえませんよ。吉岡は結婚間近でね。幸せの絶頂でした」

結婚。瑞希はデスクのフォトフレームを眺めた。「お相手はこの人でしょうか」

「そうです」芦道が応じた。「松浦菜々美さんといって、彼の婚約者です」

夕暮れの空の下、ロングのストレートヘアの女性が写っていた。水いろの半袖ニットカーディガンを着ている。撮影は夏場らしい。フラッシュ撮影で顔は鮮明にとらえられている。メイクは薄く、モデル並みとまではいかないが、端整な顔だちだった。年齢は二十代半ばから後半ぐらいか。撮影は吉岡だろう、レンズを見つめる菜々美のまなざしは穏やかで、どこか照れたような笑みが浮かんでいる。背景はぼやけているものの、離陸していく旅客機が見える。空港の展望台あたりで撮ったのだろうか。

芦道がいった。「スマホで撮った菜々美さんとのツーショットも、吉岡はさかんに見せびらかしてました。あんなに有頂天になった職員は、霞が関ではほかに見かけませんよ」

デスクについた一同は、みな感慨深げな微笑を浮かべた。

須藤がきいた。「それはいつごろの話ですか」

最も若い二十代の主査、田丸票輔(たまるひょうすけ)が口を開いた。「せいぜい九月ぐらいまででしたけどね。なかなか暇がなくて、入籍する日が延びていき、焦ってたみたいです」

「そのころから十一月までは……？」

「いろいろありましたよ」田丸はため息をつき、ファイルに手を伸ばした。「うちはとにかく忙しいんで」

順子が須藤にいった。「ここでは社会保障費に関する一般会計予算や、複数の特別会計予算を分担して担当しています。吉岡が担当する予算の規模は総額八兆円でした。一般会計予算の二兆円のほか、雇用対策の六兆円です」

須藤は感心したようにつぶやいた。「ひとりで八兆円も動かしてたんですか。すごいですね」

「夏ごろから予算編成の準備に入り、九月以降は厚労省の担当部署へヒアリングに行きます。主査は省庁の要求額に難癖をつけて、なにかと減額を図ろうとすると思われがちですが……」

「ちがうんですか」

順子はむっとした。「巨額の財政赤字を抱えている以上、どんな要求にも気前よく応じられるわけではありません。でも国のため最善を尽くそうと思ってます。だから厚労省と足並みをそろえ、施策や制度をひとつずつ構築していくんです」

「金だけじゃなく口もだすということですよね」

「なにがおっしゃりたいんですか」

「いえ」須藤は咳ばらいをした。「失礼な言い方をしてすみません。でも厚労省側にしてみれば、そんなふうに思えるんじゃないかと。ようするに、主査は恨みを買いやすいのでは？」

これまで黙っていた、端の席にいたベテラン風の主査、竹葉陽介がいった。「そりゃそうですよ。向こうの担当者は予算獲得の責任を負ってますからね。新たな施策に予算がつかなきゃポシャるしかないし、いままでの予算が減額あるいは打ち切りになったら、上司に顔向けもできんでしょう。だから僕らを説得し懐柔しようと必死です。それでもこっちは断るんで、気づけばネットに名指しで悪口が書き連ねてあったりします」

須藤が苦笑した。「子供みたいな仕返しですね」

「そんなもんです。僕らとしちゃ、きちんとプランが定まってる施策じゃなきゃ予算を与えられないし、それも適正な額じゃなきゃ駄目ってだけのことです。研究公正推進室さんも、研究予算について同様の評価をするでしょう?」

瑞希はたずねた。「厚労省の過労死バイオマーカー研究の予算も、みなさんが承認なさってるんでしょうか」

主査たちは一様に首を横に振った。順子が瑞希に告げてきた。「労働環境対策の担当なら、三つ隣りの部屋です」

「吉岡さんはそちらに知り合いがいたでしょうか」

「さあ。たぶんいなかったと思います。ほかの主計官の下で働く主査と、仲を深められる機会はあまりありません。なにしろ手一杯だし、ここと厚労省の担当部署を往復するばかりです」

省庁の関係とは複雑きわまりない、瑞希はそう思った。過労死バイオマーカーの研究は厚労省。過労自殺を疑われる吉岡健弥は、財務省の主査だったが、厚労省の別部署の予算を決めていた。

「あのう」瑞希はおずおずときいた。「わたしたち研究公正推進室では、過労死バイオマーカーを検証してるんですけど……。うちの部署が承認したら、研究は実用化になる見こみらしいです。ってことは、財務省と厚労省との予算の駆け引きは、特になくてもいいってことでしょうか」

須藤が瑞希を見つめてきた。「水鏡。そんな話は僕らの問題だろ。ここの人にきいても迷惑だろうよ」

「だけど気になって。須藤さんはそこんとこ、ご存じですか」

「いや……。僕もあまりよくはわかってないけど。上のほうで話し合いがついてるんじゃないか」

順子が少しばかりじれったそうにいった。「急を要する予算要求の場合は、主計官が厚労省の局長クラスと協議し、承認する条件を事前に明確化してると思います。おそらく研究公正推進室に認められることが、その条件だったんでしょう」

「あー」瑞希は思わず笑顔になった。「なるほど。それなら納得いきますね」

須藤が告げてきた。「だろ？　僕がいったことで、ほぼ合ってたじゃないか」

瑞希は須藤と笑いあった。総合職のわりに肩の力が抜けているが、頼りないとは感じなかった。むしろ親しみやすい存在に思えてくる。須藤のほうも、瑞希の前では肩肘を張らずに済んでいるらしい。

順子はあきれたようすで、彼女のデスクへ向かいだした。「三つ隣りの部屋できいたらどうですか」

「あ」瑞希はあわてて呼びとめた。「まってください。もうひとつだけ。さっき吉岡さんが有頂天だったのは、九月ぐらいまでだったとおっしゃいましたけど……」

竹葉が瑞希を見つめてきた。「予算ヒアリングで大忙しで、私生活にかまけてる暇がないんです」

「でも、その後たった二ヵ月で、どうしてみずから命を絶つことになったんでしょうか」

室内がしんと静まりかえった。誰もが手もとに目を落としている。

順子はまだ着席してはいなかった。深刻な面持ちで引きかえしてくる。吉岡のデスクの上にあったノートを取りあげた。それを瑞希に差しだす。

瑞希は戸惑いがちに受けとった。開いてみると、ボールペンで書きなぐった文章があった。最初のページを、声をだして読みあげる。「人事異動で、きょうから主計局の主査になった。厚労省の人にご挨拶。行政の内容や予算の説明を受ける。今後、笑顔で乗りきろうじゃないか。きょうは定時退庁の予定。菜々美とは六本木ヒルズで待ちあわせ。旅行の日程も決めなくちゃね。忙しいけど毎日充実してるよ……」

順子がいった。「それ、七月ごろの話です。吉岡は退庁前、ノートにペンを走らせてました。日記といえるほどじゃないけど、そのときの気分を綴ってたみたいです」

「じゃあこれは、吉岡さんの遺品ですね。デスクに残されてたわけですか」

「ええ。婚約者の写真とともに、大事にしまってあったんです」

ふうん。瑞希はしばらくページを繰って、また別の箇所を読みあげた。「ゆうべはひさしぶりに菜々美と過ごした。朝食を準備してくれたから、けさは通勤の足取りも軽かった。四枚切りトーストにヨーグルト。好物を知り尽くしてる彼女はやっぱりいいね。もっと長い時間一緒にいたいよ。政府の経済財政諮問会議で、社会保障制度改革に新たな進展があったから、そっちのサポート。厚労省では予算編成プロセス。雇用対策に予算増額を認めてほしいといわれたけど、ちょっと無理。もういちど単価が適正かどうか洗い直さないと」

順子がうなずいた。「九月下旬から十月上旬ぐらいだと思います。プライベートな時間が削られて、ときどき不満をこぼしてましたけど、まだ元気でした」

須藤が順子にきいた。「厚労省からいじめられたりしなかったんですか」

「それはありません」順子は微笑した。「吉岡はたしかに小柄でしたけど、とにかく陽気なんです。常にプラス思考で、厚労省の担当者とも笑顔で接してました。向こうは吉岡のペースに呑まれて、半ば苦い思いをしてたかもしれませんが、少なくとも吉岡は気にしてませんでしたね」

　田丸がいった。「僕らにとっても羨ましかったですよ。はっきりものをいうし、突っぱねるべきところは突っぱねるし、フットワークも軽くてね。主査としてあんなふうに生きられたらと思ってました。そのころまでは」

　そのころまでは、そう告げた田丸の言葉が意味深げだった。瑞希はまたページを繰った。

　書きこまれている文章の量が、目に見えて激減していった。淡々と一日のできごとを記すに留まっている。菜々美にメールしたとか、返事がきたとか、やりとりも概要しか書かれていない。代わりに、宮沢なる人間に憎悪を募らせていた。

　さすがに声をだして読むのは憚られる。瑞希は文面を目で追った。くそ、宮沢。また頭ごなしに怒鳴り散らしやがる。ちょっとはこっちの説明もきけよ。顔真っ赤にして吠えるばかりで大猿か。きょうも宮沢がヒステリー。おっさんの叫び声はほんと耳障り。

　瑞希は順子にきいた。「宮沢さんというのは、どなたですか」

「うちの主計官です」順子が憂鬱そうに、声をひそめて告げてきた。「宮沢の指導は厳しいところもあって、堪えることも正直あります。吉岡は特に、厚労省の担当者をうまく翻弄するので……。向こうが不満を募らせて、上司に訴えてくるケースが増えたんです」

「それで宮沢さんの説教も増えたとか？」

「ペナルティなのか、徹夜で残業しないと消化できない量の仕事を押しつけられ、吉岡もさすがに音をあげてました。だんだん口数が少なくなって、笑っているところも見かけなくなりました。その後、十一月末になって、二日ほど無断欠勤がつづいて……」

「月末のいつですか」

「ええと、二十八日が月曜だったんですけど、彼は出勤しませんでした。翌日も同様で、連絡もとれないままでした。そして三十日の朝、警察から電話がかかってきました。鎌倉の由比ヶ浜で発見された身元不明の遺体が……。吉岡だと確認されました」

室内にまた沈黙がひろがった。重苦しい空気ばかりが蔓延する。瑞希はデスクの上を眺めた。百合の花と婚約者の写真。思いを書き綴ったノート。それらが職場に残されたすべてだった。

瑞希はスマホを取りだした。「すみません。この写真とノート、撮影してもかまいませんか」

主査たちは当惑顔で視線を交錯させた。やがて順子が、瑞希と目を合わせないまま、小さくうなずいた。

スマホをカメラ機能に切り替え、フォトフレームにレンズを向けた。婚約者の写真を撮る。次いでノートを開き、ページの撮影を始めた。

竹葉がいった。「宮沢さんの叱責が自殺の原因とは思いませんね。過労死じゃないですよ」

瑞希は顔をあげてきいた。「じゃあなんでしょうか」

「プライベートのことはわかりません」

そのとき順子が、瑞希の手もとにあったノートをひったくった。鋭くささやいてきた。「スマホをしまってください」

瑞希は反射的にいわれたとおりにした。ドアが開き、ひとりの男が入室してくる。

年齢は四十代半ば、白髪まじりの痩せた身体つき。鋭く尖った眼光が、瑞希と須藤をかわるがわる見やる。須藤が頭をさげた。瑞希もそれに倣った。

男は仏頂面でいった。「主計官の宮沢和之。文科省の研究公正推進室から訪問があるときいたんだが」

須藤が応じた。「われわれです。初めまして。須藤と水鏡です。いま八重さんからお話をうかがっていたところで」

宮沢はあからさまな嫌悪のいろを浮かべていた。「厚労省の研究に関する調査だったな。吉岡のことは、警察の捜査も終わっているし、葬儀も近親者のみで済まされた。私たちとしても、いつまでも落ちこんでいるわけにいかない。もう過去のことだ。見てのとおり、ここになにかあるわけでもない」

「はい……」須藤は腰が引けたようにいった。「ええと、そうですね。納得しました」

瑞希は遠慮なくたずねた。「過労死じゃなかったんでしょうか」

室内の空気がふいに張り詰めた。誰もが怯えた顔で、それぞれのデスクに目を落とした。

主査たちのようすを瑞希は観察した。順子は辛そうな表情を浮かべている。いいたくてもいいだせない、そんな苦渋に満ちていた。若手の田丸も同様だが、上司には逆らえないとあきらめているのか、失意のいろが垣間見える。

はっきりしないのは芦道だった。なにもきこえていないかのごとく、淡々とした面持ちを貫く。彼にくらべると、ベテランの竹葉は意思を明確にしていた。宮沢の発言にいちいちうなずき、もっともだといいたげなまなざしを向ける。

宮沢の眉間に深い縦皺が刻まれた。「八重からきいただろうが、吉岡は明るい性格の持ち主だった。私生活ではどうだったか知らないが、仕事は順調そのもので、悩んでいるところは見たこともない」

瑞希は婚約者の写真を一瞥(いちべつ)した。「私生活こそ充実してたように思えますけど」

「吉岡は両親が子供のころ蒸発するなど、家庭環境に複雑な事情があったらしい。そっちに原因があるかもしれないが、私には職員の名誉を傷つける気などない」

「宮沢さんの名誉はどうですか？　ノートに悪口が書き連ねてありましたが」

「見たのか」

「はい」

「勝手に手に取ったのか」

許可を得たうえでのことだったが、順子のせいにはしたくない。瑞希はいった。

「置いてあったので」

「故人への供え物だぞ。警察にも証拠品として一時預けられたが、問題なしとして戻ってきた。私について書いてあることは、彼なりのユーモアだ」

「ユーモア？」

「上司を揶揄(やゆ)する冗談だよ。吉岡は軽口を叩くところもあったが、礼儀をわきまえてた。ノートは彼のプライバシーだし、私も名誉を傷つけられたとは思ってない」

「『週刊現在』に過労死の疑いありって記事が載りましたよね」

「憶測に満ちた匿名の記事だった。うちのほうに取材の申しこみもなかった。財務官僚を批判したいだけの安易なウケ狙いだろう。私としては取りあう気はない。事実無根だからな」

「そうおっしゃいますけど、吉岡さんのPDG値は、過労死バイオマーカーの危険値……」

ふいに須藤が声高に遮ってきた。「どうもお忙しいところ、お邪魔いたしました」

深々と頭を下げたかと思うと、須藤は瑞希の腕をつかみ、ぐいと引っ張った。宮沢がじろりと睨みつけてくる。瑞希は須藤によって、強引に廊下へと連れだされた。

廊下にでると、瑞希は須藤に不満をぶつけた。「なんで中途半端に退散しなきゃならないんですか」

須藤は頭を掻きながら歩きだした。「わからないか。吉岡さんが危険値だったなんて主張してどうなる。研究段階なだけに精度に問題がある、またそういわれて終わりだ。上司が過労自殺を否定してる以上はな」

瑞希は腑に落ちない気分で、須藤に歩調を合わせた。「宮沢さんひとりがいってるだけじゃないですか。遺族はどう思ってるんだろ。警察の見立ては……」

「捜査は終わってるんだから、問題なかったんだろ」

「労災の申請もないんでしょうか。あるいは、申請はあったけど却下されたとか？」

「さあな。公務員の場合、労働災害じゃなく公務災害って呼ぶ。吉岡さんの身内にきかないと」

たしかにそうだ。故人の内情を調べる必要がある。瑞希はいった。「なら警察をあたりましょう」

「おい。本気か？　こりゃなんの捜査だよ。僕らの役割は科学研究の検証だろ」

瑞希は譲らなかった。「過労死バイオマーカーの危険値が正しかったかどうか……」

「わかったわかった」須藤が片手をあげて制してきた。「調査の意義は認める。過労による自殺かそうじゃないか、はっきりさせたいところだよな。でも度を越すのはよくない。石橋さんにどやされる」

「そうだ」瑞希は思ったままを口にした。「警察のほうにも、石橋さんから話をつけてもらいましょう」

「マジか」

「もちろんマジです。吉岡さん家の住所だとか、教えてもらわなきゃいけないことも山ほどあるし。婚約者にも話をききたいし」

須藤は歩きながらため息をついた。「自分が何屋さんなのか、ますますわからなくなってきた。やっぱPDG値、測りなおそうかな」

愚痴を聞き流しながら、瑞希は吉岡の婚約者に思いをめぐらせていた。いまどんな心境だろう。どのように日々を暮らしているだろうか。さっきの主査たちは、彼女の連絡先を知っていたのか。きいておくべきだったかもしれない。

外へでると、霞が関はすっかり闇に没していた。それでも定時退庁の時刻前だ。いま周辺に灯る窓明かりの数は、深夜になってもおそらく、さほど減りはしない。歓楽街なら不夜城と呼ばれる。ここはどう形容すべきだろうかと瑞希は思った。眠りを知らない牢獄か。

8

文化庁文化財部、美術学芸課の学芸研究室にも、文科省のチャイムがきこえてくる。菊池裕美は書類から顔をあげ、窓の外を眺めた。もう真っ暗だった。定時退庁の時刻を迎えている。

それでも室内の職員たちは、誰ひとり帰宅の準備を始めようとしていない。みな無言で仕事を進めている。

室長の尾崎がつかつかと歩み寄ってきた。裕美のデスクに書類を投げだした。「計算がまちがってる」

見覚えのある書面だった。きのう提出した、京都文化フェアの基本構想に関する経費の概算。数字に強い裕美にとっては不本意だった。「三回も計算し直して確認したんですけど」

「口ごたえするな」尾崎が声を荒らげた。「間違ってるものは間違ってる。イチから見直せ」

裕美のなかで憤りが募りだした。最近はいつもこうだ。修正を命じられ、しっかり計算し直した結果、同じ内容の書類をまた提出する羽目になる。ところがその場合、すんなりと受諾される。記入された数字に一文字のちがいもないにもかかわらず、再提出の際は黙って受けいれられる。嫌がらせとしか思えない。

よほど不満げな顔をしていたのだろう、後輩の木下が裕美を見つめ、静かに告げてきた。「あとで手伝いますよ」

ありがとう。裕美はつぶやいたものの、尾崎への反感はおさまらなかった。

尾崎は室内をうろつきまわった。恵子のデスクを見下ろし、吐き捨てるようにいった。「秋山がいなくなった代償は大きいな」

神経を逆なでされるひとことだった。恵子を死に追いやったのは、ほかならぬ尾崎ではないか。

やがて尾崎が声を張った。「みんな、きいてくれ。巷では官僚の働きすぎが問題になってる。いわく、霞が関での残業の平均は月三十五時間、超過勤務手当が四十億円も未払い。こいつはけしからんと声をあげたがる者がいる。だが私にいわせれば、結局は自分の境遇に対する個人的な不満にすぎん。一日も早く昇給に与れるよう働けばいい」

室内は静まりかえった。尾崎の身勝手な演説はいつものことだが、聞き流しながら仕事を進めるわけにもいかない。書類にペンを走らせていればどやされる。よって尾崎が喋り終わるまで、作業の中断を余儀なくされる。不毛な時間というよりほかにない。

尾崎が声高にいった。「移転のときが迫ってるんだぞ。ただ拠点を京都に移せばいいってもんじゃない。組織の機能を再構築しなきゃならん。やれるのは私たちしかいない。停滞するわけにはいかないんだ。計算間違いなんかで紙を無駄にするな。雑費も予算だ。給料から差っ引くことはできんが、労働による奉仕でかえせ。職員の義務だ」

演説はようやく終わったらしい。尾崎はデスクに戻ると、どっかりと腰を下ろした。ふてぶてしい面持ちが、裕美にとって余計に腹立たしく感じられた。

二年先輩の高田がメモ用紙を渡してきた。裕美はそれを見つめた。辛抱、抑えろ。そう書いてあった。裕美は高田を見つめた。高田も深刻な表情で裕美を見かえし、また書類に視線を落とした。

メモ用紙を折りたたむ手が震える。裕美は耐えがたいものを感じていた。尾崎の暴君ぶりを助長させたのは、秋山恵子が過労死と認定されなかった、その事実に尽きる。

尾崎が香典の支払いを拒否したとき、ぼそりとこぼしたひとことが、耳にこびりついて離れない。関わりあいたくない、尾崎はそういった。

犠牲者はこれからも増えつづける。過労死バイオマーカーの実用化にしか希望を託せない。水鏡瑞希はどれだけ力を発揮してくれるだろう。裕美は思いをめぐらせた。自分を含め、ここにいる職員らの限界までに間に合うだろうか。

9

文化庁が京都へ移転するのは、行政機能の一極集中を緩和するためらしい。しかし省庁が一ヵ所に集まっていれば、やはり便利にはちがいない。夜の歩道を警視庁庁舎へ急ぎながら、瑞希はそう思った。

並んで歩く須藤も同感のようだった。「ありがたいよ。同じ霞が関界隈だ」

瑞希は思わずため息をついた。「警察の人たちも、こんな気分で事件を追ってるんでしょうか」

「どういう意味だ？」

「人が亡くなってるのに、なるべく重く考えないようにしながら、でも事実にはしっかりと目を向けなきゃいけない。正直、ちゃんと現状を把握できてるかどうか自信がない」

「そりゃ死ってのは、まともに受けとめちゃ怖くなるから、仕事で目を向けざるをえないときには、あるていど割りきらないとね。記者とか、保険屋とか、葬儀屋とか。みんなそうだろ」

「どう割りきればいいんでしょうか」

須藤が唸った。「どうって……。他人ごとだからと突き放して考えるしかないんじゃないのか」

「やっぱりそうですよね」

「どうしたんだ、水鏡。だいじょうぶか」

はい。瑞希はつぶやきながら、ときおり生じる憂鬱な気分が、また胸のうちにひろがっていくのを感じていた。

陰惨な事件を報じるワイドショーが嫌いだった。酷(むご)い犯行をクイズのように弄ぶ推理ドラマも好きになれない。世間がみな死の意味を理解せず、浅い考えに終始しているのでは、そんなふうに思えて空恐ろしくなる。

きっと自分はどこか極端なのだろう。幼い日、震災で多くの遺体を目にした。そのなかに家族はいなかった。祖母も弟も行方不明のまま、失踪宣告を経て死亡扱いになった。遺体が発見されたら耐えられただろうか。あるいは、むしろ感情が鈍化し、須藤のいう割りきりが身についただろうか。

虚しい想像だと瑞希は思った。ただ臆病風に吹かれ、腰が引けているだけ、そうも感じられてくる。

桜田通りを皇居方面へ歩きつづけた。霞が関一丁目の交差点を渡り、警察庁前を通りすぎると、警視庁庁舎が見えてきた。

エントランスで用件を告げる。警備の制服警官が無線で確認に入った。正面玄関前に来客、文科省の須藤さんと水鏡さん、通してよいか。ぶつぶつとそういった。やがて警官は向き直り、受付横の待合室で待機してくださいと告げてきた。

指示されたとおりにする。建物のなかは、ほかの省庁と変わらない印象だった。ほどなく私服の若い職員が呼びにきた。彼の案内でエレベーターに乗る。降り立ったフロアの廊下に、刑事部捜査一課という札が掲げられていた。

そこは無数のデスクが連なる大部屋で、いるのは私服ばかりだった。若い職員が、ひとつのデスクへと誘導してくれた。

書類仕事に従事しているのは、五十前後の厳格そうな面構えに、眼鏡をかけた男だった。主任、と若い職員が声をかける。

男が眼鏡を外し、ゆっくりと立ちあがった。「矢田です。初めまして」

瑞希は須藤とともに頭をさげた。担当の警察官僚の名は、石橋からきかされている。矢田洸介警部補、現在は大手商社アルカルク女子社員過労死疑惑の捜査で、中心的役割を担っているという。そのため非常に忙しいと伝えられていた。午後六時から三十分だけ時間を作れるといわれ、瑞希たちは急いで飛んできた。

アルカルクの本社は西銀座にある。入社後わずか一年で、女子新入社員が自殺に追いこまれ、過酷な長時間労働の実態が浮き彫りになった。女子社員は半年でうつ病を発症、死を意識しながら、SNSに苦悩を綴った。それが彼女の遺書となってしまった。労働基準監督署が労災認定に動いているものの、アルカルク社の隠蔽体質のため事実関係がはっきりせず、警視庁が刑事事件としての立件を視野に動きだした。連日のように報じられ、誰もが知るニュースになっている。

デスクのわきに椅子が二脚用意してあった。どうぞおかけください、矢田はそういって、ふたたび腰を下ろした。瑞希は須藤とともに、おじぎをしながら着席した。

矢田がいった。「こんなところで申しわけありません。アルカルクの件で、捜査本部が神経質になっておりまして、個室で面会するわけにいかないんです」

須藤がきいた。「とおっしゃると？」

「上が捜査陣からの情報漏洩を警戒しています。アルカルク側が捜査の先手を打って、証拠隠滅を図る可能性がありましてね。マスコミに対しても記者会見以外、箝口令が敷かれています」

すぐ近くのデスクにも私服の刑事たちがいる。特に聞き耳を立てていなくても、会話はきこえるだろう。アルカルクの件とは関係ないとわかるはずだ。

矢田が須藤を見つめた。「今回のご訪問は、あくまで過労死の科学研究に関する検証目的だとうかがっております。お間違いないですか」

はい。須藤がうなずいた。瑞希も同調した。

「結構」矢田はふたたび眼鏡をかけ、書類の束を取りあげた。「吉岡健弥さんの遺体を発見したのは、所轄の巡査です。水のなかに突っ伏していました。死因は溺死です。ああ、録音機材などお持ちじゃないでしょうな。いちおう捜査資料なので、写しも持ちだせないので」

須藤がうなずいた。差しだされた書類を受けとる。瑞希も身を乗りだし文面を眺めた。

鎌倉警察署と記載がある。吉岡健弥（35）。遺体発見日時、二〇一六年十一月二十八日、午前五時ごろ。由比ヶ浜東端、滑川川口付近。死因、溺死。そう綴られていた。

主査の八重順子にきいたとおりだった。新聞報道時には、警視庁が財務省主計局主査の自殺を公表、それだけしか書かれていなかった。『週刊現在』の記事でも、詳細は伏せられていた。

瑞希はきいた。「これ、どうして報じられなかったんでしょうか」

矢田が応じた。「婚約者の松浦菜々美さんというかたの希望です。かならずしもご遺族の願ったとおりになるとは限りませんが、警察を通じ記者たちに要望が伝えられます。今回はマスコミも同調してくれたんでしょう」

「婚約者ですか。ほかに身内は……」

「ご両親が蒸発していたらしく、吉岡さんは児童福祉支援施設で育ちました。親戚との交流も絶っていたようです。ご存じのように、国家公務員は試験に合格すればなれますので、生い立ちや家庭の事情は考慮されません。財務省に勤めだしてからも、杉並区のマンションに独り暮らしでした」

須藤がうなずいた。「その住所は把握してます。もう空き部屋じゃなく、別の人が住んでるそうですけど」

瑞希は矢田を見つめた。「あのう。自殺について、いちおう捜査はおこなわれたんですよね？」

「もちろんです」矢田がいった。「あきらかに病死とわかる遺体以外は、警察ですべて検視をおこないます。検視では、死因について事件性の有無を調べます。またどちらであっても、医師の検案があります。殺された疑いがあったり、死因がはっきりしなければ、裁判所に鑑定処分許可状の発付を求め、司法解剖します」

須藤がきいた。「吉岡さんの遺体もそうなったってことですか」

「いえ」矢田が書類を何枚か差しだした。「それなら解剖執刀医が死体検案書を作成しますが、ここには医師から受領した検案書があります。司法解剖はなかったんでしょう」

瑞希は妙に思った。「よくご存じないというようにきこえますが」

矢田が眼鏡を外した。「私はこの件で現場を捜査したわけじゃないんです。所轄が調べ、財務省職員と判明したので、警視庁に情報が伝えられました。その際、私が担当に任ぜられたというだけです。財務省への捜査は私が受け持ちました」

須藤が矢田にきいた。「遺体が吉岡健弥さんだと判明した経緯は?」

「免許証や国家公務員ICカードが財布に入ってました。通院中の歯科医から治療記録を取り寄せたほか、過去に受診した医療機関からも情報提供を受け、照合したところ合致しました。最終的に、婚約者の松浦菜々美さんにも、遺体を確認してもらいました」

瑞希はやりきれない気分になった。「辛かったでしょうね」

「ええ」矢田が暗い顔でうなずいた。「遺体の確認は所轄署でおこなわれましたが、かなりショックを受けておられたようです。松浦さんは都内在住なので、のちに本庁のほうへおいで願い、こちらでの調書の作成に協力していただきました。おもに吉岡さんとの関係について、所轄の調書を補足する内容のみでしたが」

「だいじょうぶだったんでしょうか。精神状態とか」

「かなりお疲れのようでしたが、なんとか話だけはうかがいました。夜遅くまでかかったので、帰りは私とほかの捜査員とで、クルマでお送りしました。十二月十五日のことです」

「へえ」瑞希はすなおに感心した。「日付まで、よくご記憶なんですね」

矢田はにこりともせずにいった。「リオでブラジルと日本のサッカー親善試合があったでしょう。松浦さんをお送りしたとき、テレビ中継の声が、隣りの部屋から漏れきこえてきました。日本が勝ちましたと告げてました。帰ってから録画を観る楽しみもなくなりました」

須藤は笑ったが、矢田のほうは陰鬱な面持ちのままだった。空気を察したらしく、須藤が表情をひきつらせた。瑞希も無反応にならざるをえなかった。

時間を無駄にはできない。瑞希は矢田にたずねた。「司法解剖がなかった理由はなんですか」

「鎌倉署からの報告によれば、自殺があきらかだったからです。そういう場合、司法解剖はおこないません」

須藤が眉をひそめた。「念のためにやっておこう、ってことにはならないんでしょうか」

「忌まわしいことですが、理由のひとつとしては、司法解剖が国庫負担になるからです。一件につき五万円ていどでも、毎回税金を充てていたら、かなりの金額になってしまいます。だから検視と検案の結果が重視されるんです」

「その死体検案書ってのに、自殺と書いてあるんですか」

すると矢田が書類のひとつを指さした。「これが検案書です。〝直接死因〟という欄があるでしょう。窒息とあります。それから〝死因の種類〟欄。〝自殺〟に丸がつけられています」

担当医の名は永井泰己と記されている。瑞希はつぶやいた。「どうして自殺と断定できたんでしょう。遺書でもあったんでしょうか」

矢田がうなずいた。「婚約者へ電話がありました。死にたくなったと話していたそうです。自殺の際は、靴をきちんと揃えて脱いで、ひとりで水辺まで歩いていき、ゆっくりと水のなかに伏せたことがあきらかになっています。川底の砂に乱れがなかったからです。誰かが押さえつけたわけでも、もがき苦しんだわけでもない。アルコールや睡眠薬の摂取もみとめられませんでした」

須藤が矢田にきいた。「他殺の疑いは絶対にない？」

「それを判断するのが検視と検案です。結果、他殺の疑いなしとされました。断っておきますが、警察の検視官は自殺とおぼしき現場でも、そう見せかけた他殺という前提で調べます。検視官が自殺という検案に同意するのは、よほどの確証があってのことです」

「遺体はもう火葬されたんでしょうか」

「ええ。葬儀は婚約者のかたと、かつての同級生のみでおこなわれました」

「じゃあ遺体は……。婚約者が引きとったわけですか」

「検視と検案書の発行に五万円ほどかかります。これは遺族持ちです。彼女が支払いました」

「松浦菜々美さんは、自殺という判断に納得していたんでしょうか」

「所轄で行政解剖の運びにならなかったのですから、異議申し立てはなかったんでしょう」

瑞希は矢田を見つめた。「松浦菜々美さんの連絡先、お教え願えませんか」

「個人情報に関わることなので……。問題がないか確認したのち、文科省の研究公正推進室へご連絡させていただくということでよろしいでしょうか。こういうことは、個人の判断でやりとりするべきでないと考えますので」

須藤がうなずいた。「結構です」

最も肝心なことを、まだ質問していない。瑞希は矢田にきいた。「自殺の原因は過労じゃないんですか」

矢田の表情が険しくなった。「松浦菜々美さんは、吉岡さんから電話で死にたいと打ち明けられたとき、理由をたずねたといっています。でも彼は答えなかったそうです。職場の上司も否定しているし、ノートに書き綴られていたのもありがちな不満にすぎず、過労自殺の疑いはないとされてます」

須藤がため息をついた。「なんだかしっくりきませんね」

「そうなんですが」矢田が唸った。「上の判断で、捜査は終わっています」

瑞希はつぶやいた。「でも……」

「ええ。個人的にはいろいろ思うところもあります。でも仕方ありません」

「公務災害の申請はでていないんですよね？」

「松浦菜々美さんは婚約者にすぎず、未婚だったので、その権利がないのではとあきらめてしまっています。実際、婚約者が近親者とみなされるかといえば、難しいところです。吉岡さんには上司による恫喝があったとの情報も、あるにはあるんですが……」

「そうですよ」瑞希は身を乗りだした。「疑惑は解明されるべきじゃないですか？」

「警察としては正直、お門ちがいなところがありまして。過労死は民事責任のみで、刑事責任を問えないというのが従来の風潮なんです」

「でもアルカルク社に対する疑惑は追及してるんですよね？」

「ええ。殺人罪には要件が足りなくとも、業務上過失致死を適用できるのではという考えがあります。私はそのために動いてます」矢田がため息をついた。「もっと警察が介入しやすい状況になればいいんですが……」

そのとき私服のひとりが、矢田に声をかけた。「捜査会議だ」

矢田はうなずいて腰を浮かせた。「行かなきゃなりませんので」

須藤が立ちあがった。「お時間をいただきまして、本当にありがとうございました」

瑞希も須藤に倣った。ふたりで頭をさげ、その場を立ち去る。

さっきの若い職員が、すぐ近くに立っていた。玄関までご一緒します、そういって職員は先に立って歩きだした。

廊下にでると、職員が小声でささやいてきた。「警察は民事不介入で、こういう問題に対しては難しい立場です。でも矢田さんは、なるべく過労死問題に尽力したいと思ってるんですよ。アルカルクの捜査も志願しましたし、吉岡さんの自殺についても、ほとんど事後処理とはいえ積極的でした」

瑞希はきいた。「なにか事情があるんでしょうか」

「矢田さんは同僚を亡くされているんです。同期で、家族ぐるみのつきあいだったようです。過労死の疑いがあり、遺族が公務災害を争ったんですが、認められませんでした」

須藤が顔をしかめた。「警視庁でも過労死が問題になってるんですか」

職員はあきらめがちな微笑とともにつぶやいた。「警察官の殉職理由の一位は過労死なんです。キャリアであっても激務ですから」

瑞希は職員にきいた。「じゃあ事件性があきらかになれば、矢田さんは……」

「ええ」職員がうなずいた。「動いてくれると思います。上にもかけあってくれるでしょう」

力になってくれそうな人間が警視庁にいる、そうわかっただけでも喜ぶべきかもしれない。しかし瑞希は、心が暗然たる闇のなかへ傾斜していく気がした。

徒歩で行き来できる一定の区画内に、死があふれている。災害とは質が異なるものの、この息苦しさをともなう圧迫感は、幼少のころの記憶に共通する。かつてはその意味することも、よく理解できていなかった。いまはわかりすぎるほどわかる。

10

　夜が更けてくると、都電荒川線の梶原駅近くにある道草食堂も閉店になる。明治通り沿い、築四十五年の木造家屋二階建ての一階部分が、定食屋兼居酒屋になっていた。静寂のなか、引き戸が開き、暖簾をしまう音がきこえてくる。今晩は客も少なかったようだ、二階の自室に籠もっていた瑞希はそう思った。

　霞が関から帰ってきて、店のカウンターで夕食をとったときには、瑞希と父以外に誰もいなかった。それから母が会社から帰ってきて、いつものように店を手伝いだした。

　瑞希は入浴を済ませ、パジャマに着替え、いったんベッドに入った。だがやはり寝つけなかった。また起きだしてデスクに向かい、菅野博士の論文を読みだした。

　過労死バイオマーカーの危険値は、省庁職員の統計のみで割りだされたものではない。過労死を詳細に分析し、ＰＤＧ値の算出法を編みだすところから始まっている。

まず長時間労働、休日労働、深夜労働、劣悪な職場環境による過重な労働で生じる肉体的負荷を、体系的に解析している。さらに仕事に対する重責、過剰なノルマ、達成困難な目標設定、パワハラやセクハラ、職場の人間関係のトラブルによる精神的負荷を、身体症状や心身症リスクのレベルに基づき数値化した。これらを掛け合わせると過労の程度が算出されるが、PDG値を構成する要素はそれらだけではない。

慢性的な不況で、企業はコスト削減と人員整理を徹底している。グローバル経済の拡大による国際的な競争の激化もあり、時間刻みの技術開発が求められ、実現困難な納期の設定を受ける。IT業界なども建設業と同様に、納期に縛られる。より少ない予算と人員で仕事を達成せねばならず、優秀な技術者さえも心身のバランスを崩していく。国内消費市場が停滞し、需要が伸び悩むなか、営業力によるカバーが求められたりもする。よって営業職は、休日や深夜も働きつづけ体調を悪化させる。こうした業種別の時間的制約も、それぞれ平均値が算出されPDG値に取りこまれる。瑞希が受けた検査では、文科省職員に特有のケースとして、三十五・七パーセントの業務期間不足が計算に含まれていたらしい。それでも全省庁のなかでは、まだましなほうだった。

若手を育成する余裕のない企業では、新人に即戦力を求める傾向が強まっている。

このため経験や能力に見合わない労働量と責任を、若手に課すことになる。いっぽうでベテラン勢もリストラを恐れ、みずからを過重な労働に駆り立てる。そうした雇用側の事情が被雇用者に与えるプレッシャーも、文字通り圧力としてパスカル単位で数値化し、PDG値算出の一要素としている。

　ほかにも、製造現場での深夜交代制勤務の増加により、睡眠障害に陥る割合が考慮される。医師や教員は人員不足であり、一人当たりの労働負担の超過分も、方程式に含まれる。職種別に特有の傾向が公平に調整され、年齢別の標準化死亡比(SMR)も参考にし、PDG値という共通の目安の算出に至る。

　学のない頭で内容を理解するのは大変だったが、それでも少しずつわかってきた。PDG値の計算方法は、じつに科学的に精査されている。やはり理論の飛躍や誤魔化しはまったくなさそうだった。

　都電の走行音が、いつしか途絶えているのに気づいた。もう終電時間を過ぎたのか。時計に目を向ける。午前零時をまわっていた。

　伸びをしたとき、ドアをノックする音がした。瑞希は応じた。「どうぞ」

　板前法被(いたまえはっぴ)を着たままの父、勇司(ゆうじ)の顔がのぞいた。白髪のまじった頭に渋い表情、だが気遣いの感じられるまなざしが向けられていた。

勇司がきいた。「まだ寝ないのか」

瑞希は思わず苦笑した。「小学生じゃないんだし」

「そうはいうけど、おまえ最近ずっと朝まで起きてるだろ。夜中に何度も一階へ下りてるじゃねえか」

「あー。起こしちゃってる？　寒くてお湯沸かしに行くことが多くて。階段、音立てないように気をつけてたつもりだけど」

「んなもの、きしまなくても部屋の畳が浮き沈みするのがわかるよ。ボロ家だからな」

「ごめんなさい。きょうはなるべく、下へ行かないようにする」

「そういう問題じゃねえよ」勇司は壁にもたれかかった。「朝から晩まで働いてるのに、家で休まなくてどうすんだ。お母さんも心配してるぞ」

瑞希は頭を掻いた。「眠くならないからしようがない」

「そんなことといって、働きすぎで身体壊しちまうぞ」

また笑いがこぼれる。瑞希は首を横に振ってみせた。「残念ながら、まだだいじょうぶ。ＰＤＧ値が大きく外れてるし」

「なんだそれ。尿酸値みたいなもんか」

「もうちょっと上品なやつ」

「上品って？　尿酸値はべつに下品じゃねえだろ」

「いいから。過労までは、まだ余裕があるってこと」

「眠れなくても横になって目を閉じろよ。寝床じゃ眠ってないようで、じつはわりと眠ってるもんだって医者がいってた」

「お父さんに？」瑞希は鼻で笑った。「お父さん、いつもぐっすり寝てるでしょ。階段までいびききこえるし」

「いびき、ほんとは身体によくないんだってな」

また会話を長引かせようとする。瑞希は両手で制した。「もうわかったって」

勇司は笑い声をあげ、ドアの向こうに消えていった。

深いため息をついた。瑞希は目をこすりながら、ベッドを眺めた。そこに横たわることを考えてみる。やはりデスクを離れる気にならない。しばらくはこのままでいたい。

半年ほど前、夜中に小さな地震があり、跳ね起きたことがあった。それ以降あまり眠りが深まらない。地震に対する恐怖症かと思ったが、そうでもなさそうだった。神経が昂ぶり、翌日の仕事に備えておかないと落ち着かない。職場における劣等感のせいかもしれない。難解な仕事についていくためにも、宿題はこなしておくにかぎる。

論文を眺めたとき、ひとつの項目が目に入った。自殺危険値の算出プロセス、そう記してあった。

自殺の原因は七つに区分される。勤務問題、健康問題、家庭問題、学校問題、経済・生活問題、男女問題、その他。もちろん複数の項目が同時に原因となる可能性もある。健康問題のうち、精神疾患の発症が仕事に起因している場合や、経済・生活問題のなかで失業・事業不振・倒産・就職失敗にあたる人々も、過労自殺の候補に含む。これらはカウンセリングによりストレス量を推し量り、数値化したうえでPDG値に取りこむ。

しかしこの数値は、のちに職場からクレームがつきやすいという。

多くの企業では、過労自殺が発生した場合、原因を労働条件や労務管理に求めようとしない。従業員の死を職場改善の教訓に活かそうとはせず、従業員個人の問題としてとらえたがる。遺族に対しても、自殺により企業が不利益を被ったと主張し、謝罪を強要する傾向がある。遺族は世間体を気にして萎縮しがちだ。自殺者の遺書にも、責任は自分にあり企業に非はないとの主張が綴られるケースが多い。うつ病により過剰な自責の念が生じることが理由だが、企業はこれ幸いとばかりに、過労自殺そのものを隠蔽する。

加害者といえる経営者もしくは上司の存在は、過労の実態究明の障害となる。上司の恫喝が日常的にありながら、被害者およびその周辺は事実を明かしたがらない。恐怖政治の支配下に置かれているがゆえの反応だった。こういう場合、実態がつかめず、ストレス量の数値化は困難になる。ＰＤＧ値に含まれない危険要素として、職場に存在しつづける。

瑞希は宮沢という主計官を思い起こした。あの上司の存在が、ストレス量として吉岡のＰＤＧ値に含まれていなかったとしても、結果は危険値だった。すでに体調などあらゆる面に過労自殺の兆候が表れていた。やはり加害の実態解明こそが、過労自殺の証明となるにちがいない。

また一睡もできないまま、鳥のさえずりをきく可能性が高まった。かまわないと瑞希は思った。浅い眠りのなかで、妙な夢にうなされたくない。どんな夢だったか、目覚めるたびに忘れる。ただ嫌悪と不快感だけが脳裏にこびりつく。陰気なばかりの朝を迎えるのはまっぴらだった。

11

翌朝まだ暗いうち、都電荒川線が動きだす音がした。瑞希は結局眠らなかった。レディススーツに着替えコートを羽織った。両親はまだ寝ている。静かに家を抜けだした。梶原駅のホームではなく、一キロ近く離れた高崎線の尾久駅へ歩いていった。あくびをしながら、ほとんど無人に近いホームで電車を待つ。到着した小田原行の各駅停車に乗りこんだ。やはり乗客はごく少ない。車内で揺られるあいだに、うとうとしだした。

最近はいつもこうだった。騒々しい電車のなかのほうが、かえって心が休まる。そのため、通勤ラッシュを避けて早く出発する。シートに座って眠る。体力の回復には、それで充分だった。

ただしきょうは、まっすぐ霞が関へ向かうわけではなかった。

戸塚駅、そのアナウンスに、はっとして顔をあげる。窓の外はわずかに明るくなり、乗客も増えていた。腕時計を眺める。一時間ほど経過していた。

電車が駅に着いた。ホームへ降り、横須賀線に乗り換える。各駅停車、久里浜行だった。車内はやはりまだすいている。

十分少々で鎌倉駅に到着した。改札の外へでると、夜気は冷たさを保ったまま、朝靄へ変わりつつあった。透んだ空気の向こうに、藍いろの晴れ空がある。駅前の広場は閑散としていた。商店のシャッターも下りている。吐く息が目の前で白く染まった。瑞希はひとり江ノ電の駅へと向かった。二両連結のレトロな車両に乗りこんだ。

宅地のなかを抜けていく単線、車窓の風景をぼんやりと眺める。線路に面して家の玄関があった。ここに生まれれば、そんな暮らしも当たり前になるのだろう。

由比ヶ浜駅に着いた。住宅街に歩を進める。小ぶりで凝ったデザインの家屋が建ち並ぶ。やがて車道の向こうに海が見えてきた。道路の下をくぐる歩道ができている。それを抜け浜辺にでた。

冬の朝、逗子から稲村ガ崎にかけての海が一望できた。波間がかすかな煌めきを放つ以外には、総じていろを失ったような、寒々とした眺めがあった。吹きつける風もひどく冷たく、耳が痛くなる。砂は湿気を帯び、ヒールがめりこんだ。転倒しないよう注意しながら、ゆっくりと歩きだす。

川が海に注いでいた。砂浜はそこで分断されている。鎌倉市内を流れる滑川の川口。吉岡健弥はここに突っ伏していた。早朝、巡査に発見された。

砂を削りながら流れる川は浅かったが、範囲はわりと広く、いくつもの中洲が存在する。大小の岩も転がっていた。柵はない。たしかに砂浜から歩いて入りこめる。

みずからうつ伏せになり、苦しんだ形跡もなく死んでいった。迷いなどかけらも残っていなかったことになる。なにが彼をそうさせたのだろう。

人の声がきこえた気がした。空耳かと思ったが、ぼそぼそと交わす会話が耳に届く。瑞希は背後を振りかえった。階段の上、道路沿いに建つ店舗の軒先に、ふたつの人影が動きまわっている。

こんな時間からもう開店準備か。瑞希は川辺から離れ、階段を登っていった。往来するクルマは、かなりの速度で横ぎっていく。横断歩道を見つけ道路を渡った。サーフボードがいくつも立てかけられた、その店頭へ近づいていく。

ダウンジャケットを着たふたりの男が話しこんでいた。瑞希が歩み寄ると、髭面のひとりが目をとめ、軽く頭をさげた。もうひとりも振りかえった。こちらは眼鏡をかけていた。

瑞希は話しかけた。「おはようございます。もう営業時間ですか」

すると髭面が応じた。「温水シャワーだけね。サーファーが利用するから」

「サーファー？」瑞希は海を振りかえった。まだひとけはない。「へえ、こんなに寒いのに」

「じきに大勢繰りだしてくるよ。みんなしっかりウェットスーツの下に防寒対策してる」

「そうなんですか」

眼鏡のほうが腕組みをした。「サーファーには夏も冬も関係ないんだよ。むしろ人の少ないいまごろは、上達のチャンスでね。でも中級者以下は姿を見せなくなる。波がよくないし、女にもてないしね」

ふたりが同時に笑い声をあげる。瑞希もつきあいで笑ってみせた。

「あのう」瑞希はいった。「すると十一月二十八日の朝も、こちらにおられたんでしょうか」

「二十八日？」眼鏡の男が首を傾げた。「定休は木曜だから、それ以外なら営業してたよ」

瑞希は滑川の川口を指さした。「あそこに人が倒れてたらしいんですけど」

「ああ！」男は目を瞠（みは）った。「あの朝か。もちろん出勤してた。救急車もパトカーも来て、大騒ぎだったけどな」

髭面がうなずいた。「かわいそうにサーファーたちが、みんな海に入るなといわれてね。次々やってきては、ここで油を売りながら野次馬見物してた。川の周りをビニールで囲っちまってたけど、担架が運びだされて、救急車に載せられたのは見たよ」

「俺も見た」眼鏡がいった。「若い男がうつ伏せになってたらしくて、もう死んでたって。次の日の新聞にもでてた」

髭面が眼鏡にいった。「あれ国家公務員だったらしいよ。財務省の人だとか」

瑞希は髭面を見つめた。「どうして知ってるんですか？」

「ゆうべもお客さんが噂してたからね。ぶっちゃけ田舎だし、話題になることもあんまりないから」髭面がじろりと見かえした。「っていうか、あなたは誰？」

文科省職員だと告げたところで、状況がややこしくなるだけだった。瑞希は愛想笑いに努めながら立ち去りだした。「いえ、ちょっと気になっただけで。どうもお邪魔しました」

店の前を離れ歩きだす。近くに停(と)まったＳＵＶ車から、サーフボードを下ろす男がいた。そろそろ海の様相も変わってくる時間らしい。

地元のニュースになっていたことを、瑞希も承知していた。ゆうべ霞が関からの帰り道、スマホで十一月二十九日付の記事を検索した。由比ヶ浜で男性の遺体発見、自殺か。見出しにはそうあった。二日後、警視庁が発表した財務省主査の自殺と、報道はいっさい関連づけていなかった。しかし地元では、とっくに噂になっているようだ。

瑞希は道路沿いを歩いた。特に新たな発見はなかった。過労自殺か否かを判断できる手がかりが、現場に落ちているはずもない。鎌倉署に立ち寄ったところで、突然の訪問では相手にもされないだろう。

黙々と由比ヶ浜駅へと引きかえす。鎌倉駅へ戻るとして、湘南新宿ラインを大崎駅で山手線に乗り換え、新橋駅まで行く。あとは徒歩で霞が関へ向かえばいい。登庁時刻には間にあう。

瑞希はため息をついた。きょうこれからどうすべきか、見当もつかない。過労死の疑いがあった三人のうち一人目について、収穫なしに終わるしかないのか。

12

文科省に着いたのは登庁時刻ぎりぎり、なんとか遅刻せずに済んだ。ほっとしながら研究公正推進室に赴(おもむ)くと、瑞希は須藤とともに、石橋のデスクへ呼びだされた。

石橋は浮かない表情をしていた。「けさ一番に、警視庁の矢田警部補から連絡が入った。丁重に謝ってたぞ。捜査上知りえた個人情報は明かすなと、監察官から釘(くぎ)を刺されたらしい。松浦菜々美さんの住所や電話番号は教えられないそうだ。いったいなんのことだ？」

瑞希は答えた。「自殺した吉岡健弥さんの婚約者です。話をうかがいたくて」

「吉岡？」石橋が面食らった顔になった。「財務省の主査だった彼か。なんでその件をほじくりかえそうとする？」

「去年春の検査で、過労死バイオマーカーのPDG値が危険値だったとわかりました。過労自殺と証明できれば、菅野博士の研究が正しいことをしめす一例になるのでは思いまして」

「あきれたな。実際に亡くなった人の事情を調べまわってるのか」

「菅野博士も調査の方針に同意してます」

「そういう問題じゃないんだ。科学技術を検証しろとはいったが、職員のプライバシーを暴く権限なんか与えてないぞ」

須藤が瑞希にささやいてきた。「ほら。いったとおりだろ」

石橋は須藤に目を移した。「水鏡はきみの助手につけただけだ。きみが常識的な行動の規範をしめせなくてどうする」

「いえ、あの」須藤は咳ばらいをした。「理論上は証明されてる研究ですから、やはり残る問題は精度じゃないかと」

「同期の総合職がみんな忙しいのは知ってるな？　順調に出世コースを歩んでる。きみも幹部を目指せないと決まったわけじゃない、だから重要な仕事を与えてる。堅実な仕事ぶりを見せてみろ」

「おっしゃることはわかりますが、失礼ながら、いまの調査方針こそ堅実だと思っています」

瑞希は須藤を眺めた。瑞希のためにいってくれたのだろう。須藤が一瞥してきた。

多少おどけたような目つきは、彼がよく見せる仕草だった。

石橋はため息まじりにいった。「うちとしては後押しできん。自己責任のうえ、節度をわきまえろ。あと二日だ。研究の是非について、納得のいく報告書を提出しろ」

「努力します」須藤が神妙に頭をさげた。

瑞希は石橋を見つめた。「すみません。ついでといってはなんですが、きのう警視庁で見せてもらった検案書の作成者、永井泰己さんってお医者さんですけど、会いに行ってもいいでしょうか」

石橋がまた苦い表情になった。「矢田警部補に確認を求める必要がある。その医師にもアポをとらなきゃならん。だいたい、勤め先はわかるのか」

すでに永井泰己の名を検索し、答えを得ていた。瑞希はいった。「国立八幡病院の外科医長です。名簿がネットにでていました」

「亡くなった主査が、過労だったなんてきいたことないぞ」

「だから事実を知る必要があるんです」

「故人のプライバシーを嗅ぎまわるのは、うちの部署の仕事じゃない」

「いいえ!」瑞希はきっぱりといった。「過労死バイオマーカーは、現実の危険性を予測するものです。現実に目を向けなきゃ、精度なんか測れません!」

室内はしんと静まりかえった。石橋が絶句したようすで見つめてくる。周りの職員も動きをとめ、こちらを注視していた。

瑞希は困惑とともにつぶやいた。「すみません」

なぜ熱くなったのだろう。いつしかこの調査を使命のように感じている。

石橋が唸った。「水鏡は、よくいえばすなおだ。裏表がない。単純ともいえる。こうと思えばきかないし、周りが見えなくなる。それが幸いしたことも少なからずあったと、前任者からきいた。いまがそのときであってほしいと切に願う」

張り詰めた空気が徐々に緩和していく。石橋が須藤に目を向けた。「矢田警部補の承諾を得られたら、その永井という医師にアポをとれ。迷惑はかけるなよ。話は以上だ」

須藤がほっとした表情を浮かべた。深々とおじぎをする。瑞希も頭をさげた。ふたりで室長の前を離れる。

歩きながら須藤がささやいてきた。「なんであんなにムキになったんだ?」

「過労死を未然に防げるかどうかの瀬戸際なんだから、ムキにもなりますよ」

「そんなに大げさに考えるなよ。こういうものは実用化されて以降、微調整が入る可能性が高いんだしさ。危険値もまだ流動的だろ」

たしかにそうかもしれない。しかし検証において精度にこだわるのは、やはり間違っていないように思える。一人目から調査結果が整わないと気が済まない。そんなふうに感じるあたり、室長の指摘どおり単純な性格ゆえだろうか。

瑞希はふと須藤のことが気になった。「総合職の出世レースに苦戦してるんですか？」

須藤が情けない顔になった。「早くもね。みんな変わらない立場だったはずなのに、いつの間にか差がつきだしてる。このままじゃいずれ転職だよ」

「天下りってやつですか」

「そんな大物じゃないから、ただクビを切られるだけじゃないかな……。ようするに僕は、キャリアのなかじゃ落ちこぼれだ。この調査を押しつけられたのも、ほかに仕事を抱えてないからだよ」

瑞希は苦笑した。「総合職と一般職、両方の落ちこぼれを組ませたわけですか」

「きみは落ちこぼれじゃないさ」

「末席係員ですけど」

「それでも光るものがある。正直、きみを見てると感心するよ。きみみたいに仕事への情熱を燃やせたのは、せいぜい二十代までだった」

「まだわかんないですよ。ふたりで立派な報告書を作って、見かえしてやりましょうよ」

「初めから一般職で入るんだった」

「総合職ほど風当たりも強くないですしね」

瑞希は須藤と笑いあった。自分の役職を分不相応と感じる者どうしだった。気さくに話せるぶん、ほかの総合職と組まされたときより、うまくいきそうにも思える。

須藤が階段状の通路を登りだした。「警視庁と病院に電話しなきゃな」

瑞希もあとにつづこうとしたが、職員に呼びとめられた。水鏡、文化庁の人が来てるぞ。

振りかえると、開放されたドアの外に、菊池裕美が立っていた。裕美は瑞希を見つめ、遠慮がちに会釈した。

13

裕美は瑞希に導かれ、文科省の廊下を歩いていった。自販機の並ぶホールに着いた。ほかには誰もいない。ここなら会話に支障もなさそうだった。

壁の掲示板が裕美の目に入った。広報の発表内容が貼りだされている。見出しには、学校に設置された遊具による事故について、そう大書されていた。ブランコの老朽化により、児童が負傷する事故が多発しております。多くは鎖の錆が原因で……。

裕美はため息とともにささやいた。「物騒なことばかりですね」

瑞希が貼り紙を眺めた。「菊池さんの学校には、ブランコありました?」

「いえ。でも父が庭に作ってくれました」

「作ったって、ブランコをですか。すごいですね」

裕美は苦笑した。「ブランコといっても、ごく簡単な物ですよ。実家は長野の山間部です。庭に大きな木があって、太い枝が水平に伸びてたんです。わたしの背よりいくらか高い位置でした。父がロープを二本結わえつけ、板を取り付けてくれたんです」

「へえ」瑞希が笑顔になった。「おしゃれ。いまもあるんですか」

裕美は首を横に振ってみせた。先日里帰りしたとき、様変わりした庭を見たばかりだった。雑草が生え放題、木も生長してさらに伸びていた。「枝の高さも、はしごをかけなきゃ届かないほど上昇しちゃったし、そこまでしてブランコを作りなおしても」

「たまには童心にかえるのも、悪くないかもしれませんよ」

「そうですね」裕美は笑いながらうなずいた。

二十代になっても子供のころを引きずっている、長いことそう感じてきた。しかしいまでは、少女期が遠い昔に思えてくる。いつから変わったのだろう。庭の木と同じく、成長したといえるのだろうか。かつての理想とは程遠い、裕美はそう自覚した。いまも職場を抜けだし、救いを求めてここにいる。

「水鏡さん」裕美はたずねた。「調査のほうは、どれぐらい進んだでしょうか」

「過労死バイオマーカーですよね」瑞希の表情に翳(かげ)がさした。「正直、難航してます。理論上は証明済みといっていいと思うんですけど、実例のほうが」

「実例？」

「去年の春以降、全省庁で三人の職員が亡くなっているのをご存じですか」

むろん知っている。うちひとりは同期の秋山恵子だった。裕美はふと気づいたことを口にした。「春以降に亡くなったんだから、三人ともPDG値を測定されてたわけですね」

「そのとおりです。三人全員が危険値でした。過労死だったと裏付けられれば、菅野博士の研究について、有力な実証になります。緊急性も浮き彫りになると思うんです」

裕美の胸は弾みだした。「じゃあ、過労死の実態を調べ始めてるんですね」

「ええ。一人目は財務省主計局の主査、吉岡健弥さんです」

顔がはっきりと浮かんだ。裕美はうなずいた。「ああ。吉岡さん」

瑞希は意外そうにきいてきた。「面識があるんですか」

訃報を耳にしたとき、恵子の死と同等の衝撃を受けたことを覚えている。裕美はいった。「知り合いというわけじゃないんです。主査になったばかりのころ、文化庁のほうにも挨拶に来られまして。玄関先でお見かけしました」

「じゃあ去年の夏ごろですか」

「そうです。うちの課長たちと話してました」

「彼に婚約者がいたとか、そこまではさすがにご存じないですよね」

いや。ぼんやり記憶に残っていることがある。裕美はいった。「お見かけしたかも」

瑞希が目を瞠った。「ほんとですか？」

たしか夕方の退庁時間だった。裕美は瑞希を見つめた。「めずらしく残業もなく、わたしは帰るところだったんです。玄関をでたとき、吉岡さんをお見かけしました。その後わたしは、同僚がでてくるのを門の外で待ってたんですが、近くに若い女性が立ってたんです。吉岡さんがでてくると、その女性と笑みを交わし、ふたりで立ち去っていきました」

瑞希があわてたようすでスマホを取りだした。画面を差し向けてくる。「この人ですか？」

フォトフレームにおさまった写真を、スマホの内蔵カメラで撮影したらしい。夕暮れの空の下、フラッシュで照らしだされた女性の顔がある。ロングのストレートヘア、控えめな微笑。撮影した時間帯が近いせいか、本人を見かけたときと同じ印象だった。裕美はうなずいた。「間違いありません。この人です」

服装だけは異なっている。あのとき彼女は、仕事帰りだったらしくスーツ姿だった。見送る課長らの目などおかまいなしに、吉岡は彼女に寄り添い、悠然と片手をあげ立ち去った。人を食った陽気な振る舞いが印象に残っている。

瑞希はスマホを眺めてつぶやいた。「ますます会って話をききたい」

「連絡がとれないんですか」

「警察の人が教えてくれないんです」

「吉岡さんが勤めてた部署はどうですか。同僚が知ってるかも」

「そうなんですけど」瑞希が弱りきった表情になった。「主計官の宮沢って人が非協力的で、きのう部署を訪ねたときにも、半ば追いだされちゃいまして。また調査にうかがいたいといっても、受けいれてくれるかどうか」

裕美は同情とともにささやいた。「そんな上司だから吉岡さんも……」

「ええ。そういう可能性は充分にあると思います。自殺の原因がプライベートでなく、職場にあると証明できれば、大きな進展になります」

「週刊誌にもそう書いてありましたよね」

瑞希がふと気づいたようにこぼした。「そっか。取材した記者なら知ってるかも」

裕美はきいた。「なんですか」

「いえ。こっちの話で……」

靴音が近づいてきた。三十歳ぐらいの男だった。さっき研究公正推進室を訪ねたとき、瑞希と一緒にいたところを見かけた。

瑞希が微笑した。「あ、須藤さん」

「水鏡」須藤は裕美に会釈してから、また瑞希に目を戻した。「そろそろいいか」

「はい。いま行きます」瑞希が裕美に向き直った。「じゃ、こちらからも連絡しますので」

「お願いします」裕美はあわてて付け加えた。「吉岡さん以外のふたりについても……」

「もちろん調査していきます。二日しかないので全力を挙げます」瑞希は微笑し、須藤とともに立ち去った。

希望が持てるだろうか。きっと道は開ける、裕美はそう信じることにした。恵子の無念が晴らされる日も近い。そんなふうに考えねばやりきれない。

瑞希は須藤と並んで廊下を歩いた。研究公正推進室へと引きかえす。

須藤がいった。「永井医師が会ってくれるそうだ。矢田警部補も了承してくれた」

「それはよかった」

「午後一時から三時まで、国立八幡病院が昼休みに入る。そのあいだに来てくれってさ」

「一時ですか」瑞希は腕時計を眺めた。まだ午前十時にもなっていない。「ならそれまで外出していいですか」

「簡単にいってくれるな。どこへ行く？」

「出版社です。財務省主査に過労自殺の疑いありって記事を載せた『週刊現在』の編集部」

「記者に会おうってのか」

「財務省はなにも発表してないのに、どうしてあんな記事が載ったんでしょう。ほかのマスコミは後追い記事ばっかりで、しかも新事実はまったくない。『週刊現在』だけが、文字どおりすっぱ抜いてる」

「情報源ねえ。婚約者じゃないかな」

「たぶん」瑞希はうなずいてみせた。

週刊誌に情報を提供したのは、松浦菜々美だろう。まだ夫婦ではなかったため、吉岡の過労自殺について法的に訴えられる立場にない。だからマスコミに申し立てた。そう考えるのが自然だった。

瑞希はつぶやいた。「婚約者本人に直接事情をききたいけど、住所も連絡先もわからない」

「きのう財務省で会った八重順子さんに、さっき電話してみたんだけどさ。口止めされてるらしくて、なにも答えられないといってた」

けさ瑞希も同じことをした。「主計官の宮沢さんが電話を代わって、怒鳴りつけてきました。うちを嗅ぎまわるのはよせって」

「きみもかけたのか」

「婚約者の情報さえ聞きだせないなんて」

須藤が唸った。「吉岡さんに関する調査ばかりに、時間をかけすぎじゃないか。二人目以降を調べたほうがいいかもな」

「ひとりの例外もあってはいけないってのが、過労死バイオマーカーに求められる精度ですから。それに……」

「なんだ？」

瑞希は黙りこみ、無言で歩を進めた。しだいに自分の気持ちがはっきりしてきた。

職務上、科学研究に不正があるなら見過ごすまいと心にきめていた。しかしこの世には、それ以外にも許せないものがある。人を過労死に導く上司を、のさばらせてはおけない。

須藤がきいた。「一緒に行こうか」

「えっ」瑞希は須藤を見つめた。「なぜですか」

「なんとなくだけど、ほっとけない気がする」

「それ、どういう意味ですか」

「意味って、別にないけどさ。きみを見てるとなにか……」須藤はしばし瑞希を見かえしていたが、ほどなく視線が逸れた。歩を速めながら須藤がつぶやいた。「なんでもない。きみひとりで行けばいいよ」

須藤の背が遠ざかる。瑞希のなかに疑念が生じた。遠ざかる後ろ姿を追いかける。いま須藤がしめした態度はなんだろう。好意とは異なる。一瞬だけ、さぐるような目を向けられた気がする。

14

有楽町線の東池袋駅出口をでてすぐ、正面のみアールデコ調の装飾を施したビルがある。『週刊現在』の垂れ幕が下がっていた。その版元、譚評社の社屋。瑞希はひとりきりで、初めて訪問する。しかも社員に知り合いはいない。それでも事前にアポイントメントはとらなかった。

省庁からマスコミに問い合わせたところで、担当者の不在を理由に、はぐらかされる。霞が関ではよくきく話だった。なら直接押しかけたほうがましに思える。記事を書いた人間がいなくても、国家公務員だとわかれば、上司か同僚が代わって応対してくれるかもしれない。以前に総合職がそんなふうに話していたのを、小耳にはさんだことがあった。いまが実践のときだった。

もっとも、室長の許可は得ていない。あくまで自己責任の単独行動だった。

受付で文科省の水鏡ですと告げ、用件を説明した。女性社員が編集部に内線をかけてくれたが、担当者が外にでている、そんな返事だった。

まだ午前十一時だった。永井医師との約束まで時間はたっぷりある。戻るまで待たせてもらいます、瑞希はそういった。ロビーにはテーブルと椅子がある。そこに陣取った。

実のところ、ゆうべもほとんど眠れなかったため、休息はありがたかった。着席してほどなく睡魔が襲ってきた。仕事中のほうが落ち着いた気分になれる。一日を無駄に過ごしていないと実感できるからかもしれない。

浅い眠りのなかを漂っている感覚があった。どれぐらい時間が過ぎただろう。男の声が呼びかけた。あのう。

瑞希ははっとして顔をあげた。チェックのシャツにデニム姿が目の前に立っていた。頭髪は薄く、黒縁眼鏡をかけ、無精ひげを生やしている。年齢は三十代後半だろうか。

男がさぐるような目を向けてきた。「編集部のほうに伝言が入ってたんですけど」

「あ、はい」瑞希はあわてて立ちあがった。「『週刊現在』の記者のかたですか？　吉岡健弥さんについてお書きになった」

伏せられていた吉岡の名を口にしたからだろう。男の顔いろが変わった。「失礼ですが……」

瑞希は名刺を差しだした。「文部科学省の水鏡です」

男のほうもかしこまった反応をしめし、名刺の交換に応じてくれた。『週刊現在』編集部、蛀川鉄平(あぶかわてっぺい)。名刺にはそうあった。

蛀川が向かいの席に腰かけながら、お座りください、そういった。瑞希はおじぎをして、いわれたとおりにした。腕時計に目を走らせる。すでに正午をまわっていた。

瑞希は蛀川を見つめた。「あの記事ですけど、どちらに取材なさったんですか」

「どういう意味ですか」蛀川がたずねかえしてきた。

「上司の主計官は、マスコミからの取材はなかったといってます。だから、情報源はどこだろうかと思って」

「それをおたずねにいらっしゃったんですか」

「そうですけど」

蛀川が露骨にがっかりしたような顔になった。「なんだ。タレコミかと思ったのに」

「タレコミって？」

「なにか新事実をお持ちじゃないですか」

「べつにこれといって……」

すると虻川が腰を浮かせかけた。「用事がありますので、すみませんがこれで」

「まってください」瑞希は両手で押し留めた。「いまノリノリでお喋りに臨もうとしてたでしょう。時間はあるんですよね？」

虻川は中腰のまま顔をしかめた。「無駄話をするぐらいなら、片付けなきゃいけない仕事があるんですよ」

「わたしにとっては無駄じゃないです。いえ、各省庁にとって、世のなかにとってもです」

「取材について詳細は明かせません。問い合わせにすぎないとわかってたら、お声がけもしませんでしたよ」

「そんなことといって」瑞希は笑顔がひきつるのを感じた。「お礼に霞が関界隈の耳寄りな新情報、提供できるかもしれません」

「どういう情報ですか」

「ええと」瑞希はつい最近、職場できかされた話を口にした。「なぜ省庁は霞が関に集中してると思いますか？　じつは理由があるんです」

「むかし江戸城の近くに有力大名の屋敷が集中してて、明治以降、政府の主要機関に置き換わったからでしょう」

「……当たりです」

　虻川は仏頂面で立ち去りかけた。「また遊びにきてください。お相手できるかわかりませんが」

「まってくださいってば」瑞希は行く手にまわりこんで、両手を合わせた。「差し障りのない範囲内でいいんです。都合の悪い話はうかがいませんから」

「この名刺によると、科学技術・学術政策局に属しておられるんですよね？　職員の福利厚生とはまるで関係なさそうですし、過労死の問題は専門外でしょう？」

「それが、いろいろ事情がありまして」

　虻川はにこりともしなかった。だが押し問答にうんざりしてきたのか、ため息をつくとテーブルへと戻った。椅子に腰かけてつぶやいた。「協力したくても、私の一存ではどうにもならないんですよ」

　瑞希はテーブルをはさんで座り、虻川と向きあった。「必要なら、上司のかたにも説明させていただきます」

「そういう問題じゃないんです。上に圧力がかかりましてね」

「圧力？　でたらめ書くなとか？」

「でたらめじゃないですよ。取材し記事にするのは自由だけれども、守秘義務を貫けというんです」

「どこからの圧力ですか？」

「それはちょっと……。察してください」

「いつそんな連絡が入ったんですか」

「ついけさのことです。とにかく取材はちゃんと裏をとってるし、自殺した経緯や遺体発見現場など、記事にしてなくても私自身は把握してます。ただ、こうしてご訪問いただいても、直接お話しするわけにはいかないんですよ」

「わかってる事実も、永遠に秘密にするんですか」

「いえ。いずれ情報解禁になりしだい、記事にしていきます。そういう約束ですから」

瑞希の胸にひっかかるものがあった。圧力をかけたのは、事実が広まると不利になる組織、財務省しか考えられない。だがよくわからないことがある。『週刊現在』に記事が載ったのはずいぶん前なのに、なぜけさになって動いたのか。まるでこちらの動きを予測し、先手を打ったかのようだ。ここに来ることは須藤にしか話していない。

瑞希はいった。「遺体発見場所なら知ってます。由比ヶ浜ですよね？」

蚯川が鼻を鳴らした。「申しあげたとおりです。現時点で、記事に書いた以外の情報は提供できません」

「自殺の原因が過労だったなんて、職場以外の情報源から知りうるものなんですか」

「信ずるに足ると思ったからこそ記事にしたんです。編集長も納得のうえでの掲載です。当然ですけど」

「吉岡さんの婚約者によるリークですよね？　松浦菜々美さんの」

蚯川は大仰にため息をついた。「お教えできません」

きくだけ野暮な質問だと瑞希は思った。『週刊現在』編集部の理解を得るだけの証拠が、松浦菜々美から提示されたのだろう。でなければ一個人の訴えのみに基づいて、記事を掲載するまでには至らないはずだ。だがその証拠は、いまのところ誌面では伏せられている。

瑞希はつぶやいた。「今後、情報を小出しにしていき、週刊誌の部数を伸ばすつもりですか」

「商売なのは否定しません。うちもボランティアじゃないので」

「松浦菜々美さんの連絡先を知りたいんです。住所か電話番号、メアド、ラインのID、なんでもいいからお教え願えませんか」

いうんですか」

蛇川が妙な顔をして瑞希を見つめた。「名前をご存じなのに、連絡がとれないって

「そうなんです」

「松浦さんの名は、どこできいたんですか」

「財務省の同僚さんたちが知ってましたから」

「ならその人たちにあたればいいでしょう」

「それがうまくいかなくて」

蛇川が腕組みをした。「吉岡さんは同僚や友達に、婚約の事実を明かしてたし、名前まで教えてたんだから、連絡先もさして秘密事項でもないでしょう」

「なら」瑞希は反射的に食いさがった。「教えてくれてもかまわないじゃないですか」

しばらくのあいだ、蛇川は考える素振りをしていた。やがて手帳を開きページを繰った。「携帯電話番号は、変えたらしくて通じなかったんだよな。住所ぐらいしかわかりませんけど」

瑞希は衝撃を受けた。呪文を唱えた魔法使いの気分だった。蛇川が一転、情報開示に転じた。どういう風の吹きまわしだろう。猜疑心を募らせながら瑞希はきいた。

「教えてくださるんですか」

蛇川が上目づかいに見つめてきた。「これ以上、うちに問い合わせをしてこないと約束してくれますか。実際、なにも答えられないですし」

婚約者への接触こそ、瑞希にとって最も重要なことだった。脈搏が亢進するのを感じながら、瑞希はうなずいてみせた。「お約束します」

「メモをとれますか？」

瑞希はあわててボールペンと手帳を取りだした。

蛇川が読みあげた。「渋谷区神宮前七－六－一、メゾネット・アリゼD棟」

「D棟ですね」瑞希は書きとめた。ほっとして、思わず笑顔になった。「無理いってすみません。本当にありがとうございます」

やれやれ。蛇川はそういいたげな顔で手帳をしまうと、腰を浮かせた。「若い女子職員を寄こすなんて、文科省もずるい手を使うね」

瑞希は苦笑いでごまかした。立ちあがり頭をさげた。蛇川はため息とともに歩き去った。

手もとのメモを眺める。鼓動が高鳴り、耳のなかに反響するようだった。いますぐ直行したい衝動に駆られる。しかし、いったん冷静になる必要があった。永井医師に会う時刻が迫っている。

15

午後二時近く、瑞希は須藤に同行し、国立八幡病院の応接室に通された。

吉岡健弥の死亡検案書を作成した永井泰己医師は、五十代後半で白衣をきちんと着こなした、知性と品格の感じられる男性だった。くだけた話し方はいっさいしない。精神科医の佐久間とはまた人種が異なる。医師もさまざまだと瑞希は思った。

ソファで向かい合わせに座ると、須藤が切りだした。「私たちは過労死バイオマーカーという科学技術の精度を検証しています。吉岡さんの自殺に関する調査も、その一環でして」

永井は澄ました表情でうなずいた。「警視庁のほうからうかがってます。そのような研究が進んでいるのは知っていますが、過労か否かは医師の知識と経験により診断していくものでしょう。そう簡単に数値で特定できるものかどうか」

瑞希は永井を見つめた。「先生は、過労死バイオマーカーに否定的なんですか」

「否定できるほど詳しいわけじゃありません。しかし、知り合いの脳神経外科医にきいたのですが、過労死の兆候は見極めが難しいのです」

「へえ……」

「たとえばある患者が、仕事は辛くないといっているにもかかわらず、目にした日付や番号を誤って記憶していたことがあります。前頭前皮質や頭頂皮質、前帯状皮質、大脳基底核の一部が関与するワーキングメモリの機能に、支障を生じたからです。短期記憶に問題がある。よく調べてみると、重度の統合失調症患者だと判明したりする。うつ病の場合は、さまざまな兆候が表れやすいものの、かえってより深刻なケースが見過ごされがちだったりもします」

「じゃあ永井先生は診察の際にも、過労と判断するのに慎重なわけですね」

永井は控えめな微笑とともに、首を横に振った。「私は外科医長で、警視庁の嘱託医でもあるので、過労の犠牲者に会うときには負傷してるか死んでるかです。生前の吉岡さんにも、お会いする機会はありませんでした」

気まずい沈黙が漂った。瑞希は困惑とともに須藤を眺めた。須藤も瑞希を見かえし、ため息をついた。

永井が腕時計を眺めた。「三時から診療ですが、早めに準備しないと」

須藤があわてぎみにいった。「先生。吉岡さんを自殺と判断したのは、彼が婚約者に電話したからでしょうか。死にたくなった、といってたらしいですが」

「いえ。電話のことは後になって、鎌倉署の捜査員からききました。検視と検案は、純粋に医学的見地からおこなうものです。吉岡さんの場合、遺体に外傷がまったくありませんでした。たとえば水面に無理やり顔をつけさせられたとしたら、加害者の手は後頭部を押さえつけ、被害者も苦しくなって暴れます。結果、頭皮が掻きむしられたり、毛髪が抜けたりするんです」

「でも水のなかにうつ伏せて、そのまま窒息するなんて。自殺するつもりだったとしても、もがいてしまいそうですけど」

「たしかに多くの場合、当初は死ぬ意思があっても息苦しくなり、顔をあげようと手足をばたつかせます。溺れるも同然に死に至るケースがほとんどですが、吉岡さんの場合、静かに亡くなったようです」

「酒に酔ってたわけでもないそうですけど」

「血液のなかからアルコールは検出されてません。そのほかの薬物もありませんでした。自殺の意思に揺るぎないものがあったとしかいえませんね。稀ではありますが、高齢者や重度の精神疾患を抱えていた場合、過去にも例があります」

瑞希は永井にきいた。「先生は、由比ヶ浜の現場をご覧になったんですか？」

「もちろん行きました。国家公務員ICカードがあったと連絡が入り、警視庁の嘱託医である私が急行したんです。遺体の回収には間に合いませんでしたが、同日の昼過ぎには浜辺に着きました。まだ一帯は立ち入りが制限されてて、砂浜にも川のなかにも、吉岡さん以外の足跡が残っていなかったのが確認されました」

「不自然さはなかったわけですか」

「鑑識とともに水や砂などを採取し、分析した結果、遺体が飲みこんだものと同一でした。前日の夜は潮が引きぎみで、川口に海水はあがってきておらず、体内から検出された水の塩分もごくわずかでした。川底に暴れた痕跡もありません」

「以前の吉岡さんは明るい性格だったらしいんですけど、そこまで絶望してたってことでしょうか」

「状況から判断すればそうなりますな」

瑞希は永井を見つめた。「過労に起因することだったんでしょうか」

「私の立場でそれはわかりません。繰りかえしになりますが、会ったときにはものいわぬ遺体だったからです」永井はあくまで冷静な物言いで告げてきた。「検案により、自殺という事実のみ確定したわけです。過労死の立証は警察の仕事でしょう。もしくは、あなたがたの」

　国立八幡病院の外へでたとき、脆い陽射しがわずかに赤みを帯びていた。午後三時をまわったばかりだった。冬の日中はやはり短い。

　瑞希は空虚な気分になった。本来なら、安らぎを得られるはずの穏やかな午後だった。いまはまるで、心が別の次元に置き去りにされたかのようだった。

　須藤がきいてきた。「ぐあいでも悪いのか？」

「どうしてですか？」

「ずっと黙ってるから。水鏡はお喋りなはずだろ」

　笑顔を見せたくても、微笑が精いっぱいだった。それだけ不安が浸食している。瑞希はいった。「すみません。先に文科省へ戻ってもらえますか」

「どこかへ寄るつもりか？」

「ええ……」瑞希はその先をつづけなかった。

　雑誌記者から松浦菜々美の住所を知らされたことを、須藤には明かしていない。勝手に情報を得た、その行為をのちに批判されないとも限らなかった。文科省職員として、処罰の対象になるかもしれない。須藤を巻きこみたくなかった。

しばらくのあいだ須藤は、怪訝そうなまなざしを向けていた。だがそのうち、微笑とともにいった。「早めに帰れよ」

「そうします」瑞希は頭をさげた。

須藤が踵をかえし立ち去っていく。半ば事情に気づきながら、あえて見過ごしてくれたのだろうか。いや、深く考えない主義だと須藤はいっていた。本当に心配していないのかもしれない。そのほうが幸いだと瑞希は思った。

枯葉が舞うタイルの広場を、瑞希は歩きだした。太陽が雲に隠れ、辺りのいろが濃くなっていく。明暗の落差のなかに、複雑な思いが沈んでいった。吉岡が死んだ理由に近づこうとしている。いつもとはちがう心境だった。失われた命は還らない。未来のために動いている、そう信じるよりほかなかった。

16

瑞希は原宿駅に移動した。竹下通りの賑わいを眺めるうち、上京後初めてここへ来た日を思いだす。神戸の仮設住宅暮らしから東京へ引っ越しになり、母が瑞希を元気づけようと連れてきてくれた。

テレビでよく目にした原宿界隈は、お洒落なスポットとして喧伝されていた。しかし実際に来てみると、大阪のアメリカ村と変わりなかった。人は多いが、規模はより小さいかもしれない。服や雑貨を売る店が軒を連ねるばかりの狭い道に、着飾った十代がひしめきあう。よほど面白いことがあるのだろうと想像していたが、実際にはなにもなかった。中学生のころには、友達と何度かラフォーレ原宿へ行ったものの、大人になってからは足が遠のいていた。

混雑を避け、表参道からまわった。裏原宿と呼ばれる一帯のさらに奥、住宅街がひろがっている。スマホの画面に地図を表示し、住所を検索して歩いた。渋谷区神宮前七－六－一。人の往来もほとんどない路地に面し、その建物はあった。

メゾネット・アリゼという名称がしめすとおり、変わった物件だった。外観は瀟洒なスパニッシュ・コロニアル様式で、鮮やかなオレンジの屋根瓦が漆喰の白壁に映えている。しかし構造は、二階建ての集合住宅だった。A棟からE棟までのメゾネットが境界の壁を共有し、軒を連ねている。

どれがD棟だろう。それぞれのメゾネットの玄関は、いずれも向こう側のようだった。門が固く閉ざされ、敷地への侵入を拒んでいる。右に五つのメゾネット、左には管理人室らしき平屋建てがあり、外観のデザインは統一されていた。中庭を覗きこむと、石畳が敷かれている。私道はふたつの建物の谷間を奥へと伸び、突き当たりで左右に分かれていた。いずれの建物も、私道を進まないと玄関に到達できない。ここからは扉を見ることさえできなかった。

メゾネット・アリゼは角地にある。柵に沿って歩いてみた。すると角を折れた先、メゾネット五棟の端に、裏門があることがわかった。やはり施錠されているが、そこからは五棟の玄関が眺められた。軒先にアルファベットの表記がある。管理人室寄りがA棟、裏門寄りがE棟とわかった。さっき正門から見えた敷地内の私道は、左右に分かれたのち、メゾネット五棟の前を通って、この裏門へ行き着く。平日の昼間だからか、建物のなかに人がいる気配はなかった。D棟も留守のようだった。

ふたたび正門の前へ引きかえした。見あげると、防犯カメラが設置してある。遠隔監視中と記されたステッカーも貼ってあった。門を入ればあのカメラに映る。

傍らの郵便受けを眺めた。どの住人も表札をだしていない。その下には管理会社の看板があった。幹本(みきもと)不動産原宿店。03-3401……。

ふいに女性のしわがれた声が呼びかけた。「空き部屋はいまのところないよ」

びくっとして、瑞希は辺りを見まわした。管理人室の窓が開き、中年の女性が顔をだしていた。前髪にカーラーが巻きついている。

瑞希は女性を見かえした。「あのう……。なんですか?」

「ここ女の子ならみんな気にいるけど、残念なことにぜんぶ埋まってて、誰も転居の予定がないの」

入居希望者だと思われたらしい。瑞希は微笑してみせた。「すてきな物件だと思うんですけど、わたしは……」

「女性限定だからね。みんな安心して住んでる。男連れこむような人もいない。わたしがしっかり目を光らせてるから。いずれ空きがでても、そのへん守れなさそうだと審査落ちするけど」

「はあ。そうですか。厳しいんですね」

「見たところスーツだし、ちゃんと昼の仕事みたいだから、だいじょうぶそうだけど」

「ありがとうございます。でもわたし、入居したいんじゃないんです。ここに住んでる松浦さんに用があって」

「誰?」

「松浦菜々美さんです。D棟にお住まいの」

女性が表情を曇らせた。「そんな人、住んでませんけど」

「えっ」瑞希は驚いた。「でも空き部屋がない以上、D棟もふさがってるんですよね?」

「もちろん住んでる人はいるけど、名前がちがってる」

「どなたがお住まいなんですか」

「それはいえない。個人情報は明かせないでしょ」

「二十代後半で、ロングのストレートヘアじゃないですか?」

女性がじろりと睨みつけた。「あなた誰? うちはね、ストーカー対策徹底してんの。女の探偵雇って調べさせる変態男もいるっていうし」

「そんな心配ないですよ。探偵業法で禁じられてますから」瑞希はそういってから、はっとして口もとに手をやった。余計なひとことだった。

女性の警戒心は急激に募ったらしい。窓を閉めにかかった。「ワイドショーのつづき観なきゃ」

「まってください。D棟の人、いつお帰りになりますか」

「わたしはね、コンシェルジュじゃないの。派遣で雇われてて、ここに住みこみで管理人として働いてるのよ。家賃はただで、お給料がでる」

「へえ。羨ましいお仕事」

「でしょ？でも後釜を狙おうとしても無駄。わたし天職だと感じてるし、当分辞めるつもりないから。じゃ」女性の顔が引っこみ、窓が荒々しく閉じられた。カーテンが引かれ、室内も見通せない。

ほどなくテレビの音量があがったのがわかった。芸能ニュースを伝えるリポーターの声が、はっきりと耳に届く。建物の外観は洒落ているが、壁は薄いのだろうか。管理人室に限っての仕様か。五棟のメゾネットも同じような造りに思えるが。

瑞希はため息とともに身を退いた。管理会社の看板がふたたび視界に入る。スマホのカメラレンズを差し向け、シャッターを切った。

17

メゾネット・アリゼの管理会社、幹本不動産原宿店は、表参道の交差点に面した雑居ビル内にあった。

瑞希は訪問してすぐ、国家公務員ICカードや運転免許証を見せたうえで、名刺を渡した。疑われるぐらいなら、何者かを明かしてしまったほうが、まだましに思える。文部科学省の調査活動の一環で、松浦菜々美さんを探している、そういった。なんの権限もないが、先方の良心に期待しての行動だった。

幸い店側の理解を得られた。メゾネット・アリゼの担当だという若い女性従業員が、ファイルを眺めながら応じた。「そういうかたは、ご契約者様のなかにおられませんね」

瑞希はきいた。「過去の契約者にいませんか」

従業員が首を横に振った。「女性の場合、結婚で苗字(みょうじ)が変わったりしますけど、そもそも菜々美さんというお名前が見当たらないんです」

「D棟にお住まいのはずだったんですけど」

「それはありえませんね」

「どうしてですか」

従業員が告げてきた。「あの物件は築五年ですが、D棟の入居者は当初から変わってません。三十八歳、独身のかたです」

瑞希はスマホを取りだした。フォトフレームに入った松浦菜々美の写真を撮った、その画像を従業員に向ける。「この人なんですけど」

一瞥して従業員はいった。「お若いかたですね。似ても似つきません」

「ほかの棟の入居者ともちがいますか?」

「みなさま契約時にここでお会いしてますが、そのかたは存じあげませんね」

瑞希は従業員の肩ごしに、カウンターの奥を眺めた。事務机にモニターが設置してあり、四分割の画面が映しだされている。いずれも定点カメラの映像で、うちひとつはメゾネット・アリゼの正門に思えた。上方からの俯瞰だが、門のかたちや石畳、路地に見覚えがある。

「あのう」瑞希はいった。「あれ、防犯カメラの映像ですよね」

従業員がファイルから顔をあげた。瑞希の視線を追うように、背後を振りかえる。

「ええ」

「遠隔監視中とありましたけど、御社でモニターしてたんですか」

「前は警備会社に頼んでましたけど、最近はツールも進んだので、うちで録画してるんです」

「拝見できませんか？」

「それはちょっと……」

「十二月十五日の夜だけでいいんです。時間は、ええと」瑞希はスマホで検索した。サッカー国際親善試合、日本対ブラジル。でてきた記事に試合終了時間が記載してあった。瑞希はその時刻を告げた。「午後十一時三十七分」

従業員は困惑顔で、近くのデスクにいた上司に目でたずねた。上司は受話器を片手に話している最中だったが、面倒に思ったのか、質問をきこうともせずうなずいた。

従業員は呆れ顔で立ちあがり、モニターへと歩いていった。

「どうぞ」と従業員が瑞希にいった。「そちらから入ってください」

瑞希は指示にしたがった。カウンターわきの隙間から、事務エリアへ立ち入る。恐縮しながらモニターに近づいた。

女性従業員はマウスをクリックし、日付の一覧からひとつの項目を選択した。映像はハードディスクまたはメモリーカードに記録されているらしい。かなりのデータ量が保管されているようだった。

画面が映しだされた。四分割ではなく、メゾネット・アリゼの玄関先のみ拡大表示される。映像がモノクロなのは、日没後のため暗視カメラに切り替わっているからだった。日時がスーパーインポーズされている。2016/12/15/PM11:00。従業員が動画を早送りする。時間はたちまち進んでいった。

十一時三十五分から、リアルタイム再生に戻った。警察が松浦菜々美を送り届けた、そのときが間もなく訪れるはずだった。

路地が白く染まった。ヘッドライトの光が徐行してくる。車体はほとんど見えなかったが、セダンらしい。覆面パトカーと思われた。ひとりが車外に降り立った。背格好から矢田警部補だとわかる。建物の正門に面した、クルマの後部ドアを開けにいく。

降り立ったのは、長い髪の女だった。痩身にコートを羽織り、ヒールを履いている。うつむき、ハンカチでしきりに目もとをぬぐう。泣いているのかもしれない。女は鍵を取りだした。施錠されていた門を開けると、小走りになかへ駆けこんでいった。

　矢田はしばし女の背を見送っていた。表示された時刻が三十七分になった。やがて矢田がクルマに乗りこんだ。クルマはほどなく走りだし消えていった。

　瑞希は従業員にいった。「早送りしてもらえませんか」

　映像がまた先へ進みだす。夜のうち、出入りはまったく見られなかった。朝がきて、画面が暗視のモノクロからカラーへと切り替わる。女性の住人がふたりつづいて姿を現し、路地へでていく。

　従業員が画面を静止させた。「この人がD棟のかたですよ」

　ショートヘアで太りぎみ、年齢もあきらかに異なっている。瑞希は思わず唸った。「ほかのかたは……」

　動画はさらに早送りされ、また三人が門をでていった。合計五人、みなあきらかに外見がちがう。髪の長い痩せた女はいなかった。管理人の中年女性が、庭を掃いてまわっている。陽が傾き、また夜になった。何人かが帰宅してくる。やはり松浦菜々美らしき姿はない。

　瑞希はきいた。「裏門のほうには、防犯カメラがないんでしょうか」

「残念ながらありませんね」

「この映像データ、コピーしてもらえないでしょうか。記録してあるぶんすべて」

「そんなの無理ですよ。こうしてご覧にいれてる時点で、ほんとは規則に反してます」

「そうですよね……。ごめんなさい。見せていただいて感謝してます」

「でも」従業員が深刻な面持ちでいった。「妙ですよね。クルマで送られてきた女性、やはりわたしの記憶にはないです。ご契約者様のなかに、あんな人がいたとは思えません」

瑞希は従業員を見つめた。「同居人ということは考えられませんか」

従業員が立ちあがった。「あの物件はメゾネットですけど、どの棟も単身者専用です。壁が薄いので、話し声が隣りにまで響くからです。口うるさい管理人のおかげで、みんなルールを守ってると思います」

「たしかに。あの管理人さんなら……」瑞希はため息をついた。「おかしいな。ここのD棟に住んでるはずなのに」

警察が松浦菜々美について、住民票のチェックを怠っているとは考えにくい。菜々美が住所を偽った可能性はまずなかった。現に彼女は、門の鍵を持っていたではないか。

　ふと思いついた考えがあった。瑞希は従業員にいった。「壁が薄いそうですけど、石畳を歩く靴音とか、門や玄関のドアの開け閉めとか、室内まで響いたりしますか」

　従業員は戸惑いのいろを浮かべたが、声をひそめて告げてきた。「ここだけの話、メゾネットのわりには家賃も安いですし、お洒落なのは外側だけですしね。寝に帰るだけの人がお住まいになる前提の物件です。音はかなり響きます」

「じゃあ両隣りの住人にきけば、あの夜彼女が本当にD棟に入ったかわかりますね」

「ひと月も前の記憶なんて……」

「サッカーの親善試合、視聴率が高かったらしいんです。翌日、職場でもよく話題になってました。その試合終了のときといえば、なにか覚えてることがあるかもしれません」

「みなさんがそれ以前に帰ってたとは限りませんよね？　防犯カメラには、そのかたより後に門を入った人は映っていませんでしたけど、裏門から入ったかもしれないし」

「そうですけど、平日の夜ですし、女性のひとり暮らしだし……。帰ってた可能性も高いでしょう」瑞希は語気を強めた。「未契約で住んでる人がいるかもしれない。実状を知るためにも、お住まいのかたがたに話をきくのもありでしょう」

女性従業員は困惑を深めたようすだった。「あたってみることはできますけど、本来そういうことは……」

「わかってます」瑞希は微笑（ほほえ）んでみせた。「でも、どうかご協力いただけませんか。お互いにメリットがあることですし」

「あのう」従業員が声をひそめた。「文科省の調査ということですけど、なにをお調べなんですか。最近ニュースでやってる、天下り斡旋疑惑とか、関係あります？」

またその質問か。瑞希は首を横に振った。「組織的な内部調査とか、そういうことじゃないです。科学技術についての検証の延長線上で。詳しく話すと長くなるんですけど」

「ですよね」従業員はほっとしたのか、一転して笑顔になった。「おしゃれな女性専用物件には無関係でしょうし」

瑞希は戸惑いとともに微笑してみせた。いまや文科省といえば天下り問題か。よほど信用がないらしい。入居希望者を装ったほうが、いくらかましだったかもしれない。

18

　また夕方を迎えた。須藤はひとり赤く染まる空を見あげた。調査に与えられた三日のうち、間もなく二日が終わろうとしている。方針は正しかったのか、いよいよ疑問に思えてきた。

　原宿の住宅街を抜けていくと、路地の奥に洒落た建物が見えてきた。スマホに表示された地図を眺める。渋谷区神宮前七－六－一、メゾネット・アリゼ。たしかにここだった。

　門が開放されていて、敷地のなかから瑞希の声がきこえてくる。「じゃあ、住人のかたがたと連絡がついたわけですか。ありがとうございます」

　須藤は庭先を覗きこんだ。瑞希のほか、もうひとりスーツ姿の女性がいる。ほかにダウンジャケットを羽織った中年女性が、渋い顔で立っていた。

「あのう」須藤は声をかけた。

瑞希が反応した。「あ、須藤さん。こっちです。紹介しますね。こちらは幹本不動産の従業員のかた。そしてこちらは、ここの管理人のかた」

須藤はそれぞれに会釈したが、まずは瑞希と話したかった。「ちょっときてくれ」

ふたりでいったん門の外にでる。瑞希がきょとんとした顔できいた。「なんですか」

「なんですかじゃないだろ」須藤は不満をぶつけた。「メールを見て、あわてて飛んできた。松浦菜々美の住所がわかったって、いったい情報源はどこだよ」

「あー。それはですね。秘密という約束なので」

「雑誌記者から聞きだしたんじゃないだろうな」

瑞希の笑みがひきつった。「それはですね。ちょっと」

図星か。須藤は頭を搔きむしった。「もう探偵事務所のバイトじゃなく国家公務員だろ。そこんとこ忘れないでほしいんだが」

「肝に銘じます……」

瑞希の凹みがちな表情を眺めるうち、須藤の苛立ち（いらだ）はおさまっていった。むしろ彼女は真実をさぐるため、休みなく動きまわっている。自分はいったいなにをしたのだろう。

須藤はため息とともにいった。「本音では、意志を曲げないいきみが羨ましいよ。たぶん僕は弱腰になってるだけだろうな」

　瑞希が目を丸くした。直後、さも嬉しそうな笑みを浮かべ、瑞希はつぶやいた。

「話がわかる総合職ってすてき」

「茶化すな」須藤は苦笑した。「きみの考えでうまくいったら、おこぼれが頂戴できるんじゃないかと期待してるだけさ」

「うまくいかなかったら？」

「そんときゃ無関係を主張するだけだな」

　瑞希がむっとした。「ひどい」

「冗談だよ。人を待たせてるんじゃないのか？」

「そう。一緒にきてください」瑞希はふたたび、ふたりの女性のもとに駆けていった。

　須藤はあらためて、頭をさげながら門のなかへ入った。「大変失礼いたしました。水鏡の上司の須藤です」

　不動産の女性従業員が告げてきた。「これ、あくまで特別ですよ。ふつうは要請があっても、こういうことには応じかねますので」

　どうも、と須藤はおじぎをしたものの、要領を得なかった。瑞希に向き直ってきいた。「なにを依頼したんだ？」

瑞希がいった。「松浦菜々美さん、ここのD棟に住んでるはずなのに、実際にはD棟の契約者は別の人。だから松浦さんが帰宅したと確実にわかってる夜のことを、住人のみなさんにきいてもらったんです」

管理人の女性がさも面倒という口調でいった。「サッカーがあった夜でしょ。試合終了の前後、正門が四回開いたのは知ってます。甲高い音できしむし、建物のなかまで響くから」

須藤は門を動かしてみた。耳障りな高い音が耳をつんざく。「たしかに」

「ただし」管理人が吐き捨てた。「最後のひとりには腹が立ちましたね。試合終了のころでしたから。でていって叱ってやろうかと思いましたよ」

瑞希がきいた。「どういう意味ですか」

「ここ、門限が夜十時なんですよ。それも防犯カメラがある正門から帰る規則です」

従業員が微笑した。「オーナーさんが少々お歳（とし）を召してて、女性限定だから門限を設定するといって、きかなかったんです。契約書にもその項目があります。もっとも、いまどきそんな生活なんて成り立ちません。みんな十時以降にも帰ってきますよ。管理人さんが怒るので、裏門を使うみたいですけど」

管理人が苦い顔でスマホを操作した。「住んでる人たちにショートメールできいたら、五人全員から回答がありました。読みますよ。一人目。裏門から帰りましたけどなにも覚えてません。二人目。帰ってすぐテレビを点けたらハーフタイムが始まるころでした。三人目。誰の部屋の前も通ってませんから迷惑をかけてません。四人目……」

瑞希があわてたようすで制した。「ちょっとまってください。どれがどの棟のかたの回答ですか」

「あのね。最初みなさんにショートメール送ったら、やばいことに関わりたくないとか返事されて、誰も答えてくれなかったんです。だから、どこの誰が答えたか特定されないようにするって約束してあげたの。するとようやくみんな答えてくれた。あの夜の記憶をたずねてるだけでしょ？　せいぜいこのていどってこと」

当てが外れたらしく、瑞希の表情が曇りがちになった。「はい……」

管理人がつづけた。「四人目。隣りのうち片方だけ先に帰ってたみたい。五人目。サッカーじゃなくてアバター観てました。始まるころに誰か部屋の前を通ったかな、終わりごろにも。外歩く人がいるだけで、テレビの音がきこえなくなるから覚えてる」

従業員が顔をしかめ、スマホを覗きこもうとした。「ほんとにそんなこと書いてあります？」

「ありますよ、ほら」管理人が鼻息荒くいった。「石畳の音が室内まで響くなんて、壁が薄いにもほどがあります」

瑞希が自分のスマホを操作した。なにか検索しているらしい。

「アバターって」瑞希がつぶやいた。「ああ、十二月十五日。サッカーの裏で映画の放送があったんだね。ジェームズ・キャメロン監督の『アバター』。九時から十一時四十分かぁ」

須藤はいった。「終了時刻はサッカーの試合とほぼ同じだな」

しばらくのあいだ、瑞希は黙って考える素振りをしていた。やがて管理人の女性を見つめていった。「すみませんが、B棟にお住まいの人に、もういちどきいてもらえませんか。帰宅したとき、すれちがった女性をご記憶ですかって。ストレートロングのヘアで、コートを着てて、裸足（はだし）で、手にヒールを持ってたんですけど」

「はあ？」管理人が眉をひそめた。「それどういう意味ですか」

須藤にも理解できなかった。「なんでB棟？　裸足ですれちがったって？」

瑞希は愛想笑いに似た笑みを浮かべていた。「きいていただくだけでいいんですけど」
従業員がいった。「意味もわからず、ご契約者様にお尋ねするわけにはいきません
よ。理由を説明してください」
すると瑞希は真顔になり、ため息をついた。「四人目の人、隣りのうち片方だけ先
に帰ってたっていうんですよね？　察するに両隣りがいるんでしょう。B棟、C棟、
D棟のどれかにお住まいです。試合はPK戦がなかったものの、ロスタイムは十分近
くもあったから、二人目のいうハーフタイムが始まるころってのは、試合終了の一時
間十分前。だいたい十時半ってことです」
誰もが黙って耳を傾けているようすだった。須藤もついていこうと必死になった。
瑞希が先をつづけた。「十時の門限を考慮すると、正門から帰ったと確実にいえる
のは五人目だけです。裏門からは、一人目と二人目が帰ってます。三人目と四人目
は、どっちの門から帰ったかはっきりしませんけど、管理人さんによれば正門を三人
通ってますから、ふたりはそっちからです」
管理人が瑞希を見つめた。「三人？　わたし、門が開閉する音を四回きいたんです
よ」
「はい」瑞希はうなずいた。「なぜそれが四回かは、あとで説明します。とにかく三

人目、四人目、五人目が正門から。一人目と二人目が裏門から入ったんです。須藤さん、合ってますよね？」

「お、おう」須藤は同意してみせた。もっとも、頭のなかはすでにこんがらがっていた。

瑞希がいった。「三人目は正門から入って、誰の部屋の前も通ってないんだから、A棟の住人です。この人は、五人目のいう映画の前後に外を通ったふたりには該当しません。九時に通ったほうの人は、正門から帰ってきてるので、ふたりのうちひとりは四人目です。ということは、四人目は五人目より裏門寄りに住んでます。両隣りがあったんだからE棟以外。映画が終わるころに五人目の部屋の外を通った人は、裏門から正門のほうへ通ったんだから、五人目のB棟もありえない。五人目はC棟、四人目はD棟にお住まいです」

従業員が感心したようすでつぶやいた。「なるほど」

須藤にとっては、もうすっかりお手上げだった。判断推理問題の解き方を応用しているとはわかるが、図表も書かずに絞りこんでいくとは、並外れた思考力だった。

瑞希が流暢(りゅうちょう)に告げた。「映画が終わるころに通りかかった人は、裏門から帰った一人目と二人目のいずれかですけど、二人目は十時半に帰ったのだから除外されます。

これで二人目はE棟、一人目が最後に残ったB棟にお住まいです。映画が始まる九時ごろにD棟の人がC棟の前を通りすぎ、映画が終わる十一時四十分ごろにB棟の人が通りすぎたんです」

管理人が瑞希を見つめた。「まって。それじゃB棟の住人さんは裏門から入ったことになるでしょう。わたしはその時間、正門が開閉するのをきいたのよ」

「ええ。それが防犯カメラにも映ってた松浦菜々美さんです。コートを着てヒールを履いてました。けど誰も、その後の靴音をきいてない。石畳に音が響くと気づき、ヒールを脱いだんでしょう。そのまま敷地内の私道を通りぬけて、裏門をそっと開け、外へでたんです」

「なぜそういえるんですか」

「正門から入ったのは、十時の門限を知らなかったから。ここの住人ではないんです。彼女はわけあって、警察のクルマで送ってもらいました。そのとき、ここに住んでると思わせる必要があったんです。ほぼ同じ時刻にB棟の人が裏門から帰ってきました。すれちがった可能性があるとすれば、B棟の人しかいないんです」

管理人と従業員、ふたりの女性は驚異のまなざしで瑞希を眺めていた。やがて従業員が我にかえったように、管理人の肩を軽く叩いた。目でうながしている。管理人もあわてたようにスマホをいじった。

ショートメールではなく、電話をかけたらしい。スマホを耳もとにあて、管理人はいった。「あ、B棟の清里真奈美さんですか。管理人の西田です。さきほどはどうも。すみません、おたずねしたいことがありまして。あの夜どなたかとすれちがいましたか。正門からひとり、帰ってきた人がいるんですけど」

管理人はしばらく、電話の声に耳を傾けているようすだったが、ふいに愕然とした面持ちになった。「コートの人？　裸足？　ヒールを持ってたんですね!?　裏門へ抜けていった、たしかですか」

瑞希がそわそわしながら歩み寄った。管理人が電話に告げた。すみません、代わらせていただきます。

あれほどプライバシーの開示を拒絶していた管理人が、スマホを瑞希に差しだした。

瑞希はスマホを受けとった。「もしもし。お手間とらせましてすみません。その人の顔、ご記憶ですか」

だが、瑞希の表情がまた沈みがちになった。ああ、そうですか。わかりました。ありがとうございます。そうつぶやいて、スマホを管理人にかえした。

須藤はきいた。「どうだった？」

「暗かったし、向こうは小走りだったから、顔はよく見なかったたって。裸足なのを妙に思って振りかえったら、裏門をでて左へ走り去った……。目撃したのは、ほとんど後ろ姿。松浦菜々美さんに間違いないだろうけど、はっきりとした証言がほしかった」

「ここの住人じゃなかったと判明しただけでも、大きな進歩だよ」

「そう思うしかないですね」瑞希はふたりの女性に深々とおじぎをした。「本当にご迷惑をおかけしました」

「いえ！」管理人が目を大きく見開いていった。「お、お役に立てたようで嬉しいです」

従業員は瑞希と須藤をかわるがわる見つめ、興奮ぎみに告げてきた。「ご契約者様以外に、門を勝手に入った人がいたなんて、管理会社としてお恥ずかしいかぎりです。ご指摘いただき心から感謝申しあげます」

瑞希は穏やかにいった。「門の鍵をどうやって入手したかわかりませんけど、早く取り替えたほうがいいでしょう。録画映像もできるだけチェックして、ほかの日にも彼女の出入りがあったら、データを保存しておいていただけませんか」

「はい。そうします」瑞希は微笑した。「ご協力いただき、本当にありがとうございました」

「では失礼します」

須藤は瑞希に倣い、女性たちに頭をさげた。門の外へ歩きだしてもなお、背後で女性たちが感嘆の声をあげるのをきいた。

路地を歩きだしたとき、瑞希がつぶやいた。「まさか住んでる場所が嘘だなんて思わなかった。記者ばかりか警察までだまされるなんて、住民票とかどうなってるんだろ」

「すぐ警視庁に知らせるべきだな」須藤はいった。

どんな事情が潜んでいるかさだかではない。当初考えていたより問題は奥深そうだと須藤は思った。ますます過労死バイオマーカー研究の検証から遠ざかる。しかしこの不可解を放置はできない。

19

警視庁に電話したが、矢田はアルカルク過労死疑惑の捜査会議中で不在だといわれた。だが瑞希は確信していた。松浦菜々美の住所が偽装だったとわかれば、見過ごせるはずがない。

予想どおり、警視庁から研究公正推進室に電話が入った。矢田からの伝言だった。午後五時半には会えるという。瑞希は須藤とともに警視庁へ向かった。

今度は個室で話せる環境が整っていた。小会議室で矢田は、瑞希と須藤の前に複数枚の書類をひろげた。

矢田が深々と頭をさげた。「なんとも、痛恨の極みといわざるをえません。幹本不動産と電話で話したうえ、近隣の交番からも人を送ってたしかめました。メゾネット・アリゼに松浦菜々美さんは住んでないとあきらかになりました」

須藤はテーブル上の書類を眺めた。「でもこれらの住所表記は……」

「そこです」矢田が真顔でうなずいた。「たとえばこのコピーは、附票の写しです。戸籍の附票には住所の移転履歴が記録してあり、本籍地の役所でのみ交付されます。それとこっちは、住民票のコピー。両方とも偽造じゃありません。捜査資料の一部として、私たちが元本を取り寄せました」

瑞希は驚いた。「渋谷区神宮前七丁目六番一号、メゾネット・アリゼD棟って……。松浦さんの住所、嘘のまま登録されてたんですか」

「そういうことになります。附票によれば、その前の住まいは秋田県横手市赤川1264、コーポ赤川201。転居は三年前です。さらにその前は青森県五所川原市相内725、青五マンション3-Eとあります。これらは急ぎ問い合わせ中です」

須藤が矢田にきいた。「住んでもいないのに、住所登録できるんですか」

「普通は無理です。でも本当のD棟の住人は、実家から住所を移していませんでした。住民票は実家のままで、転出届をだしてません。よって区役所の職員が、空き部屋と錯覚した可能性があります。賃貸住まいの場合、こういうところが厄介です」

「誰が住んでるか、役所の人があとで確認しないんですか」

「住居表示係により、転居届に記載された住所の有無は、その場で確認しています。つまり台帳による事前確認だけで、後日かならず現地を訪問するわけじゃないんです。必要に応じ実態調査がなされ、不在住が確認されると住民登録は抹消されます。ただD棟には、ほかに転入届がでていなかったので……」

「賃貸物件の集合住宅なんだから、役所が管理会社に確認すると思いますが」

「そのとおりです。しかし現に、松浦菜々美さんはD棟に住所登録している。どんな経緯で登録がなされたか、詳しく調べる必要があります」

瑞希は思いついたことを口にした。「引っ越し後、おまわりさんが巡回してきて、家族構成とか連絡先とか質問しますよね？　新しく住所登録があった家へ来てるんじゃないんですか」

矢田が唸った。「あまりはっきりはいえないのですが……。巡回連絡は役所の住所登録とは別物です。特に賃貸物件の場合は、指名手配犯がいないかどうか、顔をたしかめてるんです。住民票とのちがいは、まず浮き彫りになりません」

顔。瑞希はテーブル上の書類のなかにまざった、松浦菜々美の写真を眺めた。吉岡のデスクのフォトフレームにおさめられた写真とは異なるが、むろん同一人物だった。昼間、ビル街の一角で撮ったらしい。照れ笑いぎみにカメラを見つめている。

瑞希はきいた。「この写真はどこから？」

矢田が写真を手にとってしめした。「吉岡さんの元同級生が提供してくれました。

彼らは吉岡さんと松浦さんの婚約を祝って、何度となくパーティーを開いています。最後に松浦さんに会ったのは葬儀の席だったようです。葬儀に立ち会った鎌倉署員も、彼女がいたのを確認しています」

「松浦菜々美さん本人に間違いないんですね？」

「もちろんです。本庁で調書の作成にご協力いただいたのも、同僚と覆面パトカーでメゾネット・アリゼへお送りしたのも、間違いなくこの人でした。車内ドライブレコーダーにも録画されてます。彼女は降車後、たしかに門のなかへ入っていきました」

「その映像を拝見できますか？」

「問題ありません。さっそく手配しておきます」

ふと瑞希のなかに疑念が湧いた。B棟の住人は、すれちがった松浦菜々美の顔をよく見ていない。もし菜々美が敷地内を通り抜けたのでなく、どこかの部屋に入り、別の人間が入れ替わりに裏門へ向かったとしたら。

いや。それならドアの開閉に、ほかの住人が気づくはずだ。入れ替わりに協力した住人は嘘をつくかもしれないが、全員帰宅していた以上、誰も証言しないのはおかしい。

そうは思うものの、どうも疑念が残る。ひとまずいまは、住人がみな真実を語ったと仮定するしかなかった。

須藤が書類を指ししめした。「これらのコピー、いただくわけにはいきませんよね？」

矢田は申しわけなさそうにいった。「いちおう捜査資料ですので。しかし進展があればかならずお伝えします。なにしろこれは、公正証書原本不実記載罪という立派な犯罪ですから」

瑞希は矢田を見つめた。「松浦菜々美さんと連絡はとれないんですか？」

「ええ。携帯電話も解約したのか通じません。岩手の実家にも帰った気配はないようです。両親と電話で話しましたが、嘘をついてるようには思えませんでした。もっとも現地を訪ねて確認するまで、はっきりしたことはいえませんが」

「なぜ住所を偽ったか、そこがふしぎですね」

「そうなんです。婚約相手が自殺し、そのショックで行方をくらましたのならわかりますが、彼女は三年前から実際の住所を隠してたんです」

瑞希はうなずいた。「吉岡さんも、本当の住所を知ってたかどうか……」

「今後は徹底的に調べます。渋谷区役所を欺き、住所登録できた経緯。三年間バレなかった理由。そしてなにより、なぜ彼女がそんなことをしたかです」

「事件性がありそうですね」

「ええ。これで動ける機会を得ました。正直ありがたいです。個人的にも、過労死関連は見過ごせないと感じてるので」

矢田は積極的な姿勢をしめしていた。過労死についての追及が、同僚の無念を晴らすことになると考えているのだろう。婚約者の素行に犯罪があったのをきっかけに、そちらも暴けると希望を感じたにちがいない。

だが瑞希は、状況が妙な様相を呈してきていると感じた。吉岡の自殺の理由。本当に過労死だったろうか。

20

すでに退庁時刻を過ぎている。しかし瑞希が文科省に戻ってみると、研究公正推進室の職員はほとんどが居残っていた。いつもの風景だった。

顔を見るなり、室長の石橋がデスクから立ちあがった。つかつかと歩み寄ってくる。「どこへ行ってた？」

須藤が応じた。「警視庁で、矢田警部補と会ってました」

「なんだと」石橋が不満そうな面持ちできいた。「なぜ私を通さない」

「急を要することでしたし、先方もそれを理解し、急ぎ時間を割いてくれたので……」

「ああ、もういい」石橋は両手をあげ須藤を制した。「三日の猶予があるなら、調査は実質二日、残る一日を報告書の作成に充てるべきだ。二日が経った。どんな進展ぐあいだ？」

須藤が戸惑い顔を瑞希に向けてきた。総合職にしてはすなおだが、頼りないところもある。

瑞希は石橋にいった。「前にも申しあげたように、吉岡健弥さんの過労死を実証できないか調査してまして」

「まだそんな段階か。それでなにか発見があったのか」

「いえ……。どうも奇妙なことばかりなんです。婚約者と連絡がとれず、現住所も不明、行方知れずです」

「的外れだ」石橋が食ってかかってきた。「財務省主計局から抗議があった。科学調査の域を逸脱してるとな。私もそう思う。少し変わった切り口で検証が進むかと思えば、故人の元上司を侮辱するやり方だ」

「過労自殺だったかどうか、事情を聞きにいっただけですけど」

「主計官の部下への管理不行き届きを糾弾したいのか。いつから財務省の人事に口をだせる立場になった? 警察は主査の自殺に、職場との因果関係を見つけられなかった。捜査は終わってる。なのに文科省職員がほじくりかえそうとするとは、いったいなにごとだ」

須藤が不服そうにつぶやいた。「方針に賛同いただいてたと思ったんですけど」

「人の気分を害せとはいってない」石橋が須藤に詰め寄った。「いいか。いまから菅野博士の論文をもとに、論理的に研究を評価する報告書を作成しろ。故人となった職員の例を引っ張りだすのは禁止する」

瑞希は石橋を見つめた。「いまからとおっしゃると……。残業ってことでしょうか」

石橋の眉間に皺が寄った。「周りをよく見ろ。誰が不平をこぼしてる?」

仕事に没頭する雛壇に囲まれ、瑞希は発言を慎むしかなかった。須藤も同様のようだった。

「急げ」石橋が背を向け、デスクへと立ち去りだした。「期限は明日いっぱいだぞ」

瑞希は頭をさげ、雛壇わきの階段状の通路を登りだした。すぐ後ろを須藤がついてくる。

愚痴のひとつもこぼしたくもなる。瑞希はささやいた。「抗議受けたとたん掌が(てのひら)えし」

須藤が小声で応じた。「室長も辛い立場だろうよ。管理職は波風立てないのがモットーだからな」

「これじゃこっちが過労になりそう」瑞希はぼやきながらデスクについた。

「みんなとっくに過労だよ」須藤も隣りの席に腰かけた。「熟語の末尾に、死の一文字がついて、ようやく認められる。あいつはよく働く職員だったって」

「だった。過去形ですね」

「そう」須藤がつぶやいた。「職場から評価されたときはもう、過去の存在ってことだよ」


瑞希は論文を読みふけった。わからない言葉がでてくるたび、データベースで検索し、推奨される電子書籍を紐解(ひもと)いた。

まずは長々と、過労死が民事上どんな法令に違反するか書かれていた。労働契約法五条に明示される安全配慮義務、労働安全衛生法六十九条第一項の規定による、労働者の健康の保持などの努力義務。労働基準法三十六条や三十七条の労働時間に関する義務、労働安全衛生法第六十六条の八、第六十六条の九の規定による、長時間労働者に対する医師による面接指導等の結果に基づく事後措置。

論文には労災に関する項目もあった。過労死や過労自殺において、遺族が補償を請求するとき、従来は交通事故と同じように金額を算出してきた。すなわち、死ななければ得られたであろう生涯の収入のほか、慰謝料や葬祭料の合計だった。

逸失利益をまとめて受領するなら、金銭の運用利益を考慮して損害金額を調整する中間利息控除が適用される。これには単利計算と複利計算があり、ほかにも生活費控除が……。

煩雑すぎてよくわからないが、そのぶん気が滅いる。人の死の代償を受けとるのに、こんな面倒な計算を強制されるのか。論文によれば、いまの算出方法では過労の度合いが正しく金額に反映されない可能性があるという。PDG値が公的な指標になれば、公平な補償額が迅速に支払われるとしていた。

これはどうなのだろう。瑞希はもやもやしたものを感じた。家計を支えるための過労死による玉砕を、かえって助長するのではないか。

自分が当てはまらなくてほっとする。と同時に、世知辛さに息が詰まりそうになった。過労死を科学的に解析するという趣旨からは外れていない。しかし、すべてを数値で決めてしまっていいのだろうか。遺族が過労死と信じていても、生前に測定したPDG値が危険値でなかったことを理由に、労災が却下される。それで遺族は納得がいくのか。

やはり過労死バイオマーカーの精度は、完璧でなくてはならない。過労死か否かの判定結果に、ひとりの例外も許されない。なら実際に亡くなった職員の死因を探るのは、どうしようもなく正しい。吉岡健弥の自殺の理由を追うことは間違っていない。

むしろ去年の春以降に亡くなった残りのふたりまでも、しっかり調査するべきだ。

そんなふうに思ったとき、須藤が声をかけてきた。水鏡。

「はい?」瑞希は須藤を見つめた。

須藤が専門書に目を落としながらきいた。「いま何時何分何秒だと思う?」

瑞希の腕時計に秒針はなかった。壁の時計に視線を向ける。ほんの一瞬、秒針が止まっているかに感じ、しばし眺めた。すぐに動いているとわかる。瑞希は答えた。

「七時四十八分、十六秒です」

「秒針、止まってるんじゃないかと思ったか?」

「……はい。よくあることですよね」

「おめでとう。水鏡は健康らしいよ。重度の統合失調症だったりすると、クロノスタシスが起きにくくなるってさ。きみはそうじゃなかった」

「クロノスタシス?」

須藤が専門書を指ししめした。「ここに書いてある。見つめる場所が点から点へすばやく移動する、そのときの眼球運動をサッカードという。このサッカードにともない、視点移動にかかる時間的喪失を脳が埋めようとして、時間の感覚はわずかに後方へ伸長する。だから時計を見た直後、秒針が一秒以上動かなかったように錯覚する」

「へえ。そんな小難しい理屈なんですね。秒針が動いた直後に見たから、次に動きだすまでたっぷり一秒あって、止まってるように感じられるのかと思ってました」

「統合失調症患者は、眼球の移動距離が少なくなる。フリービューイングにおける、スキャンパス距離が極端に短い。よって探索眼球運動が乏しくなり、クロノスタシスも発生しにくい……ってさ」須藤が本から顔をあげ、壁の時計を見つめた。「なるほど、止まってるように見えるもんだな。僕もまだ休養をもらえそうにない」

瑞希は醒めた気分でつぶやいた。「お互い元気でよかったです」

「論文と専門書。引用元の材料が揃ったな。あと、菅野博士のプロフィールも用意してくれないか。できるだけ詳細なやつ」

「プロフィールですか」瑞希は戸惑いをおぼえた。「論文から転記しちゃ駄目ですか」

「長ければ長いほど、報告書のページ数を稼げるだろ。博士号取得者のデータベースから経歴が拾えるよ。論文リストから、名前がでた新聞記事まで、すべてでてくる」

瑞希はマウスをつかんで滑らせた。パソコンを操作し、データベースへのアクセス画面を表示する。病院別という項目があった。菅野博士はどこの病院の所属だろう。ぼんやりと考えていたとき、国立八幡病院が目に入った。

吉岡の検案を担当した永井泰己博士。彼は国立八幡病院の外科医長だった。クリックしてみると一覧が表示された。永井泰己の名はほどなく発見できた。

そこを選択すると、詳細な経歴が延々スクロールし始めた。なるほど、報告書のページをかなり埋められる分量だった。須藤の悪知恵に感心したそのとき、新聞記事という項目に気づいた。

表示された記事の見出しに、瑞希は注意を喚起された。医師の三回忌法要に過労死訴える同僚、そうあった。

急性心不全で他界した飯原義純医学博士（享年46）の三回忌法要が八日、都内港区洪藩寺で執り行われた。飯原博士をめぐっては、過剰な労働により病状が悪化したとする遺族らが、病院を相手取り補償と慰謝料を求める訴訟を起こしたが、判決により却下されている。同僚の永井泰己医学博士（49）は「裁判所の判断には誤りがある。飯原博士は極端な長時間勤務により、脳や心臓に疾患を生じたと考えられる。病院側は当初こそ沈黙を守っていたが、徐々に嘘がエスカレートしていった。医者の不養生などとからかう声も当時あったが、とんでもない。過労死がいかに身近な問題か、広く世間に知ってほしい」と無念を滲ませていた。

瑞希はマウスを操作し、記事を拡大表示した。「須藤さん。これ見てくれませんか」

須藤がモニターを眺めた。「二〇〇八年八月……。だいぶ前の記事だな。ああ、永井先生の名前がある」

「どうりで過労死バイオマーカーに否定的だったわけですね」

「ああ。外科医のわりに、過労は専門医の診療でなきゃ見抜けないって、強いこだわりをしめしてたもんな」

「でも国立病院って、ふつうの病院より余裕がありそうですけど」

「いや」須藤は首を横に振った。「国立病院機構は独立行政法人だけど、以前は本当の意味で国立だったから、勤務する医師も国家公務員だった。たぶんいまでも、実状は僕らと同じだろう。馬車馬のように働かされてる」

瑞希は心から嘆いた。「過労死かぁ。あらゆる業界に溢れてるんですね」

「けどさ」須藤がいった。「永井先生も過労死を憎んでるなら……」

「ええ」瑞希はうなずいた。「いざとなったら力を貸してくれる可能性があります。矢田警部補と同じように」

デスクの上で内線が鳴った。瑞希は受話器を取りあげボタンを押した。「水鏡です」

女性の声がささやくように告げてきた。「水鏡さん？　わたし八重です」

八重順子。財務省主計局で吉岡の同僚だった主査。瑞希は息を呑んだ。「どうしたんですか、こんな時間に」

「いま一階の受付にいます」順子の声がいった。「どうしてもお話ししたいことがあって」

21

あまり知られていないが、霞が関には百円ショップがある。それも金融庁に隣接する商業施設の一階だった。同じビル内にはうどん屋や焼き鳥屋があるが、そこには誰がいるかわからない。百円ショップにも、文房具を切らした省庁職員が買いにきたりするが、少なくとも客の出入りが頻繁でマークされにくい。文科省の瑞希が財務省の八重順子と、こっそり会うには適していた。互いの職場から徒歩で来られる距離にある。

順子はロングコートに身を包んでいた。やはり残業中に抜けだしてきたようだ。夜七時をまわったばかりで、歩道には人の往来も多かった。百円ショップの照明がぎりぎり届く、ほの暗い一角で、瑞希は順子と向かいあった。

瑞希はささやいた。「お会いできてよかった。財務省のほうへうかがうのも難しくなっちゃって」

「電話ではきちんと応対できなくてすみません」順子は疲れきった顔で、つぶやくようにいった。「すぐ近くに宮沢がいたもので。水鏡さんたちとは、いっさい話すなともいわれてますし」

「事情はわかります。こっちも似たような状況です。わたしの身からでた錆なんですけど……」

「いえ」順子が瑞希を見つめてきた。「この調査は重要だと思ってます。吉岡はたしかに明るい性格でしたが、亡くなる数週間前はそうではありませんでした」

「だんだん口数が少なくなって、笑わなくなったとおっしゃってましたね」

「それだけじゃなくて……。あのノートに書かれていたことは、ただの愚痴じゃありません。心の叫びです。いちど宮沢の下で働いてみればわかります。世間にもあれほど嫌な人はいません」

瑞希は言葉を失った。順子やほかの主査たちに漂う疲労感を見れば、決して大げさな物言いでないとわかる。いまも順子の目の下には、くっきりとくまができていた。

順子がいった。「宮沢の態度は横柄というより横暴です。自分の思いどおりにならないと気分を害するタイプで、部下への叱責もただの嫌味と悪口です。それも部署内の全員にきこえるように、わざわざ声を張りあげるんです。こなしきれない量の仕事を強制するいっぽうで、なにもさせずただ帰さないという仕打ちもします。正直もう耐えられません」

「いまは外にでてだいじょうぶなんですか？」

「ええ。宮沢が厚労省の課長と会食にでてますから。主計官としての書類仕事も、ぜんぶわたしたちに押しつけて、宮沢自身は外面の良さばかり振り撒いています。上にもうまく取りいっているようで、わたしたちが抗議の声をあげることは、事実上できません」

「ひどいですね。財務省はいろいろいわれてるけど、主計局の人はそうでもないって噂なのに」

「ええ。宮沢は例外中の例外だと思います。国税がらみの部署になると、総合職が一般職をいびったりする話もききますけど。その一般職も、早稲田や慶應をでてる人たちなんですが、東大法学部出身のキャリアが暴君ぶりを発揮してたりします。主計局はその点、担当省庁からは疎ましがられても、内部はわりと平穏です。宮沢以外は」

かなり鬱憤がたまっているのだろう。瑞希はそう感じながらいった。「吉岡さんが、宮沢さんのせいで自殺した可能性があると、そうおっしゃるんですね」

「そこまではっきりとは……。いえ、勇気をだして認めるべきかもしれません。そのとおりです。宮沢の吉岡に対する暴言は、耳をふさぎたくなるものばかりでした。小柄なのを罵る言葉もありましたし、これぐらいできないなら死ねとか、迷惑がかからないように遠くへ行って自殺しろとか、事故かどうかわからないように海で死ねとか……」

「そんなことといってたんですか」

順子の目は潤みだしていた。「吉岡が亡くなったという報せがきたとき、わたしだけでなく同僚はみんな、同じことを思いました。宮沢もさすがに顔面が蒼白になり、逃げるように部署からでていきました」

「警察に事情をきかれたでしょう。そのことを伝えなかったんですか」

「いまにして思えば、後悔しかありません。警視庁の矢田警部補がきたとき、宮沢が率先して質問に応じ、わたしたちには口を挟ませまいとしていました。もちろん個別に事情をきかれましたが、事前に宮沢から、憶測でものをいうなと釘を刺されました。発言に責任を負えることだけ話せというんです。自殺の原因は宮沢だと思いますが、確証まではありません。わたしたちは黙るしかありませんでした」

「辛いですね。でも話しておくべきだったかもしれません」

「おっしゃるとおりです。なにより許せないのは、警察の捜査に対し、当初は宮沢も言葉少なだったのが、だんだん饒舌になっていったことです」

「饒舌というと……」

「証拠がないと気づき始めたんでしょう。事実をいくらか捻じ曲げてもだいじょうぶ、そう感じたのかもしれません。警察に事情をきかれた当初は、指導のため吉岡を叱咤したことを認めてましたが、後日には業務をイチから説明しただけという話に変わり、最終的に声を荒らげたこともないと嘘の主張が始まりました。死ねとも自殺しろとも、もちろんいっていない。吉岡はずっと明るい性格のままで、ノートに書いてあるのは親しいがゆえのおふざけにすぎなかったと……。警察もそれ以上追及しませんでした」

瑞希は胸のむかつきを禁じえなかった。「やはり主査のみなさんが否定するべきだったでしょう」

「そのとおりなんです」順子の目に涙が膨れあがり、頬を流れ落ちた。「わたしたちが吉岡君を……。彼を見殺しにして、名誉まで傷つけてしまったんです。裏切り者です」

「どうか落ち着いてください」瑞希は穏やかにいった。「いま打ち明けてくださった時点で、あなたは裏切り者じゃありませんよ」

さっき目にした記事が脳裏をよぎる。永井医師も同僚の死を嘆きながら、病院側の嘘が徐々にエスカレートしたと訴えていた。

死人に口なし、そんな状況が加害者に利する割合は、過労死においてこそ高いのかもしれない。いや、おそらくそうなのだろう。加害者のはずの上司が、自己正当化のため過去の発言や行動の解釈を捻じ曲げていき、やがて事実とは真逆のことを口にする。上司としての権限を行使し、部下たちを威圧し黙らせる。そんな状況がまかり通るのは、過労死の世界のみに思える。

涙がとまらないらしく、順子は目を真っ赤に泣き腫らしていた。声を震わせながらつぶやいた。「どうすればいいんですか。会社勤めの友達は、しばらく我慢してれば状況が好転するっていってました。組合が経営陣に掛けあう前提があるから、会社側も福利厚生に努めてくれるんでしょう。でもわたしたちには……」

「ええ」瑞希はうなずくしかなかった。「省庁勤めには、そんな期待は持てません」

国家公務員は団体交渉権が厳しく制限されている。労働協約の締結はできず、争議権もない。労働者の権利であるはずの労働基本権に守られていない。文科省に入ったばかりのころは、よくわかっていなかった。勤務がつづくうち、その意味の重さを知った。

瑞希はささやいた。「省庁勤務ってある意味、過労死が蔓延しやすい環境なんでしょう。どんなに残業が辛くても、公然と申し立てる方法がないんだから」

順子が目もとを拭いながらいった。「同じ部署の主査でも、田丸は辞めたいといってます。でないと壊れてしまいそうだって。わたしも同じ気持ちです。芦道もほかの部署へ移りたがってるようです。けど竹葉は、宮沢の肩を持ってて、わたしたちと足並みを揃えてはくれません」

竹葉陽介。いちばん端の席にいたベテランの主査だった。瑞希はつぶやいた。「職員のあいだで意見が分かれてるんですね」

「ええ。竹葉が宮沢の証言を支持し、吉岡の過労自殺を否定してます。彼の主張が警察の捜査にも影響を与えたでしょう。竹葉はうちの部署のナンバーツーですし」

冷たい夜風が並木を揺らし、枝葉がざわめく。瑞希は黙って考えた。順子や田丸、芦道に証言を期待できるだろうか。おそらく難しいだろう。瑞希が与えられている権限は、過労死バイオマーカーに対する検証であり、吉岡の自殺という実例への調査はその延長線上にすぎなかった。しかしその調査も石橋によって禁じられた。宮沢のほうも主査たちに箝口令を敷いている。証言を引きだしても、公に取りあげられないばかりか、ただ順子たちを追い詰めてしまう。むろん瑞希も安泰でいられるはずがない。須藤も同様だった。

大勢を巻きこみ不幸にしたのでは、まさしく本末転倒でしかない。ほかに真実を浮き彫りにする方法はあるだろうか。

瑞希は順子を見つめた。「吉岡さんの婚約者、松浦菜々美さんがどこに住んでるか、ご存じないですか」

「……さあ」順子はいくらか落ち着きを取り戻したようだった。「うちの部署は、互いのプライバシーに干渉するほうじゃないんです。結婚したら新居に招いてくれるというので、それは楽しみにしてました。でも吉岡君の部屋に遊びに行ったこともないし」

「菜々美さんの連絡先ももちろん、きいてないですよね？」

「ええ。吉岡君……いえ、吉岡がラインで松浦さんとやりとりしてたのは、よく見かけました。けれども、ＩＤを教えてくれたわけでもないので」

「婚約者のＩＤを、職場の同僚に教えるはずもないですよね」

「あ、だけど」順子がいった。「吉岡の住んでたマンションの部屋に、よく泊まりにきてたみたいです」

瑞希はノートの文面を思いだした。「たしかに。そんなふうに書いてありましたね」

順子のなおも潤みがちな瞳が、瑞希をじっと見つめてきた。「マンションの隣人とか、近所の人がなにかご存じかも」

22

吉岡健弥が生前住んでいたマンションは、杉並区高円寺南六－二－四、新高円寺駅から歩いて十分ほどのところにある。

順子は一緒に行きたいといった。しかし宮沢が会食を終え、部署に戻ってくる可能性もあるという。瑞希は順子に、心配しないで職場へ帰ってください、そう勧めた。手伝うことはなくても責任を共有したい、そんな順子の気持ちはもう充分に理解できている。ひとりでだいじょうぶですから、瑞希は微笑とともにそう告げた。

とはいえ瑞希のほうも、残業から抜けだしたままだった。遠出するのは気がひけたが、迷っている場合ではない。新高円寺駅なら丸ノ内線一本で行ける。顔見知りに出会わないよう祈りながら、瑞希は満員電車に揺られた。午後八時前には、駅出口の階段を登り、青梅街道(おうめかいどう)沿いにでた。スマホで住所を検索し、地図表示を頼りに歩きだした。

そのマンションは、古い商店街に面した七階建てだった。名称はヴィレッタ新高円寺。ここの303号室に吉岡は住んでいた。

表通りから見上げると、三階のエレベーター寄りから三つ目のバルコニーがあった。窓に明かりが灯っている。室内が見えた。五十代とおぼしき太った女性が、皿を食卓に運んでいる。小さな子供がひとりいるようだ。椅子に腰かけているらしく、頭だけ見えている。

あれが303号室だ。もう新たな暮らしがある。前の入居者が自殺しても、ここで死んでいなければ瑕疵物件にならないのだろうか。瑞希にはわからなかった。自殺者がいようが借り主に困らないのが都内の住宅事情、そうきいたこともある。

マンションの玄関はオートロックだった。防犯カメラの設置はないようだ。郵便受けの303に、北野と表札がでている。

しばらくその場にたたずんでいると、二十代のカップルが歩いてきて、玄関を入ろうとした。揃いのダウンジャケットを着て、買い物袋をさげている。

女のほうが瑞希をちらと見た。住人だと思ったのか会釈した。先へどうぞ、目でそう告げてくる。

「あ」瑞希は戸惑いがちに応じた。「いえ。どうぞ」

するとー男が振りかえった。なかへ入りたがっていると思われたらしい。男がきいた。「何号室にご用ですか」

「ええと」瑞希は答えた。「３０３号室です。吉岡健弥さん……」

すると男女は神妙な顔を見合わせた。女が瑞希を見つめていった。「ご存じないですか。お気の毒に、吉岡さんはお亡くなりになりました」

知り合いか。瑞希は女を見かえした。「彼の婚約者が、ここに泊まりにきてたと思うんですけど」

男がぽかんとしていった。「なにか複雑な事情？　でももう亡くなってるんだし……」

「いえ」瑞希はあわてて首を横に振った。「ただ婚約者のかたとお会いしなきゃいけない理由がありまして。あの、職場が彼の隣りで」

「隣り？　吉岡さんって、財務省勤務じゃなかった？　よく自慢してたし」

「そう。わたし、その隣りの省庁に勤めてるんです」瑞希は男を見つめた。「仕事の話をするほど親しかったんですか？」

「でもないけど、僕ら３０６号室だからね。エレベーターでよく一緒になったし、そのヴェロニカでも顔を合わせたから」

「ヴェロニカ？」

女が道路をはさんだ向かいを指さした。「あのイタリアンの店」

瑞希はそちらを眺めた。小ぶりなレストランの軒先がある。テイクアウトのサービスもあるらしく、エントランスのわきに専用窓口が設けてあった。髭面の男が顔をのぞかせている。男女が手を振った。髭の店員も手を振りかえした。

男が瑞希にいった。「あれトミさん。本場で修業してきて、ピザが絶品」

瑞希は男女に向き直った。「吉岡さんの婚約者、ご存じですか」

「知ってる」男があっさりと応じた。「髪の長い女の子が、彼の部屋に入ってくのを何度か見かけたよ。鍵持ってたらしくて、彼より先に帰ってることもあったみたいだ」

女もうなずいた。「白のマキシ丈ワンピにニットシャツ羽織ってて。可愛い。おしゃれな人」

瑞希はスマホを取りだし、松浦菜々美の写真を表示した。「この人ですか?」

男が笑った。「ああ。菜々美さんだったよね、たしか。あなたほど美人じゃないけど」

その冗談に、女のほうは表情をこわばらせた。男の腕に手をまわし引っ張った。

「そろそろ入ろうよ。寒いし」

「まってください」瑞希はいった。「その後、松浦菜々美さんがどこにおいでか、ご存じゃないですか」

「さあ」男は女に逆らいきれないようすで、玄関へ歩きだしながらいった。「不幸があってからは見かけないな。当然かもしれないけど」

女が立ち去りぎわに振りかえった。「ヴェロニカのトミさんにきいたら？　ああやって毎晩立ってるし、ここ出入りするのもよく見てるだろうし」

男女は談笑しながらマンションのなかへ消えていった。瑞希は道路の向かいを振りかえった。たしかにあのテイクアウトの窓口から見れば、マンションの玄関は真正面に位置する。

瑞希はレストランへ近づいていった。トミという髭の店員が応じた。いらっしゃい。

質問の方法を変えてみよう、瑞希はとっさにそう思った。真っ先にスマホの画面を差し向けた。「この女性、ご存じですか」

トミは画面を見つめた。「ああ。なんだっけ、ええと、菜々美さんだね。吉岡さんの婚約者の。あんな不幸なことがあって、いたたまれないね」

「直接お会いになったんですか」

「いや。でもそこのマンションに入ってくのをよく見かけたよ」

「そうですか。いまどこに住んでるか、ご存じありませんか」

「そりゃ知らないね。吉岡さんはうちの店の常連だったけど、私は彼女の友達ってわけじゃないから」

「吉岡さんのほうが、菜々美さんの家に泊まりに行くことはなかったんでしょうか」

「たしか、彼女は原宿に住んでたんじゃなかった？　向こうは二階建てで、そっちのほうが広いのに、泊まらせてくれないとかぼやいてたよ。男を泊められない物件だとか」

瑞希は絶句し立ち尽くした。年配の女性が窓口の前に立った。いらっしゃい、トミが笑顔になった。女性が注文を始めた。

ゆっくりと後ずさり、瑞希はふたたびマンションを見上げた。３０３号室にはカーテンが引かれていた。

松浦菜々美は、吉岡に対しても住所を偽っていた。メゾネット・アリゼに住んでいる、そう告げたのだろう。そこなら住所を明かしても、吉岡には訪ねられない。

彼女にはいったい、どんな意図があったのか。ふたりはどう知り合い、仲を深め、婚約にまで至ったのか。

　吉岡が過労自殺だったと証明するには、その死が家庭に起因していないとしめす必要がある。松浦菜々美とのあいだに問題はなかったのか。住民票に嘘の住所を記載していた女との婚約。ひょっとして吉岡はだまされていたのではないか。

　いや、偏見を持つには早すぎるかもしれない。なぜ住所を偽ったかは不明だが、行方をくらましたのには別の理由も考えられる。婚約相手の死にショックを受け、誰とも会わないと心に決めたか、もしくは後を追おうとした可能性もあった。

　最悪の結果など想像もしたくない。瑞希の長いため息が、目の前で白く染まった。

　スマホが振動しだした。須藤からの着信だった。瑞希は応答した。「はい、水鏡です」

「おい」須藤の声がささやいてきた。「職場抜けだして、帰ってこないなんてまずいぞ。もう石橋さんへの言いわけも尽きた」

　瑞希は足ばやに歩きだした。「あとちょっとだけつないでくれませんか。いまから戻ります」

「霞が関界隈じゃ手に入らない文房具、なんでもいいから買ってきてくれよな。あ、それと」

「なんですか」

「矢田警部補から連絡があった。鎌倉署員があらためて吉岡さんの元同級生に話をきいてくれて、その報告があったたって」

「なにか新しい発見がありましたか」

「現時点では深読みするべきじゃないって、矢田警部補はいってたけどな。吉岡さんや菜々美さんと一緒に買い物したとき、菜々美さんが妙なことをいったらしい。パン売り場で、サンライズふたつくださいって」

サンライズ。瑞希は衝撃を受けた。「メロンパンのことですよね?」

「だってな。矢田警部補もそういってた。近畿から中国、四国の一部にかけて、メロンパンをサンライズって呼ぶって」

瑞希の生まれ故郷、神戸でもそうだった。「でも菜々美さんは、東北の出身でしょう?」

「そのはずだ。実家も岩手だしな。元同級生らも、彼女に関西っぽい訛りはなかったといってる。矢田警部補によれば、僕らが元同級生らと会って話せる機会も作ってくれるそうだ。どうする?」

「もちろん。直接会って話をききたいです」

「だな。さっそく伝えとく。あ、石橋さんには内緒な」

瑞希は思わず苦笑した。「心得てます。それじゃ、またあとで」

早く帰れよ。須藤の声がそう告げて、通話は切れた。

イタリアンレストランを振りかえる。テイクアウトの窓口に、長い列ができていた。トミも忙しそうだった。声はかけられそうにない。

暗がりのあちこちに明かりが灯り、湯気が白煙のように立ちのぼっている。冷えきった夜の商店街を、瑞希は歩きだした。駅方面から押し寄せる人の流れに逆らって進んだ。すれちがう顔のひとつひとつを、意識して眺めてみる。誰も視線を合わせようとしない。互いに目を逸(そ)らしあう世のなかで、たったひとりの女性を見つけだせるだろうか。

23

瑞希は文科省へ戻り、報告書の作成を手伝った。進みぐあいは芳しくなかった。このまま徹夜コースかと思われたが、十時をまわったころ、須藤が帰っていいよといってくれた。室長の石橋はもう退庁していて、苦言を呈されることもない。瑞希は須藤に礼をいい、明日頑張りますから、そう約束した。

都電荒川線の終電にぎりぎり間に合った。十一時半、瑞希は自宅へ帰った。道草食堂の引き戸を開けると、なかは賑わっていた。顔見知りの常連客ばかり、カウンターとテーブルを八割がた埋めている。

木造二階建て、一階の店内は水鏡家のリビングとダイニングルームを兼ねていた。早く帰った日には、ここで夕食をとる。きょうはそういうわけにいかない。瑞希はハンドバッグを棚にしまうと、エプロンを身につけ、カウンターのなかへ入った。

客のひとりが声をかけてきた。「瑞希ちゃん。飯まだなんだろ？ここへきて座りなよ」

板前法被姿の勇司が客を睨みつけた。「駄目ですよ。うちはそういう店じゃないんで」

「怖いな」客がおどけて笑った。「なにも変なことしようってんじゃないのに」

「変なことなんてしたら、それこそ三枚に下ろしちまいますよ。覚悟きめてください」

客たちの笑い声が響くなか、瑞希は母の優子にきいた。「なにか手伝うことない？」

優子は鮭を焼いている最中だった。フライパンにオリーブ油を追加しながらいった。「いまは洗いものぐらいかな」

「じゃあやる」瑞希は流しの前に立ち、袖をまくった。

壁に鏡がかけてある。父も母も客商売だけに、簡単に身だしなみをチェックできるようにしてある。ほかにも用途があった。高い場所に据えてあるテレビが、ちょうど鏡に映る。皿を洗っているあいだの暇つぶしに適している。

ＣＭが映っていた。ジャンボ旅客機が夜の雲海をかすめ飛ぶ。両翼の先端にライトが点灯していた。左翼の先端が赤いろ、右翼の先端が緑いろ。松浦菜々美の頭上に写っていた旅客機と同じだった。すべて共通の仕様だろうか。

ふと瑞希は疑問に思った。これは鏡だ。左右が逆になるはずだった。写真とは本当にちがいがなかっただろうか。

棚にスマホを取りにいこうとしたとき、ＣＭあけに情報番組が始まった。映しだされているのは、去年の夏に爆発的人気になった、小ぶりなピンクいろのハンドバッグだった。流通する品が少ないせいか、瑞希も実物を見たことがなかった。

ナレーションが告げる。「クリスティアーヌという大衆向けブランドの発売したハンドバッグ、オディールです。二万八千円と廉価にもかかわらず、その曲線を多用した独特のデザインがうけて、昨年夏大ブレイクしました。ブームのさなかに発売されたローズディリアンは、千葉の酒々井プレミアム・アウトレット店で限定五十のみの発売となりましたが、転売を防ぐため、予約に身分証明書の提示が必要となるほどでした。しかし秋以降、中国でも人気が沸騰し、中古市場でもとんでもない高値がついたため、手放す人が増え……」

客のひとりがいった。「うちの嫁さんもピンクいろのを持ってる。高く売れるんなら説得しなきゃな」

優子が鼻で笑った。「どうせサーモンピンクでしょ。肌いろに近いピンク」

「駄目なのかい？　それじゃ」

「不人気なのよ。どこの系列店へ行っても売れ残ってる」

客たちは談笑した。陽の光にあてたら、いろが濃くなるんじゃねえか。馬鹿、よけいに退色するだろ。

オディールか。瑞希はぼんやりと思った。シャネルやヴィトンのような高級品ではないから、そのうち探そうと思っていたが、やはり入手はさほど楽ではなさそう……。

瑞希は目に疲れを感じ、数秒でも瞼を閉じてみることにした。するとたちまち意識が遠のきかけ、危うくふらつきかけた。はっとして目を見開く。

勇司が気にかけていたらしい。カウンターのなかを歩み寄ってきた。「だいじょうぶか。いま立ったまま寝かけたんじゃねえか」

「平気」瑞希は笑ってみせた。「電車のなかでもよくあるし」

「ここんとこ完全に不眠症だろ？　一睡もせずにでかけたりしてるよな」

「駅やバス停のベンチで、待ってるあいだに寝てたりするから」

ＰＤＧ値がしめすように、過労死にはほど遠いのだろうが、過労にはちがいないだろう。この調査が一段落つけば、ぐっすり眠れる。なぜかそんなふうに確信を持って感じられた。それだけ真実への探求心が旺盛なのかもしれない。泣いても笑ってもあと一日なのだが。

優子も近づいてきた。「瑞希。お店はもういいから、きょうはゆっくり休んで」

瑞希は流しに向き直った。「洗い物が溜まっちゃうから」

勇司が瑞希の背を押して、強引に階段へと向かわせた。「店主の命令だ。あがれよ」

「だけど」瑞希は父に抗議した。「お客さんが……」

するとと勇司が声をひそめてささやいてきた。「おまえがいなくなったら、ほどなくみんな帰りだすんだよ。瑞希めあての客が多いんだって」

瑞希は階段を登りかけたが、ふと静止した。ふたたび顔をのぞかせる。「誰も帰ろうとしないよ」

優子が顔をしかめ、小声で告げてきた。「男はカッコつけたがりなの。帰るのにも別の理由を口にしたがるのよ。終電が近いとか朝が早いとか」

瑞希は腑に落ちなかったが、ふたたび階段を登りだした。客の声がきこえた。そろそろ終電か、朝も早いしな、お勘定。父の声が応じる。毎度。

思わず苦笑が漏れる。と同時に、両親の優しさが身に沁みた。売り上げよりも娘の健康を気遣ってくれている。

とはいえ、胸のうちにひろがるのは有難さばかりではなかった。憂鬱な思いを拒みきれない。また眠れない夜が待っている。

24

朝霧が官庁街一帯を白く染める。群衆に等しい職員たちが、霞ケ関駅の地上出口から吐きだされ、それぞれの省庁をめざす。いつもの朝の光景だった。なにも変わらない。瑞希もそのなかのひとりだった。二十四時間前と同じ行動をとっている。ただ黙々と文科省へ歩くのみ。

きょうは報告書の提出期限だった。終日デスクに向かわざるをえないだろう。

過労死や過労自殺の実例抜きで、報告書を仕上げるのは難題だったが、そちらの調査は禁じられてしまった。吉岡の婚約者、松浦菜々美の行方が気になる。行政の目を欺いてまで住所を偽る女。その目的もあきらかでない。しかし、いまの瑞希にはどうしようもなかった。

文科省のエントランスは、駅の改札も同然に混みあっていた。これも毎朝のことだった。だがけさは、妙な空気が蔓延している。通路の左右で、横一列にたたずむスーツの集団がいた。文科省職員とは印象が異なる。みな髪を短く刈りあげ、猪首で体格もいい。警視庁庁舎で見かけた私服警官に近い。あるいは、本当にそうなのかもしれない。

ふいに猪首の目がこちらを向いた。ひとりやふたりではない、全員が凝視してきている。気のせいではなかった。センサー付きの監視カメラのように、瑞希の動きに同調して顔の向きが変わる。混雑のなかでは歩を速められない、瑞希はじれったい思いとともに通路を抜けた。背後をちらと振りかえる。猪首たちの何人かがついてくる。

エレベーターホールも混みあっていた。瑞希が立ちどまったとき、猪首の集団に追いつかれた。六人ほどが分散して、周りから瑞希を見守っている。人を掻き分け接近してくるわけでもなく、常に一定の距離を保っていた。

瑞希がエレベーターに乗ると、猪首のうち三人が一緒に乗りこんできた。満員のエレベーターが上昇する。ほかの職員たちは、当然ながら素知らぬ顔をしている。瑞希はひとり不安を募らせた。猪首たちの視線は、いっこうに逸れる気配がない。

エレベーターの扉が開き、大勢がフロアに降り立つ。瑞希も廊下を歩きだした。曲がり角に差しかかるたび、一緒に歩く職員の数も減っていく。屈強そうな三人の靴音だけが、背後に響きつづける。

急き立てられるように研究公正推進室に着いた。おはようございます、瑞希は頭をさげながら入室した。職員たちがそれぞれのデスクに向かい着席する。瑞希も階段状の通路を登りかけた。

そのとき、石橋の声が飛んだ。「水鏡」

嫌な気分とともに静止する。振りかえると、スクリーンわきのデスクで石橋が立ちあがっていた。近くに須藤がかしこまってたたずんでいる。彼も呼びだされたらしい。猪首の男たち三人は、入室せず戸口に控えたまま、こちらを眺めていた。なおも監視をつづける気のようだ。石橋は彼らを一瞥したものの、なんの反応もしめさなかった。すでに存在を認知していると思えた。

瑞希は恐縮しながらデスクに歩み寄った。須藤と目が合う。戸惑いのいろがあった。石橋が憤りをあらわに、机上から一枚の紙をひったくった。「警視庁の幹部から異例の通達があった。読むぞ。文科省側にも事情があるだろうが、捜査員である主任警部補と直接連絡をとり、警察組織として知りうる情報の提供を受けるのは、倫理に反する行為であり遺憾である。そう書いてある。矢田警部補は叱責されたらしいぞ」

瑞希は腑に落ちなかった。「松浦菜々美の行方を調べだしたとたんにですか？　わたしたちから警察へのアプローチは、科学研究調査の一環であると説明し、理解を得られたと思ってましたけど」

石橋が声を荒らげた。「度が過ぎる。警察はきみらを監視したいと申しいれてきた。文科省の上層部もこれを受けいれた。よって彼らが省内にいる。警視庁のほうでも、矢田警部補が同じように監視下に置かれている」

「そんな」瑞希はいった。「過労死バイオマーカーの是非を検証するには、職員自殺の実態調査も必要になるでしょう。それが駄目だといってきたんですか」

「省庁の慣例として、いちいち職員の非を挙げ連ねたりしない。具体例などしめさなくても、身に覚えがあれば本人がいちばんよくわかっている、上はそんな態度をとる。懲罰人事の場合も同様だ。とりわけいまは、警察の監視対象になる理由がはっきりしているだろう。わざわざ向こうのトップを呼びだして理由をきくか？」

「いえ。でも納得いきません」

「きみがどう思おうが関係ない。国家公務員なら黙って従うことだ」

瑞希に退く気はなかった。「当初、警視庁への協力依頼は石橋さんにおこなっていただきました。文科省と警視庁で意思の疎通がなされたはずです。最初に矢田警部補にお会いしたのも、捜査一課の刑事さんたちがいる大部屋でした。周りはわたしたちがなにを話してたか聞ける状況にあったたし、問題のないやりとりだったとわかったはずです。矢田警部補も規則を重視し、きちんと手続きを踏まえ、持ちだせない資料は持ちだせないと断ってました。どこにも倫理に反する行為はありませんでした」

「その後きみらは直接、警部補に連絡をいれただろう」

「急を要することだったからです。事実、それによって吉岡さんの元婚約者が、住所を偽っていたとあきらかになりました」

「捜査が終了してるのに、疑問を突きつける権限がきみらにあるのか」

須藤がおずおずといった。「石橋さん。そのう、変じゃありませんか。警察も気づいてなかった新事実が見つかったから、ふたたび捜査の必要が生じた。それだけじゃないですか」

「ことはそんなに簡単じゃない」石橋は鼻息荒くいったものの、少しばかりトーンダウンしたようすで、歯切れ悪く告げてきた。「よく考えろ。亡くなったのは、財務省の主査だぞ」

瑞希のなかに苛立ちがこみあげた。「あー。圧力ですか。財務省が内情を探られたくないばかりに、警視庁をけしかけてきたんですね」

「言葉を慎め」石橋が大仰に顔をしかめた。「一般職の末席係員にすぎないのに、そんな大局に立ったものの見方ができるのか。分不相応だ」

「そうです。なにがどうなってるかなんて、わかりゃしません。知りたいのはこっちです。吉岡さんの婚約者が偽の住所登録をしていて、警察をも欺こうとしつづけた。のっぴきならない事情があるはずです。常識で考えれば、吉岡さんの上司も同僚も、事実を知りたがるはずじゃないですか。なのに財務省が圧力？　どうして屈しなきゃいけないんですか」

石橋は反論の素振りをしめしたが、なにかをいいかけて、ためらいがちに口をつぐんだ。「自分が間違っていないといいきれるのか」

「過労死バイオマーカーなる研究の検証のため、職員が亡くなった実例を調査したところ、婚約者の居どころが不明なので捜査担当者にその旨相談した。いったいどこがおかしいんでしょうか。圧力をかけようとする財務省と、それに同調する警視庁と、すべてになびく文科省のほうが、絶対正しくないです」

石橋が苦虫を嚙み潰したような顔になり、ため息をついた。「思いきったことをいうもんだな。噂どおりだ」

室長が感情を抑制しているのがわかる。理解しようと努めているかどうかはわからないが、少なくとも忍耐をしめしていた。そのようすを見るうち、瑞希の憤りもおさまっていった。

自制のときだと思った。瑞希は頭をさげた。「すみません。つい」

靴音が近づいてきた。戸口にいた猪首の三人のうち、ひとりが入室し歩み寄ってくる。

「そう興奮なさらずに。私たちが来たことで、揉めごとが起きたんじゃ申しわけない」

石橋はあきらかに歓迎の意をしめしていなかった。仏頂面で椅子に腰かけた。

男は瑞希に目を向けてきた。「水鏡瑞希さんだな。警視庁捜査一課、主任の小池だ。きみにも言いぶんはあるだろうが、矢田との接触は今後慎んでもらいたい。矢田も謹慎というほどではないが、警察官としての基本に還り、秘密を守ることの重要性を再認識してもらっている。私たちは当面、監視の役割を担う。きみや須藤さんにつきまとうことになるが、気にせず業務に従事してくれればいい」

瑞希は小池を見つめた。「なにがいけないんですか。松浦菜々美さんの行方や安否は、気にかけてしかるべきでしょう」

「きみがそのあたりの緊急性を主張したがってることは、充分に理解した。私たちにも見解や方針があるが、捜査の関係上明かせない。邪推してもらってもかまわないが、なんの意味もない。組織としての決定事項だし、国家公務員なら黙って従うのが仕事だ。きみにもその原則を理解してもらいたい」

小池はそれだけ告げると、踵をかえし歩き去った。また戸口のふたりとともに、監視の役割に戻った。

須藤がひきつった笑いとともに石橋にいった。「あのう。そろそろ報告書の作成に取りかかりたいんですが」

石橋は居ずまいを正した。「きょういっぱいだ。もし必要な調査が残ってるなら、ぐずぐずするな」

その言葉に瑞希は驚きをおぼえた。思わず絶句し石橋を見つめる。石橋のほうは、目を合わせようともしなかった。

調査にでかけてもいい、そうほのめかしている。室長ならではの気遣いだと瑞希は気づいた。「石橋さん。ありがとうございます」

険しさに満ちた表情が、ほんのわずかに和らいだように見えた。石橋はぶっきらぼうにいった。「早く行け」

瑞希は須藤と微笑し合い、ともに石橋のデスクを離れた。階段状の通路を登りかけ、ふと足がとまる。デスクへ向かった須藤と離れ、瑞希はひとり戸口へと向かった。須藤が妙な顔をして振りかえったが、瑞希はかまわず退室した。調査の自由は、たったいま認可された。

小池ら三人の私服警官のわきを抜け、廊下へでる。しばらく歩いてから、後方を気にかけた。三人が無言で尾けてきていた。

うんざり、それが瑞希の本音だった。文科省のなかだというのに、警察の監視下に置かれ、刑事に追いまわされる。文科省も了解済みとは情けない。いや、手に負えない問題児と見なされているだけか。

ポケットのなかでスマホが短く振動した。瑞希は歩きながら、こっそりスマホを取りだし画面を眺めた。ショートメールを受信している。〝ひとりになったら電話を下さい。矢田〟とあった。表示されている電話番号は、０９０で始まっていた。彼の携帯電話だろう。

瑞希は歩を速めた。小池たちもつかず離れずついてくる。廊下を折れたとき、追跡者に増援が加わった。六人の男を後方に引き連れる。行く手の職員たちが足をとめ、わきにどいた。この物々しさからすれば仕方ないだろう。

やがて目当てのドアに行き着いた。瑞希は女子トイレのなかへ駆けこんだ。

洗面台の前にたたずむ。追っ手もここまでは入ってこられない。誰もいないのを確認し、瑞希はスマホのタッチパネルに触れた。矢田の携帯電話にかける。

呼び出し音は一回、すぐに矢田の声がささやくように応じた。「水鏡さんですか？須藤さんにもショートメールで連絡したんですが」

「矢田さん。なんかいま、警視庁の小池って人たちがきてて……」

「知っています。ご迷惑をかけてしまい、本当に申しわけありません」矢田の声はいっそう小さくなった。「私のほうも監視の目が常にある状況です。デスクが離れてるので、この会話はだいじょうぶですが」

「どうしてこんなことになったんですか」

「わかりません。鎌倉署員らも、吉岡さんの自殺の件についてこれ以上調べないよう、釘を刺されたようです」

「文科省が警察の立ち入りを許すなんて、よほど上からのお達しなんですね」

「そのようです。昨晩、松浦菜々美の戸籍について調べようと、渋谷区役所に連絡をとりました。返事を待っていたところ、こんな状況になったんです」

「菜々美さんの素性を探ることが、どうしてそこまで警戒されるんでしょうか」

「まったく謎です。ただ、鎌倉署員がゆうべ新しい情報をつかんだようです。署員のほうから水鏡さんに直接電話するよう、携帯電話番号を伝えてよろしいですか」

担当者を飛び越えて、ひとつ先のセクションと連絡を取り合うのは、霞が関では異例といえる。だがいまはそれが最良の方法にちがいない。

「ええ」瑞希は了承した。「そのようにお願いします」

「ではただちに伝達します。鎌倉署からの電話にだけは応じてください」矢田の声が一瞬途切れた。鋭いささやきが告げてくる。「監視要員が近づいてきました。いったん切ります」

通話が終了した。瑞希は異様な緊張状態のなかでたたずむしかなかった。

手をこまねいている場合ではない。瑞希はスマホで鎌倉署の電話番号を検索した。0467－23－0110。下四桁だけでも警察署とわかるが、この番号以外は味方でないと考えるべきだろう。

ほどなく携帯電話に着信があった。画面に鎌倉署の番号が表示されている。矢田が迅速に伝えてくれたらしい。瑞希は応じた。「はい」

若い男の声が告げてきた。「鎌倉署の奥川(おくがわ)ですが、水鏡瑞希さんの携帯でよろしいでしょうか」

「そうです。いま矢田警部補から連絡があって……」

「存じあげています」奥川の声がささやくようにいった。「本当は情報を開示すべきではないのですが、私どもとしても納得できない点があり、お伝えすることにしました。きのうの調べで、松浦菜々美が以前から、成田方面のスイカ定期券を購入していたことが判明しまして」

「スイカ定期券……」

「利用履歴までは調べきれていません。私どもも、これ以上深入りするなと厳命を受けています」

なんとか真実を追及できないか、そんな言外の意味がこめられているようにきこえる。瑞希は戸惑わざるをえなかった。捜査を禁じられた状況下では、警官も門外漢の国家公務員に望みを託すしかないのか。

奥川が小声でいった。「私どもからお伝えできることは以上です。申しわけないのですが、今後連絡はご遠慮ください。失礼します」

通話は切れた。空虚な気分が、瑞希の胸のうちにひろがった。

成田方面。松浦菜々美はメロンパンをサンライズと呼んだ。西日本での生活の経験があるとも考えられる。なぜ千葉の成田がでてくるのだろう。

空港か。西へ向かう飛行機。瑞希はスマホに菜々美の写真を表示した。これは成田空港の展望台だろうか。ただ彼女の実家は東北にある。関西へ行き来するためのスイカ定期券と結論づけるのは、いささか性急すぎる気がする。

鎌倉署員経由ということは、これも吉岡の元同級生からの情報だろう。サンライズにしろスイカ定期券にしろ、菜々美が元同級生を攪乱しようとした可能性もある。あるいは元同級生が真実を語っていないかもしれなかった。いずれもどんな人間なのか、会ってみないことにはわからない。鎌倉署員の動きが制限されたいま、元同級生の話をきくのも難しくなった。

捜索範囲が絞りこめない。これからどうすればいいだろう。警視庁へ向かうのは不可能、矢田とも連絡がとれない。へたに電話して履歴が残ったのでは、互いに立場が悪くなる。監視がつきまとう以上、財務省の八重順子と会うのも難しそうだった。吉岡の自殺について探っているとわかれば、きっと横槍(よこやり)が入る。

だからといってなにもせず、手をこまねくわけにはいかなかった。順子の部署に限っても、吉岡という犠牲者をだしながら、いまも上司が横暴な振る舞いをしている。過労死の実態解明になんの貢献もせず、この職務を放棄できない。

ふとひとつの可能性が浮かんだ。そうだ、上司に苦しんでいると打ち明けてきたのは、順子だけではない。

瑞希はスマホを操作した。文化庁の菊池裕美。携帯電話番号はきいてあった。彼女ならいまのところノーマークのはずだ。

裕美が電話で話せない状況にあるとも考えられる。瑞希はショートメールを打った。〝いま会えませんか。水鏡〟。

しばらくその場でたたずんだ。女性職員が入ってきて、洗面台の鏡を前に、化粧直しを始めた。瑞希は後ずさり、適度に距離を置いた。

スマホが短く振動した。返信が表示されている。〝だいじょうぶです。菊池〟そうあった。

瑞希はメッセージを打ちこんだ。〝十五分後、霞ダイニングのルイーズで。水鏡〟

スマホをしまい、瑞希は廊下へとでた。小池の仲間はさらに数を増やし、すでに十人近かった。瑞希がエレベーターへ向かうと、監視の男たちもついてきた。

脈搏が急激に速まっていく。とうとう警視庁にマークされてしまった。

なぜここまで警戒するのだろう。瑞希は疑問に思った。主計官の宮沢が立腹しようと、ひとりで警視庁まで動かせるとは思えない。財務省の幹部クラスに申し立てたのか。だとすると財務省は、主計官の訴えを鵜呑みにするほど単純な組織か。あるいは、職員自殺という不名誉な事情を探ろうとする者は、無条件に排除する姿勢か。こちらはありえなくもない。ただし警視庁がここまで従属するのは、やはり不自然だ。

暴かれたくない秘密があるのだろうか。松浦菜々美の行方を追うには、手がかりに乏しかった。ひどく心もとない。それでも瑞希は歩を緩めなかった。疑問にはきっと答えがある。

25

　菊池裕美は文化庁をでて、赤坂一丁目の交差点方面へまわった。ファッションビルの一階から三階までが、飲食店ばかり連なる霞ダイニングだった。昼どきが近づくと、各省庁の職員らでごったがえす。いまはまだ午前十時すぎ、ランチタイムには早かった。

　準備中の店舗が多い。ただし三階にあるカフェのルイーズは例外で、朝から営業している。女性客専用のため、官庁街の女子職員にとって憩いの場でもあった。

　店内はがらんとしていた。水鏡瑞希の姿はまだない。裕美は窓辺の日光を避け、入口に近い席に座った。

　するとほどなく瑞希が息を切らしながら現れた。裕美は片手をあげ微笑みかけた。

　瑞希は硬い顔のまま歩み寄ってくると、裕美の手もとにあった水入りのグラスをつかみあげ、窓際へと向かいだした。「こっちへきてください。なるべく入口から離れたいので」

裕美は戸惑いとともに腰を浮かせた。そのとき、入口があわただしくなった。短髪にスーツの男たちが十人近く殺到している。ウェイトレスが押し留めた。女性のかたしか入れません、そう説明している。

男たちは入口に踏みとどまった。ぎらついた目で店内の瑞希を睨みつける。

裕美は背筋が寒くなった。瑞希のもとへ駆けていき、向かい合わせに腰かけた。

「あの人たち、いったい……」

近づいてきたウェイトレスに、瑞希はブレンドコーヒーを注文した。ウェイトレスが立ち去ると、瑞希は声をひそめていった。「時間がありません。五分ていどで応援を呼ばれるだろうし」

「応援って?」

「女性警察官。近くのテーブルまできて、話をきこうとするでしょう。それまでに終わらせなきゃ」

裕美は入口の男たちを眺めた。うちひとりが携帯電話を片手に連絡をとっている。彼らは警察官か。裕美は啞然(あぜん)としながら瑞希にきいた。「なにがあったんですか?」

瑞希が身を乗りだした。「菊池さん。吉岡さんと松浦菜々美さんが一緒にいるところ、見たっていいましたよね？」

「ええ」裕美は戸惑いながら応じた。「松浦さんって、あの写真の女性ですよね？文化庁前からふたりで立ち去って行きましたけど」

「ふたりの関係はどうでしたか。吉岡さんがだまされてた形跡はありませんか」

「だまされてた？」裕美は当時のことを思い起こした。

門をでてきた吉岡に対し、菜々美は明るい笑顔を向けた。はしゃぐような声もあげていた。人目も憚らず、吉岡の腕に抱きついた。吉岡のほうも嫌がる素振りひとつ見せず、むしろ文化庁の課長らに悠然と片手をあげ、菜々美とともに歩き去った。ふたりの後ろ姿は、ぴたりと身を寄せ合っていた。

裕美は首を横に振った。「とても仲がよさそうでしたよ。わたしが見たかぎりでは、ふたりのあいだにはたしかな愛情があったと思います」

「どこへ行こうとしてたか、なにを話してたか覚えてませんか」

「さあ……。笑いあっていましたけど、どんな会話だったかは……」

「そうですか」瑞希が視線を落とし、ため息をついた。

「あのう。どうかしたんですか」

「松浦菜々美さんの行方がつかめないんです。実家は東北なのに、西日本に住んでた可能性がある。成田方面へのスイカ定期券も持ってたみたいです」

「成田……。飛行機で関西へ行き来してたとか？」

「そんなふうにも思えますけど、たしかなことはなにもいえません」

ウェイトレスがコーヒーを運んできた。瑞希は言葉を切った。入口にはまだ男たちがひしめきあっている。女性警察官が現れたようすはない。

裕美は吉岡らを見かけたときの状況を、できるだけ克明に思いだそうとした。男女ふたりの会話には、正直なところ注意を向けていなかった。表情もよく見ていない。なぜだろう。

そうだ。同性として、どうしても服装やアクセサリー類に関心をしめしがちになる。あのとき松浦菜々美はスーツ姿だった。そこにはさして面白みを感じなかったはずだ。自分はどこを見ていただろうか。

はっと思い浮かぶものがあった。ハンドバッグ。流行りのレア物だとすぐに気づいた。

ウェイトレスはすでに立ち去っていた。裕美は瑞希にささやいた。「ハンドバッグ。オディールの、ええと、ローズディリアン」

「オディール？」瑞希は目を瞠った。「クリスティアーヌの限定品ですか。ほんとに？」

「はい。当時話題になってて、実物を見たのは初めてだったものですから。考えてみれば、彼女が記憶に残っていたこと自体、オディールを持っていたからかも」

「色はほんとにローズディリアンでしたか？　サーモンピンクじゃなくて？」

「見間違えるはずがないです。ゆうべもテレビでやってましたよね。ピンクといっても濃い赤みがありました」

瑞希は真顔でつぶやいた。「扱ってたのはクリスティアーヌの酒々井プレミアム・アウトレット店。たしか成田空港からシャトルバスがでてる」

「人気がありすぎて、売り値が高騰してるってききました。転売された物かも」

「それは秋以降、中国でブームになってからです。新規のブランドだったし、もとから高級品というわけじゃなかったので、夏にはまだ転売なんてありえなかった。限定五十、個人の購入のみで、予約に身分証の提示が必要だったはず」

裕美は息を呑んだ。「じゃあそこに、購買者の記録が残ってるかもしれないんですか」

瑞希が財布から千円札を取りだし、テーブルに置いた。席を立ちながらささやいた。「貴重な情報ありがとうございます。もう行かないと。話しかけられてもなにも答えないでください。失礼します」

それだけ告げると瑞希はテーブルを離れた。ちょうど女性客がふたり入店してきた。女性たちは怪訝そうなまなざしで瑞希を見やった。瑞希は入口に群がる男たちを一瞥し、店をでていった。

裕美は呆気にとられたものの、瑞希の決断と行動の速さに舌を巻いた。と同時に、残念な気分にもなった。秋山恵子の過労死について相談したかった。

そのとき、ふたりの女性が近づいてきて、裕美の隣りと向かいに腰かけた。うちひとりが落ち着いた声を響かせた。「ぶしつけにすみません。ちょっとおうかがいしたいことがありまして」

取りだされた手帳が縦に開かれる。警察官のバッジと身分証明書がおさまっていた。

26

瑞希は研究公正推進室へ戻った。足を踏みいれたとたん、静寂が一帯を支配した。孤立を痛感せざるをえない空気だった。ゆうべ退庁するまでは、取るに足らない末席係員にすぎなかった。状況は変わるものだ、瑞希は冷やかにそう思った。

小池ら私服警官の群れは、例によって戸口に踏みとどまっている。瑞希は階段状の通路を登り、自分のデスクへと向かった。

隣りの席にいた須藤が顔をあげた。瑞希は見かえしたものの、なにもいわず自分のハンドバッグを取りあげた。ここへ寄ったのはこのためだけだった。いままでのメモが入っている。考えをまとめるのに欠かせない。

通路を引きかえしながら、室長のデスクを眺めた。石橋が見つめている。瑞希は軽く頭をさげ、ふたたび廊下へでた。小池たちがついてくる。

本来なら上司に行き先を告げていくべきだろう。だがいまは例外だと瑞希は思った。霞が関の対応は理不尽すぎる。職員の自殺が過労によるものだったかどうか、それすら問えないのだろうか。警視庁まで動きだすとは弾圧に等しい。捜査は中断、逆にこちらがマークされ、文科省も守ってくれない。

末席係員のひとりぐらい組織力で潰せる、そんなエゴを感じる。だが過労死も、いわば非合理な権力の犠牲ではないか。断固として抗うしかない。国家公務員なら国の誤りを正す義務がある。

瑞希は文科省のエントランスから外へでた。歩道にはさらに大勢の私服警官が待ち構えていた。監視要員は二十人近くに膨れあがった。行動は制限されないものの、取り囲まれているからには、軟禁も同然といえた。

振りかえったとき、小池と目が合った。無言のうちにうながしてくる。勝手な行動をとるな、鋭いまなざしがそんなふうに訴えていた。

瑞希のなかに戸惑いがあった。酒々井へ行き、オディールの購買者リストをあたるのは、特に違法な行為でもない。とはいえ警察は、あきらかに瑞希の行動を阻もうとしている。

どんな事情があるのか知らないが、警察側がすべてにおいて隠蔽を意図しているとして、菜々美のオディールにまで注意が及ぶだろうか。瑞希がそこに目をつけたと気づき、先手を打ってくる確率はどれぐらいだろう。

ためらいとともに立ち尽くしていたとき、私服警官らにざわっとした反応が生じた。瑞希がその理由を察するより早く、近づいてきた人影が、道路に向かって手を突きだした。タクシーが停まった。開いたドアに、瑞希は半ば押しこまれるように乗りこんだ。

隣りに乗ってきたのは須藤だった。須藤がドライバーにいった。「だしてください。行き先はあとでいいます」

ドアが閉じ、タクシーは発進した。ウインドウの向こうに、私服警官たちのあわただしい動きがあった。加速とともに追っ手は後方へ消え去った。無事に車道の流れに乗ったようだ。

須藤が背後を振りかえった。「刑事ってドラマみたいに、タクシーに飛び乗って、あのクルマを追ってくれとかいうのかな」

するとドライバーが笑った。「お断りですよ。速度違反になる可能性があるし、逃げてるほうのクルマが焦って事故起こすかもしれんでしょう」

瑞希はきいた。「警察手帳を見せられても協力しないんですか?」

「そんなお巡りさん見たことないね。警視庁すぐそこだし、パトカー呼んだほうが早いんじゃない？　お客さんたちが指名手配犯なら別だけどね」

瑞希は困惑とともに須藤を見つめた。須藤も同感といいたげな面持ちで見かえした。

指名手配までいかなくても、警察の監視対象の場合はどうなのだろう。質問したところで意味がなかった。ドライバーが知るはずもない。

ドライバーが振り向いた。「行き先は？」

「ええと」瑞希はスマホを取りだした。「酒々井って、駅どこになるんだっけ」

須藤が眉をひそめた。「酒々井？　千葉の？」

間髪をいれずドライバーがいった。「東関道をまっすぐ行けば着きますけどね」

瑞希は首を横に振ってみせた。「高くつくでしょう」

「いや」須藤が瑞希を見つめてきた。「心配するな。タク券がある」

「ほんとに？」瑞希はきいた。

「ただ、このタクシー会社のじゃないかも」

「意味ないじゃないですか」瑞希はスマホで検索した。「上野駅へお願いします」

京成成田行きの特急があるようだ。佐倉から先は各駅停車になる。酒々井駅にも停まる。

瑞希は須藤にきいた。「なぜ来たんですか。報告書のほうは？」

「ふたりでやる仕事だろ。調査が必要なら、僕も同行する」

「石橋さんの許可を得たんですか」

「いまさらだな。きょういっぱいで報告書を完成すりゃ文句はないんだろう。やり残した調査があるなら行けといってたし」

「だけど警察の人たちが……」

「大勢群がってきてるよな。だから水鏡と一緒に行こうと思った」

瑞希は言葉を失った。須藤の横顔をじっと見つめた。いつになく譲らない態度をしめしている。当惑のいろはすでに失せ、冷静さがとって代わっていた。

須藤がため息まじりにつぶやいた。「故意に監視の目を逃れて、また大目玉か。そろそろ省外勤務へ異動かもな。でもいちどぐらい部下に、総合職らしいとこを見せたくて」

瑞希は思わず微笑した。「総合職らしくないですよ」

「そうか？」

「ええ。わたしなんかに同情するなんて」

「同情じゃなく賛成してるんだよ。きみが正しいと信じてる。悔いはない」須藤はそうつぶやいたが、多少弱気になったのか、ぼそりと付け足した。「いまさらどうしようもないし」

瑞希はささやいた。「ありがとう」

須藤が微笑した。「僕のほうこそ礼をいいたいよ。なんのために働いてるか、最後の最後にわかった」

胸を打つような哀感がこみあげてきた。なんだか虚しい。組織に従順でいつづければ、過労死の運命が待つ。逆らえば居場所がなくなる。国家公務員とはそんなものらしい。

運転席から無線の音がきこえた。２２１号車どうぞ。

ドライバーがマイクに応じた。「こちら２２１号車」

「忘れ物、問い合わせです。どちらへ向かいますか」

するとドライバーの声が緊張の響きを帯びた。「上野駅。酒々井へ向かわれるようです。どうぞ」

２２１号車、了解。無線はそれきり途絶えた。ドライバーはなにもいわず運転をつづけた。

須藤が小声できいてきた。「忘れ物って？」

瑞希は物憂い気分で押し黙るしかなかった。

探偵事務所でバイトしていたころ、きいたことがある。大きな忘れ物とは、タクシー業界の隠語で、事件を起こした犯人を指す。たんなる忘れ物といった場合は、そこまでなくとも警察が行方を追っている対象、そんな意味だろうか。行き先がバレた。優位に立てる要素はなにもない。

27

途中でタクシーを降り、徒歩で有楽町駅へ向かった。警察にバレた上野を避け、日暮里駅で下車し、京成線の特急に乗り換えることにした。

ホームで瑞希は、須藤とほとんど言葉を交わさなかった。辺りには絶えず視線を配った。みな警官に見えてくる。到着した特急に乗りこんだとき、ホームにいた何人かが乗らないのを見て、ようやくほっと胸を撫で下ろした。

シートが二列ずつ左右に並んでいるかと思いきや、車内は各駅停車と変わらなかった。瑞希は当惑とともにささやいた。「これ、本当に特急ですか」

須藤も小声で応じた。「京成線の特急ってのは、普通乗車券で乗れるただの電車だよ。佐倉より東へ行くのは特急だけ。目立たなくていいだろ?」

瑞希は須藤とともに腰かけた。車内はすいている。向かいや並びの席にも乗客はいなかった。

発車後、須藤が腕時計を眺めた。「到着まで一時間ぐらいか」

瑞希はため息をついた。「これで警官に会わずに済むと思います?」

「さあね。ただ……」

「なんですか」

「変な話だけど」須藤が穏やかにいった。「なんだか救われた気がする」

その言葉の意味を、瑞希はすんなりと理解できる気がした。「ようやく呼吸できてるっていうか」

「そう。息詰まる職場だと思ってたけど、本当に窒息寸前だったんだなって、いま思った」

「わたしも。外にでたのは身を守るのに必要だったんじゃないかって」

「省庁勤務はそんなものかもな。疲れてるせいか、思考がとにかくネガティブになって、ぜんぶ自分が悪いと考えがちになる」

「上には絶対服従の原則か……。石橋さんが少しでも理解してくれて助かった。ほんとは逆らわないのが正しいんだろうけど」

「国家公務員だからね。規律を守らなくてどうするって、納税者はそんなふうにいうだろう」

いまでも罪悪感を完全には払拭できない。瑞希は静かにいった。「国に雇われてる身で権力に従わないなんて、ただのわがままかも」

「ちがうよ」須藤がじっと見つめてきた。「これは緊急避難だ。しかも生きのびたうえで、ほかの職員たちも救おうとしてるんだよ」

「そうでしょうか」

「絶対にそうだよ。過労死について調べだしたとたん、逆風が吹いて、過剰なほどの圧力にさらされた。きっと財務省や警視庁には、暴かれちゃ困ることがあるんだよ」

「どんな？」

「まだわからない。だから事実を知るために動いてるんだろ」

「そうだけど……。どうなるのかな」

警察による監視の目を強引に振りきった結果、なにも得られなかったとしたら。霞が関の管理体制はいっそう、悪いほうに強化されるかもしれない。まさしく敗北のときだった。反旗を翻（ひるがえ）した以上はリスクを背負う。過労に苦しむ幾多の職員を巻き添えにしてしまう、そんな悪夢もありうる。

須藤がきいた。「悩んでるのか」

「なんでそう思うんですか」

「顔に書いてある」

「さあ」瑞希は伸びをした。「悩んでるかどうかも、よくわからないです。なぜこんなことをしてるんだろうって、ずっと思ってます」

「きみが真相に迫ったからこそ、こんな立場に置かれたんだよ。誰も気づかなかったことに気づいた」

瑞希は思わず苦笑した。「なんですかそれ」

「僕がいうと滑稽にきこえるか？　ほかの総合職の言葉なら、黙って耳を傾けるんだろ」

「たしかに似合わないです。須藤さんはもっと気楽っていうか……」

「ひどいな」

「いいえ。ディスってるんじゃないです。天真爛漫で明るいとこがあるなって。そこが羨ましかったし、なんていうか、一緒にいると安らぎます」

須藤は自嘲気味の苦笑を浮かべた。「そういう評価か。仕方ないね。たしかに僕はそんなふうに生きてきたから。過労の海に沈まないよう、責任の荒波から距離を置いて、のんびり浅瀬で泳いでるふりをしてた」

「言いえて妙ですね。わたしもそんな感じです」

「きみはちがうよ。僕はこれじゃ意味ないとわかっていながら、給料のためと自分に言いわけしてきた。でもほかの方法があるときみに教わった。上が間違っているのなら正す。反抗するだけじゃない、きみは正そうとする」

「持ちあげるようなことじゃないですよ。ただの謀反人です」

「いまはそうかもしれないけど、結果がすべてを左右するだろ。きみはそこに賭けたんだ。そんな勇気こそ羨ましいよ。だから一緒にきた。最後まで学ばせてほしい」

「わたし、末席係員にすぎません。下座のなかの下座です」

「末席か首席か、下座か上座かなんて、そんなに大きな差じゃないよ。席があるかないかにくらべれば」

ふいに胸を締めつけるものがあった。瑞希は須藤を見つめた。須藤は穏やかなまなざしで見かえしていた。

この心境はなんだろう。涙がこみあげてくる。ずっといわれたかった言葉のように思える。いつも望んできた瞬間が、ふいに訪れた、そんな喜びに似た感覚があった。

「なんてな」須藤が冗談めかしていった。「僕がいっても説得力なんかゼロだろうけど」

「いえ」瑞希は震える声を絞りだした。「そんなことありません」

泣きそうになるのを堪えるのは困難だった。それぐらい嬉しかった。一般職試験であっても合格できた、国家公務員になれた。その誇りを初めて認められた気がする。須藤は察してくれたらしい。ただ静かに告げてきた。「僕はきみを信じるから、きみはきみ自身を信じればいいよ。誰より頼れる人なんだし」

電車はいくつかの駅に停車した。八幡、船橋、京成津田沼、八千代台、勝田台。最初のうち、私服警官が乗りこんでくるのではと不安に駆られたが、しだいに駅が近づいてもさほど緊張しなくなった。まだ正午前だけにホームはがらがらだった。それらしき人影がないことは一見してわかる。

走行中、車窓に印旛沼（いんばぬま）とオランダ風車の優雅な景色が映った。だがそれ以外は、住宅地や工業地帯がほとんどで、さして変わりばえしなかった。パトカーの赤色灯を見かけないのは幸いだった。

佐倉駅を過ぎると、電車は各駅停車の区間に入った。駅をでてもさほど速度があがらず、すぐに次の駅に着く。大佐倉駅をでた。次が目的地、酒々井駅だった。瑞希は須藤とともに席を立った。

到着後、すぐに降車した。ホームにはひとけもなく、いたって静かだった。周りは田舎だったが、駅自体は特急が停まれる規模を有している。階段を橋上駅舎へと登り、改札を抜けた。売店もない素朴な駅構内だった。階段を下りようとしたとき、ふいに須藤が片手をあげて制した。瑞希はびくっとして立ちどまった。

須藤が階段の上でしゃがみ、下り階段の先を眺めた。「まずいな」

「どうしたんですか？」瑞希も姿勢を低くし覗きこんだ。「あ……」

見えたのは階段出口のすぐ外に立つ制服警官だった。首から上は階段の屋根に隠れている。ロータリーにはパトカーも停まっているようだ。警官は四、五人いるらしい。ほかに私服も何人かいた。

瑞希は須藤とともに身を退いた。壁に這うように隠れながら、瑞希はつぶやいた。「警視庁の人たちかな？」

須藤が唸った。「千葉県警の応援も呼んでるかもな。先まわりか」

瑞希は近くの案内板を眺めた。路線バスの時刻表、それも酒々井プレミアム・アウトレット行きだった。十一時五十五分発がある。腕時計と見比べた。いまは五十二分だった。出発まで三分。乗り場は階段を下りてすぐ、そう記してあった。

「ねえ」瑞希は須藤にささやいた。「これ見てください」

須藤が時刻表を眺めた。「逃したら次は一時間後か。きついな」

「タクシー乗り場もロータリーみたいだし……」

ふたたび階段下をそろそろと覗く。警官のひとりが階段へと歩いてきた。瑞希は息を呑んで顔をひっこめた。

靴音が響く。警官が登ってくるらしい。瑞希は逃げだそうとした。

須藤が肩に手をかけてきた。「どこへ行くんだよ」

「だって。捕まっちゃいます」

「電車もめったに来ないのに、こんな狭い駅構内逃げまわれないよ」

「だけど……」

すると須藤が深呼吸した。意を決したような表情とともにつぶやいた。「仕方がない。僕が引きつけるから、その隙にバスに乗れよ」

瑞希は衝撃を受けた。「引きつけるって？　そんなの無理でしょう」

「やってみなきゃわからない」

「でも、全員が須藤さんを追うわけじゃないでしょう。こっちがふたりだと知ってるだろうし」

「なら、できるだけ大騒ぎするよ。ニュース番組でよく見るやつだ。馬鹿が暴れてりや、警官も増援せざるをえない」

「そんなの駄目です。逮捕されちゃいます」

「どうせ文科省もクビだ。ろくな成果もだせなかった。せっかくだから人の役に立ちたい」

「やめてください」瑞希は泣きそうになった。「わたしひとりでどうすればいいか……」

「べつに殺されに行くわけじゃないんだよ」須藤は笑顔で告げてきた。「僕にできるのはこれぐらいしかない。きみは人にできないことをやらないと」

「まって。わたしだけじゃどうにも……」

そのとき、階段から声が響いてきた。「おい。そこに誰かいるのか」

靴音が登ってくる。かなり接近していた。瑞希は肝を冷やした。

だが須藤は穏やかな表情のままだった。談笑しているときと同じまなざしが瑞希を見つめた。

直後、須藤が真顔になったかと思うと、身を翻し階段へと躍りでた。奇声を発しながら階段を駆け下りる。

警官の声が響いた。「おい。どこへ行く。ちょっとまて!」

瑞希は壁に身を這わせたままだった。ふたつの靴音があわただしく遠ざかってい
く。怯えながら階段下を覗いた。
須藤が警官に追われていた。階段を下りきると、両手を振りかざしてほかの警官を
挑発し、地上を駆けていった。すぐに姿が見えなくなった。須藤の怒鳴り声がきこえ
る。「ああ覚醒剤が効いてるよ！　ひどく暴力的になってる。近づくな！」
瑞希の視界は涙に揺らぎだした。自分から覚醒剤が効くと叫ぶなんて、ちょっとあ
りえない。ひどく暴力的になったと、みずから怒鳴るのもおかしい。それでも須藤
が、いかに必死で警官の気を引こうとしているか、痛いほどわかる。実際、階段下に
見える警官は、残すところふたりだけになっていた。
背後からふいに男の声がきこえた。「あのう」
はっとして瑞希は振りかえった。制服。しかし警官ではなかった。
駅員が茫然とした面持ちでたたずんでいる。「どうかしましたか」
瑞希は動揺しながら、ふたたび階段を見下ろした。須藤の叫び声がどんどん大きく
なる。警官のひとりが動きだした。次いで、もうひとりも駆けていった。ついに行く
手を阻む者はいなくなった。
躊躇している場合ではなかった。瑞希は階段を駆け下りた。背後から駅員がうろた

えた声で呼びかける。ああ、ちょっと、お嬢さん。

階段を下りきり、駅前ロータリーへでた。都内とは異なり閑散としている。買い物帰りの主婦や、散歩中とおぼしき年配者が足をとめ、一定の方向を見つめていた。自転車置き場の前で、須藤がカラーコーンを振りまわし暴れている。警官が包囲し、取り押さえようと躍起になっていた。

ロータリーの一角に路線バスが停車している。瑞希は走りだした。

須藤の声がひときわ大きくなった。「俺は刃物を持ってるぞ!」

ならなぜカラーコーンを武器にするのか説明がつかないが、警官の注意を引きつけようとしている。と同時に、瑞希の靴音も掻き消そうとしているのだろう。

警官が怒鳴った。「やめろ!　人生を棒に振る気か」

すると須藤が叫びかえした。「振ってるのはカラーコーンだ!」

油断すると泣き崩れてしまいそうだ。瑞希はわき目もふらず、ただ一直線にバスをめざした。あと十メートルというところで、ブザーが鳴り、乗車口のドアが閉まった。バスがゆっくりと動きだす。しかし瑞希はあきらめず猛然と走りつづけた。運転手も気づいたらしい。ふたたびドアが開いた。

瑞希は息を切らしながらステップを登り、車内に転がりこんだ。中年女性がひとり乗っているだけだった。アナウンスがきこえた。酒々井プレミアム・アウトレット行き、出発します。ドアが閉まり、バスが走りだす。瑞希は座席にうずくまり、姿勢を低くした。

鈍重な車体がロータリーを回り、公道へとでていく。瑞希は顔をあげ、窓の外を眺めた。

自転車置き場前の路上で、警官たちが折り重なるように這っていた。その真んなかに須藤がいる。突っ伏し、取り押さえられていた。誰ひとりバスを気にかけているようすはない。

ロータリーが後方へ遠ざかる。バスは速度をあげた。瑞希の視界は絶えず波打った。信号の青い光がぼやけて仕方がなかった。

中年女性が瑞希をじっと見つめた。「花粉症？　早いね」

「……はい」瑞希はうなずくしかなかった。

傍目(はため)には滑稽なできごとだったかもしれない。瑞希にとっては戦場の悲劇に等しかった。ため息をつき、窓ガラスに額をもたせかけた。誰にも理解されない。集団のなかで落ちこぼれが人に役立とうとすれば、道化になるしかない。彼の気持ちがよくわかる、瑞希はそう思った。ずっと彼と似た境遇だったから。

28

正午をまわっていた。柔らかい陽射しが降り注ぐなか、イタリア建築を模した塔をランドマークに、真新しい店舗がずらりと並んでいる。洋服やファッション雑貨が多い。広場には噴水があって、フードコートのほか、ポップコーンやアイスクリームのテイクアウト店も備える。休みにぶらつくには最適の場かもしれない。

酒々井プレミアム・アウトレットはすいていた。平日だからだろう。そこかしこに人を見かける、そのていどだった。少なくとも、私服警官らしき目は向けられていない。

瑞希は虚ろな気分で、ひとり歩を進めていた。足もとがおぼつかない。精神的なダメージが大きかった。ひとりの人生を不幸にしてしまった。その重荷に耐えきれない気分だった。

クリスティアーヌのロゴが浮き彫りになった看板が見えた。あった。瑞希はふらふらと店内へ入っていった。

色とりどりのハンドバッグや、マフラー、スカーフ、小物類が美しくディスプレイされている。何人か客がいた。カウンターにも女性従業員がいる。従業員は瑞希に目をとめると、にっこり笑っていった。いらっしゃいませ。

瑞希はゆっくりと歩み寄った。言葉が喉に絡む。「購入者リスト、拝見できませんか」

「はい？」

「オディールのローズディリアン。松浦菜々美って人が買ったかどうか」

「あのう。どうされたんですか。オディールのローズディリアンは、あいにく完売しておりまして」

「わかってます。どうか購入者リストを見せてください」

「すみません。リストをお目にかけるわけにはまいりませんが、お客様ご自身でお買い求めということであれば……」

事情を説明している暇はなかった。警察がここを嗅ぎつけるのも時間の問題だった。そうなったら、須藤の犠牲も無駄になる。

瑞希は床にひざまずき、土下座も同然に突っ伏した。「お願いします！　購入者リストを」

「ちょ」従業員があわてたようすで、カウンターから駆けだしてきた。「ちょっと。お客様。困ります」

「どうか！　どうか購入者リストを見せてください。一生のお願いです」

瑞希は顔をあげた。周りで客たちが目を丸くしている。従業員らも同様だった。

やがて奥から、スーツ姿の男性が現れた。責任者らしい。瑞希を奇異な目で見たものの、女性従業員に耳打ちした。「リスト、事務室にあるから。取ってきてくれないか」

「ありがとうございます！」瑞希は泣きながら頭をさげた。

従業員はひきつった笑顔でなだめてきた。「どうかお立ちを」


一時間ほどが過ぎた。クリスティアーヌの従業員はみな協力的だった。都内のブランドショップならこうはいかない。カウンターの上にファイルが据えられた。自由な閲覧を許してくれている。

ひとり一ページ、いわゆる〝お客様カード〟のほか、身分証明書のコピーも添えてあった。瑞希はじっくりとたしかめた。松浦菜々美、あるいはちがう苗字かもしれない。フルネームを偽っていようと、運転免許証の写真があればわかる。すべてに合致しなくても、生年月日からおおよその年齢を推定できるはず……。

五十人ぶん、すべてのページに何度となく目を通した。瑞希は茫然とせざるをえなかった。松浦菜々美とおぼしき購入者は、ひとりもいなかった。

瑞希は震える手でスマホを取りだした。松浦菜々美の写真を表示し、従業員にしめした。「この人、ご記憶にないですか」

女性従業員は一様に首を傾げた。さあ、お目にかかったことはないと思いますけど。そんなつぶやきがきこえた。

店長も渋い顔になった。「このかたといい、松浦菜々美さんというお名前といい、まったく覚えがありません。本当にうちの店舗でのご購入だったんでしょうか」

瑞希はささやいた。「オディールのローズディリアン。ここでしか売らなかったんですよね？」

「はあ……。それはたしかなのですが、最近お持ちのかたなら、転売により入手なさったのかも」

「最近じゃないんです」瑞希は切実にいった。「去年の夏です」

店側の関係者はみな黙りこんでしまった。

半ば放心状態だった。瑞希は言葉を失い、その場にたたずんだ。

茫然自失としているのは、購入者リストが空振りに終わったためばかりではない。警察が現れない。歓迎などしていないが、ここを突きとめられないのもおかしい。

もし警視庁が、松浦菜々美のプライバシーを隠すことに躍起なら、瑞希が酒々井をめざした時点でこちらの意図に気づくはずだ。当初は先まわりされなかっただけでも奇跡に思えた。しかしもう一時間も経つというのに、警官が踏みこんでくる気配もない。

酒々井といえば現状、プレミアム・アウトレットぐらいしか注目のスポットがない。仮に松浦菜々美がオディールを買ったと知らずとも、瑞希を探しまわってここを訪ねるだろう。

「どうして」瑞希は声を震わせた。「どうして誰も来ないんですか」

店長が困惑のいろを浮かべた。「あのう。どなたがでしょうか？」

「……いえ」瑞希は深々と頭をさげた。「本当にお世話になりました。ご迷惑をおかけし申しわけありません。失礼します」

呆気にとられたようすの従業員たちを残し、瑞希はゆっくりと店の外へでた。

とぼとぼと歩きながら、瑞希は混乱する思考を整理しようとした。しかし頭のなかが散らかったまま、いっこうに片付かない。行きあたりばったりなのは自覚できている。プロの探偵でない以上、無駄が多いのも仕方がないだろう。しかし素人なりに手がかりを得ようと動きまわれば、少しは収穫があるものだった。それがどうだろう。なにもかもわからないことだらけだ。

警察は松浦菜々美の正体を隠したいのではなかったのか。彼女はここでオディールを買ったのではないのか。菜々美はどこにいる。どんな理由で、どうやって偽りの住所を登録できたのだろう。なぜ警視庁捜査一課は執拗に瑞希たちを追いまわしたのか。過労死バイオマーカーの実例検証は、どうして一人目を調べることさえできないのだろう。ＰＤＧ値の危険値は正しいのか。吉岡健弥の自殺は過労が理由だったのか。なにひとつわからない。須藤はこのために将来を放棄した。そしておそらく、瑞希自身も。

「なんで」瑞希は両手で顔を覆い、ベンチに腰かけた。つぶやきだけが漏れる。「なんでよ……」

29

警察による監視から逃れてきた以上、いまさら帰れるはずもなかった。職場への連絡ひとつとる気になれない。スマホの電源はずっとオフにしてある。着信履歴やメールも、怖くてたしかめられない。

どこへも行く当てがなく、瑞希はバスで酒々井駅へ戻るしかなかった。

警察が待ち構えていたら、みずから声をかけるつもりだった。単独でたどれる手がかりは尽きた。どんな背景があったのか、むしろ警視庁の関係者にたずねたい。彼らがすんなり明かしてくれるとは思えないが。

ところが酒々井駅に着いても、ロータリーには警官ひとり見あたらなかった。パトカーも停車していない。自転車置き場の前にも、騒動の形跡はなにひとつ残っていなかった。静寂のみが漂っている。女子高生がひとり、自転車を引っ張りだしてきた。それに乗って走り去る。物音もそれだけだった。

階段を登り、橋上駅舎に入る。さっきの駅員がいたら話をきこうと思った。けれども午後になり交代してしまったのか、姿を現さなかった。

ニュースとしてなにか報じられているだろうか。スマホの電源をいれようとして、指先が震える。意を決してオンにした。画面が点灯しアイコンが並ぶと、すぐにブラウザを開き、ネットニュースに目を通した。

特に変わったことはなにもなかった。須藤が起こした騒ぎも、身柄が確保された事実も記事になっていない。

着信の履歴も表示されなかった。どこからも電話がかかってきていない。一通のショートメールも送られてきていなかった。あれだけ警視庁に全力で追いまわされたというのに、この無風ぶりはどうだろう。まるで悪夢から覚めたかのようだった。いや、いまこそ悪夢のなかかもしれない。社会人でありながら、帰る職場すら失っているのだから。

誰に電話をかけるにせよ、先方がどんな状況に置かれているかわからない。怖くてかけられなかった。

スマホがいつ振動するかと不安に駆られるのも苦痛だった。瑞希はふたたびスマホの電源を切った。

午後二時近くになった。瑞希は改札を入ると、上りのホームへ降りていき、最初にきた電車に乗った。各駅停車の京成上野行きだった。がらがらの車内に監視の目は感じられない。

じっとしていられなくなり、京成船橋駅で下車した。特にどこかへ向かう意思もない。ただＪＲの船橋駅まで歩き、総武線の久里浜行き快速に乗った。すでに都内へ降り立つのを避けている、そんな自分の意志薄弱さを感じていた。

座席で浅い眠りに落ちては、また目が覚める。その繰りかえしで一時間半近くが経過した。車内は徐々に混んでいった。私服警官に声をかけられることを、瑞希はひそかに望んだ。だがそんなときは訪れなかった。ときおり顔をあげても、乗客はみな素知らぬ顔だった。

周囲の誰もが、自分の知らない秘密を知り得ているのでは、そんな錯覚にとらわれがちになる。孤立が孤独へと変わりつつあった。冷静ではいられない。

やがて電車が鎌倉駅に着いた。瑞希は逃げるように降車した。前にここへ来たときとちがい、駅前は多くの人出で賑わっていた。観光客らしき姿も頻繁に見かける。江ノ電に乗り換え、由比ヶ浜駅へと向かった。ほかに行く場所も考えられない。

陽が傾いてきている。瑞希はまた砂浜にたたずみ、滑川の緩やかな流れが、海にそそぐのを眺めていた。

　追っ手が鳴りを潜めたとはいえ、吉岡健弥が自殺した理由を探るのは、依然としてご法度だろう。鎌倉署へ赴いたところで、情報を開示してくれるとは思えない。逆に質問攻めに遭い、東京から迎えが来るのを待つだけになる。

　それも悪くない、そんなふうに思えてきた。子供がすねて迷子になってしまい、連れ戻されるのを望むようになったに等しい。いまの自分はそれだけでしかないのか。

　遠くにサーファーの姿が見える。波間は目に沁みないていどの煌めきを放っていた。潮風がときおり強く吹きつける。体温が奪われているのだろう、肌寒くなってきた。

　人の死の真相を探るのは、恐ろしく困難なことだった。これまで不正研究に絡む騒動に直面しようと、誰も命を落としてはいなかった。だが死は人そのものを、手の届かない世界へ連れ去ってしまう。当人の記憶をたどることはできない。事実を追及しようにも、法の定める刑事事件の範疇となり、警察が捜査を独占する。関与も干渉も許されない。

　瑞希はまた泣きそうになった。こんなにどうにもならない状況は初めてだった。なにひとつ説明がつかない。

川面(かわも)の反射を眺めながら、落ちこんだ気分に浸りきった。ひたすら無力感にさいなまれる。

そのとき、自転車のブレーキ音が響いた。

瑞希は道路を見上げた。自転車に乗った制服警官がひとり、こちらに目を向けている。瑞希は警戒心とともに後ずさった。

その反応が気になったのか、警官は自転車を降り、階段を駆け下りてきた。「ちょっとすみません」

瑞希は身を翻し、砂浜を駆けだした。

「ちょっと！」警官が追いかけてくる。「まってください。なんで逃げるんですか」

足場が悪い。ヒールではとても速度をあげられない。そう思ったとたん転倒しかけ、膝をついてしまった。

背後に迫ってくる警官の気配がある。もう逃げられない。瑞希は苛立ちとともに振りかえった。

警官が歩を緩めた。「怪我(けが)しますよ。走らないでください」

瑞希は怒りをこめてきいた。「なんの用ですか」

「いえ」警官はたじろぐ反応をしめした。「防犯でまわってるんですが、ひとりであんなところでたたずんでおられたので……。変な話、あの場所では自殺した人もいまして、気になって声をかけさせていただいたんですけど」

「知ってます。なんで捜査を打ち切ったんですか。権力に屈するべきじゃないのに」

警官が黙って見かえした。奇妙な間があった。言葉が通じない外国人のようでもあった。瑞希のなかに戸惑いが生じた。警官の顔に猜疑心は感じられない。ただ疑問のいろだけが浮かんでいた。

30

日が暮れても、表参道の交差点付近は煌びやかなネオンに包まれている。覆面パトカーは、明治通りの路肩に寄せて停まっていた。ずいぶん時間が経過した。

小池康幸(やすゆき)主任警部補は助手席におさまり、歩道を行き交う若者の賑わいを眺めていた。

運転席には同僚の柳葉(やなぎば)がいる。エンジンはかかっていないが、ステアリングに片手を置いていた。いつでも発進できるよう身構えているのだろう。

だが小池はそこまで気を張っていなかった。容疑者あるいは重要参考人に対する張りこみなら、いつでも飛びだしていけるよう備える必要がある。いまはそんな状況にない。

水鏡瑞希という女は、どんな立場と見なせばいいのだろう。監視を振りきったのは事実だが、彼女の行動は制限されていたわけではない。酒々井から帰ってきた同僚の報告でも、彼女は駅にいたと思われた。ただし、特に違法行為はみとめられなかったという。

身柄の確保が可能とはいえない。強いていえば任意で事情をきくていどだろう。しかし、待ち合わせ場所を指定してきたのは彼女のほうだ。これも容疑者でない以上、出頭とは呼べない。会って話す、それしかできない。彼女の上司が起こした騒ぎとの因果関係や、目的がはっきりしない限りは。

小池は後部座席を振りかえった。須藤が手持ち無沙汰そうに車外を眺めている。視線に気づいたようすで、須藤が小池を見かえした。おずおずと話しかけてくる。

「あのう」

「なんだ」

「僕、逮捕されたんでしょうか」

柳葉がため息まじりにいった。「容疑者なら、ひとりで後部座席に乗せたりしない」

「でも、酒々井駅前で暴れたので……」

小池は鼻を鳴らしてみせた。「覚醒剤を使用しているような主張だったが、現場の警察官は誰も本気にしていなかった。刃物の所持もない。軽犯罪法には問われるものの、抵抗せず反省したときいてる」

「はい……。ご迷惑をおかけしてすみません」

「疑問にははっきりと答えといてやる」小池は身体ごと後方に向き直った。「所轄署の取り調べで、留置場に入らずに済んだのは、国家公務員ICカードのおかげだ」

「省庁勤めだから手心を加えられたってことですか」

「特権階級って意味じゃないんだ。官僚には自殺者が多い。その一歩手前もな。先週も日比谷公園で叫びながら転げまわってる男を保護したばかりだ。事務職公務員のストレスによる騒動は、警察にとってもお馴染みになってる。警視庁捜査一課が監視対象にしてると知り、所轄もそれ以上問題視しなかったんだ」

「監視を受けてる理由は、僕らのストレスのせいですか？　ちがうでしょう。きいていいですか。僕らはなんで警察につきまとわれたんでしょうか」

「捜査の関係上明かせない」

　須藤がため息をついた。「千葉で拘束されなくても、こうして小池さんと一緒にいるのを義務付けられてますけど」

「もうひとりの監視対象が、ここで待つようにいってきたからだ。彼女、時間にルーズか？」

「さあ。一緒に仕事をするようになって、まだ日が浅いので」

「きみの部署のトップ、石橋室長だったか、心配してたぞ」

するとの須藤は浮かない顔になった。「警察にたずねられちゃ、そう答えるでしょう」

「上司への愚痴か。だいぶ溜まってるな」

「そんなに悪くいってませんよ。ストレスも特に溜まってませんって」

「じゃ駅前の騒ぎはなんだ」

運転席の柳葉がささやくようにいった。「来た」

小池は車外に目を向けた。ラフォーレ原宿のエントランス前、水鏡瑞希の姿があった。スーツにハーフコートを羽織っている。

「行ってくる」小池はドアを開けた。後部座席の須藤に声をかける。「きみも一緒に来てくれ」

柳葉がきいた。「ひとりでだいじょうぶですか」

「あくまで監視対象でしかない。向こうが会うことを求めてきたんだから、応援もいらんと思う」

「必要ならいつでも要請してくださいよ」

「わかった」小池は外に降り立ち、ドアを閉めた。

須藤もクルマから這いだしてきた。小池は須藤を連れ、歩道へと向かった。混雑のなか、瑞希は人待ち顔で立っていたが、やがて小池に気づいたらしく頭をさげた。次の瞬間、瑞希に笑みがひろがった。小池の連れを目にして、瑞希は声を張りあげた。「須藤さん。よかった、無事で」

「しっ」須藤があわてたようすで、両手をあげ瑞希を制した。

小池はあえて醒めた表情をしてみせた。「無事って?」

「あ」瑞希は動揺のいろをしめしたが、すぐにこわばった微笑に転じた。「べつに。なんでもないです」

「察するに」小池は瑞希を見つめた。「酒々井駅にも一緒にいたんだろう。駅員が女性に声をかけたといってる。階段を駆け下り、バスに飛び乗ったとか」

「さあ」瑞希はぎこちない笑顔を横に振った。「記憶にないです」

「ならいいが、もし須藤君が騒ぎを起こしているあいだに、きみが警官の目を盗んで逃亡したとなると、事情が変わってくる。どんな目的があったかきかなきゃならない」

瑞希が澄ました表情になった。臆したようすもなくいった。「ご存じかと思いましたけど、やはりそうじゃないんですね」

「なんのことかわからん」

「結構です。わたしにはすべてわかりました」

「すべてだと？」

「不可解に思えた何もかもが、しっくりきたってことです」瑞希はエントランスへ歩きだした。「行きましょう。連絡があるまで待ってたんです」

「連絡？」小池は瑞希の後を追いながらきいた。「誰から？」

「いまにわかります」瑞希が振りかえった。「須藤さんも。早く」

「ああ」須藤が面食らった顔で歩きだした。彼も事情がよく呑みこめていないらしい。


ラフォーレ原宿なるファッションビルに入るのは、小池にとって初めてだった。店舗の飾りつけは派手だが、ゴシック調のデザインがめだつ。展示される服は、白やピンクを基調にし、過剰に華やかだった。フリルと膨らんだスカートが特徴の、どこか幼児的なフォルムを持ったドレスばかりだ。バロック、ロココ、ヴィクトリア様式のミックスに思える。サイズは大人向けだが、ひどく子供っぽい趣味だった。

小池はつぶやいた。「こりゃいったい、どこで着る服だ」

瑞希が歩きながら応じた。「ロリータ・ファッションってやつです。流行りですよ」

女性客らも、そういう装いをしている。十代だけではなかった。もっと上の年齢層もいるようだ。

中二階への階段を登り、さらにフロアを進む。瑞希は振り向きもせずきいた。「わたしたちを監視する理由、お教え願えませんか」

須藤がいった。「さっき僕もきいたよ。捜査の関係上、秘密だってさ」

小池は瑞希の背に告げた。「きみらが逃げだした理由こそ知りたい」

瑞希は歩を緩めなかった。「小池さん。松浦菜々美って知ってますか」

「さあ。きいた覚えはないな」

「財務省主査の吉岡健弥さんが自殺した件、ご記憶ですよね。その婚約者です」

「ああ」小池はため息をついてみせた。「所轄が捜査した事件を、うちの全員が把握するわけじゃない。担当が分かれてるからな」

瑞希がスマホを手渡してきた。「この人なんですけど」

画面に静止画が表示されていた。フォトフレームにおさまった写真を、スマホで撮影したらしい。髪の長い色白の女性が微笑んでいる。夕焼け空、旅客機が低い位置を飛んでいた。

小池はいった。「主査の自殺の件、妙にこだわってたみたいだな。昼間もその話をしてたろ」

「その画像」瑞希は歩きつづけた。「なんか変だと思いませんか」

「変？」

「上空の飛行機。両翼の先端に、それぞれ光が灯ってますよね」

「ああ」小池は画面を凝視した。

次の瞬間、ロリータ服の客とぶつかりそうになった。小池はあわててわきにどいた。すみません、そう告げた。すると客も応じた。いえ、こちらこそ。客は歩き去った。

小池は面食らって振りかえった。「いまの客……」

瑞希が咎めるようにいった。「じろじろ見るのはやめてください。愛好家は楽しんでるんです。ラフォーレ原宿はそういうところです」

「……そうなのか」小池はスマホを瑞希に向けた。「これはナビゲーション・ライトだ。航空灯もしくは位置灯ともいう」

「左翼の先端が赤いろ、右翼の先端が緑いろになってますね」

「いろのちがいは、空中で飛行機どうしが向かい合わせたときのためだ。前進してくるのか、それとも遠ざかってるのか、区別がつくようにしてある」

「ええ。でもそれ、逆ですよね？」

「なに？」

「ネットで検索して調べました。航空灯も船舶の舷灯も、右が緑で、左が赤です」

「そうなのか？　逆になってるって、どういう意味だ」

するとと瑞希は小走りに駆けだした。「あった。あの店。きてください」

意味もわからないまま、小池は須藤とともに瑞希を追った。ひときわ派手なロリータ・ファッションが展示されたショップに、瑞希は足を踏みいれた。

人気店なのか、客はわりと多かった。みなそれぞれに着飾っている。小池は困惑しながらも、瑞希に追いつこうと必死になった。

やがて店の奥まで達した。姿見の前にたたずむ小柄なロリータ・ファッションがいる。商品を試着したらしい。値札がついていた。後ろ姿だが、長い巻き髪とドレスは違和感なくマッチしている。

瑞希は立ちどまり声をかけた。「こんばんは。初めまして、松浦菜々美さん」

須藤が驚いたように目を瞠った。「えっ!?」

ロリータ服がびくっとした反応をしめした。ゆっくりと振りかえる。

小池は衝撃を禁じえなかった。さっき見せられた画像とは、まったく異なる顔がそこにある。別人だった。というより、フロアですれちがった客と同様、いま目の前にいる人物も……。

瑞希が落ち着いた声を響かせた。「いえ。吉岡健弥さんとお呼びすべきですよね。冥界からようこそ」

小柄で痩身、長い髪に縁どられた小顔。だが化粧を塗りたくっていても、真正面から向きあえばわかる。その男は頬筋を痙攣させ、驚愕のまなざしで瑞希を見かえしていた。

31

夜七時半。瑞希は警視庁庁舎の会議室にいた。ごく小人数のわりには大きすぎる円卓、そのひとつの席に腰かけた。少し離れて須藤が座っている。小池は落ち着かなそうに部屋をうろつきまわっていた。

誰よりたいせつなゲストは、円卓の遠く離れた席についている。背もたれに身をあずけ、仏頂面で天井を仰いでいるにもかかわらず、さほどふてぶてしくは見えない。小柄で華奢な身体つきのせいかもしれない。ワイシャツにスラックス、官庁街の男性職員にありがちな服に着替えていた。髭をきれいに剃っているうえ、メイクを落としてからも基礎化粧品による手入れに余念がなかったのか、肌艶は輝くほどだった。髪を短く刈りあげているのは、ウィッグをかぶるのに好都合だからだろう。

ドアをノックする音がした。小池が立ちどまり、どうぞ、そう告げた。

開いたドアの向こう、制服警官が現れた。誰かを案内してきたらしい。入室するよう、片手で部屋のなかを指し示している。

国立八幡病院外科医長、永井泰己が警官に軽く頭をさげる。きょうは白衣を羽織らずスーツ姿だった。室内に向き直ると、永井は妙な顔になった。

「エレベーターが緊急メンテ中だそうで、時間がかかりましたが。はて」永井がつぶやいた。「捜査会議に出席を求められたのですが」

小池が真顔でいった。「永井先生。ようこそおいでくださいました。どうぞおかけください」

永井は戸惑いがちに会釈すると、部屋に足を踏みいれた。円卓を眺め渡し、ある一点を見つめたとたん、全身を凍りつかせた。

女装をすっかり解いた男が、鼻を鳴らして見かえす。永井の表情は極度にこわばっていた。

小池がふたたびうながした。「おかけください」

しばらく時間が過ぎた。永井の目が小池、須藤、そして瑞希をとらえた。衝撃が冷めやらない、そんな反応をしめしながら、永井はよろよろと椅子のひとつに腰を下ろした。

沈黙だけがひろがった。誰もなにも喋らなかった。互いに視線のみが交錯する。小池はなおも立ったままだった。腕時計に目を落とす。小池がつぶやいた。遅いな。

やがてまたノックの音が響いた。どうぞ、と小池が応じた。ドアが開く。制服警官に通されてきたのは、矢田洸介警部補だった。スマホに目を落としながら入室し、足をとめて円卓を眺めた。その表情がたちまち硬くなっていく。

小池が矢田にいった。「座れ」

室内は静まりかえっていた。矢田が低くつぶやいた。「なんの会合だ」

「なんだと?」小池が声高に叫んだ。「こっちがきかせてもらおう! あの男はいったいなんだ。財務省主計局主査、吉岡健弥が自殺した件、おまえの名前で報告書が提出されてるじゃないか」

矢田は吉岡を一瞥した。吉岡も矢田をちらと見かえした。ふたりはすぐに視線を逸らしあった。矢田がテーブルに目を落としながら、ゆっくりと着席した。

小池が憤然とした面持ちで椅子に腰かけた。「やってくれたな。地方で自殺があれば捜査は所轄。だが霞が関に勤める官僚だったとなると、国家公務員災害報告義務に基づき、警視庁の担当者が省庁との連絡係となる。所轄から情報を集約し、報告書にまとめ、通常の捜査報告書と同じく本庁にファイリングされる。省庁の死亡退職辞令はそれをもとにだされる。担当が絞りこまれる官庁街の習慣を悪用したな」

またしばらく沈黙があった。矢田が深刻な面持ちでつぶやいた。「ことはそんなに簡単じゃない。所轄の捜査と食い違いがあれば……」

小池が鼻で笑った。「食い違いだと？　よくいう。警視庁の嘱託医による死亡検案書がついてれば、本庁でそれ以上追及する人間はいない。事実をたしかめる役割は、担当者にこそあるからだ。はるか遠く、宮崎県の高鍋署管内で起きた自殺について、本庁幹部が報告書を読み疑問を持ったら、先方への問い合わせを担当者に命じるだけだ。矢田、おまえにな！」

須藤が眉をひそめた。「宮崎県の高鍋って……？」

小池はテーブルの下からカバンを取りあげ、書類の束を投げだした。「本庁で提出された報告書だ。担当は矢田。小丸川流域で発見された水死体について、現地に赴いた永井医師が自殺と断定、財務省勤務の吉岡健弥と判明したとある。歯科などの治療記録との照合、および婚約者だった松浦菜々美による遺体確認。根拠まで詳細に綴られてる。警視庁のデータベースは、調書や報告書をもとに作成されるから、ここで入力した記録がある場合、わざわざオンラインで所轄の情報検索がなされることもない。監察官による定期調査も春までない。逆にいえば、春になれば確実にバレる。こんな馬鹿なことをするとはな」

永井は沈痛な表情でうつむいた。

須藤が目を白黒させた。「鎌倉署の捜査じゃなかったのか？　遺体が発見されたのも由比ヶ浜だろ」

瑞希は須藤を見つめた。「わたしたちが矢田さんから見せられたのは、捜査報告書の体（てい）もなしてない、ただのプリントアウトされた書類でした。警察関係者じゃないんだから、どういう書類が正しいのか知らない。そこに鎌倉署とか、由比ヶ浜とか、滑川って書いてあっただけ」

「でも」須藤が瑞希を見かえした。「口頭でも説明があったじゃないか。近くのデスクにいた人たちにもきこえてただろ。アルカルクだっけ、民間企業の過労死疑惑について情報漏れを恐れて、周囲が耳をそばだててるって話だった」

瑞希は首を横に振ってみせた。「あのとき矢田さんは終始、鎌倉署とはいいませんでした。所轄とだけいいつづけたんです。録音機材をお持ちじゃないでしょうね、写しは持ちだせないので。そんなふうにもいった」

小池が腕組みをした。「巧妙な誘導だ。ボディチェックされるでもなく、そんな言い方で釘を刺されれば、水鏡さんも須藤君も文面を読みあげるのを控える。録音機材の不所持を態度でしめすためにも、言葉にしない」

瑞希もうなずいてみせた。「万が一にも、わたしたちが文面を声にだして読みかけたら、矢田さんがその場で制したでしょう。近くにいる私服警官も、アルカルクへの捜査に関する情報漏れを警戒してるだけだから、よほどの違和感をおぼえないかぎり記憶に留めない」

須藤が途方に暮れた顔になった。「でもなんでわざわざそんなことを？」

瑞希はいった。「吉岡さんが自殺した事実もなければ、捜査もおこなわれてなかったからです。わたしたちは、過労死バイオマーカー検証の一環としてこの件を調査しだした。矢田さんにしてみれば、ありもしなかった捜査について、高鍋署に問い合わせられては困る。だから全然ちがう自殺について、吉岡さんだと思わせようとしたんです」

「由比ヶ浜の自殺は関係なかったのか!?　でも財務省の八重順子さんたちも、鎌倉署だとか由比ヶ浜とかいってたろ」

小池が口をはさんだ。「警視庁の担当者として、矢田は財務省へ向かった。一般的に捜査中の警察官は、証拠能力を高めるためにも二名で行動するのが望ましいとされるが、矢田はひとりだった。捜査というより報告業務だけだったたからだ。だが訪問先の部署には捜査と思わせた。事前の電話からして、吉岡が由比ヶ浜で死んだと嘘をついてた」

須藤が身を乗りだした。「だけどそんなの……。鎌倉署に問い合わせれば判明するじゃないか」

瑞希は須藤を見つめた。「本当にそうでしたか？　わたしたちが省庁勤務になって、まず真っ先に叩きこまれたのは、組織系統の尊重と役割分担への理解です。担当者が決まっているなら、その人を信頼しすべてをまかせる。問い合わせも交渉も、その人とのみおこなうんです。決して飛び越えてはいけない。民間なら、直接電話しますのひとことで済まされたりもするけど、国家公務員の世界においては人間関係の基本であり鉄則です」

「ああ」須藤が納得したようにつぶやいた。「僕らが矢田さんと直接電話したとき、石橋さんが激怒したのもそのせいだからな。どこかの省庁の地方分局と勝手に話すのもご法度。霞が関には地方からの情報が集約され、それぞれに担当がいる。連絡はぜんぶそこを通す」

瑞希はいった。「霞が関の常識は、世の非常識です。省庁職員にとっては、警視庁の担当者を差し置いて、鎌倉署に直接問い合わせるなんて、とてもできることじゃありません。鎌倉署員の意見をきくにしても、矢田警部補を通じてになります」

須藤が瑞希を見つめてきた。「由比ヶ浜で自殺したのは誰だ?」

「きょう現地で通りかかった警察官に声をかけられ、会話の要領を得なかったので判明しました。十一月二十八日に発見された遺体は、三十代から四十代の男性ですが、依然身元があきらかになってません。鎌倉署に行き、事実を確認しました」

マスコミによる詳細な報道がないのが肝だった。主査の自殺について、遺体発見現場が伏せられていたため、すべて矢田からの報告が頼りだった。身元不明だからこそ、死んだのが別の人間だったと確信する事態にはなりえない。

序盤、矢田は常に先手を打っていた。瑞希たちがあるていどは行政の垣根を越え、動きまわると予想済みだったらしい。瑞希と須藤が初めて警視庁を訪ねたのち、翌朝までのあいだに、矢田は現地へ向かったようだ。遺体発見現場近くの店舗へ客として赴き、死体が財務省職員だったと噂話をした。その店がサーファー相手に、早朝から日没まで営業していると気づいたのだろう。実際、瑞希はその店で事情をたずねた。警察による遺体の回収作業を見たという、従業員らの話は本当だった。だが彼らが客からきいた、遺体の身元判明に関する噂は、矢田が吹きこんだガセネタでしかなかった。

須藤がはっとした顔になった。「じゃあ吉岡さんの元同級生の話も、婚約者の話も……」

「ぜんぶ架空です」瑞希はいった。「葬儀自体、執り行われていません。そのうえ元同級生も婚約者も実在しません」

「そんな馬鹿な。職場の同僚は誰もたしかめなかったのか?」

「たしかめるもなにも、死亡したと矢田さんから連絡が入り、遺体はすでに確認済みで、葬儀も近親者で済ませたといわれたら、それ以上はなにもできません。矢田さんから事務的な報告があり、遺族である婚約者の意思が伝えられるだけです。死亡退職辞令、給与、退職金、年金の手続きへと進みます。婚約者が過労自殺を疑ってる前提だから、職場からの香典もお悔やみの挨拶も、現場への献花さえも拒絶できます。マスコミに対しても、婚約者が詳細を伏せてもらいたがってるといい、自殺現場についての報道を控えさせました」

職場がしっかりと状況を把握しようとするだろう、各方面に人も送りこむにちがいない。世間はそう考えがちだ。国の行政機関ならなおさらだった。だがそんな思いこみこそ架空といえる。霞が関の組織は冷やかだった。手続きさえきちんと踏んであるなら、誰も疑いを持たない。

省庁において、情報とは基本的に、権威あるひとつのソースから伝達される。職員には自分の仕事と生活がある。同僚の訃報についてわざわざ時間を割き、疑惑を前提に検証したりはしない。

矢田がぼそりといった。「私からの連絡だけじゃなかったはずだが」

「ええ」瑞希は醒めた気分で応じた。「鎌倉署の番号から、いちどだけ電話がありました。情報源が矢田さんひとりでは不審がられる、そう思ったからですよね？　ＩＰ電話でアスタリスクというソフトを利用すれば、発信者番号を偽装できます。署員を名乗ったのは、矢田さんでも永井先生でもない、わたしが声をきいたことのない人でした。かつて面識がなく、もう死んでるなら、気づかれるはずもありません」

森閑とした静けさのなか、小池の目が吉岡に向けられた。

吉岡は気まずそうにうつむいた。小声でささやきを漏らす。「関わりたくないっていったんだけどさ。どうしても凌がなきゃならない事態だと頭を下げられて」

ぼそぼそと告げる話し方のせいだろう、瑞希が耳にした奥川の声と、あきらかに同一とわかる。

須藤が瑞希を見つめてきた。「婚約者、実在しなかったのか？　松浦菜々美ってのは？　職場のデスクに写真があったじゃないか」

「あの画像」瑞希はいった。「左右が反転してありました。上空の飛行機を見ればわかります」

小池がたずねる目を向けてきた。「さっきもラフォーレ原宿で、そんなこといってたな。どういう意味だ？」

瑞希はスマホに画像を表示した。「これ、顔も画像加工ソフトで微妙にいじってあります。目が小さくなり、鼻が低くなってます。元より普通っぽい顔にしてあるんです。ほどよいブスさ加減っていうか」

「ブスだって？」

「モデルっぽくないように見せるためです。ただしそのていどのちがいだけだと、グーグルの類似画像検索にかければ、元の画像が見つかってしまいます。けれども左右を反転させたうえでトリミングすれば、検索にヒットしなくなるんです」

瑞希はタッチパネルに指を滑らせた。画像を反転させたうえで、グーグルの検索窓にコピー・アンド・ペーストする。こうすれば類似する画像をさがせる。

すでにいちど試してあった。検索結果にモデルの画像が並んだ。松浦菜々美の写真より瞳が大きく、鼻すじの通った端整な顔だった。そこをクリックすると、モデルの公式ブログにアクセスできた。同じ女性のさまざまな画像が並んだ。矢田が捜査資料とともにしめした、菜々美の別の写真も含まれている。やはり顔がいじられたうえ、画像の左右が反転されていたとわかる。

主査の芦道は、吉岡が婚約者とのツーショット写真を見せびらかしていた、そう証言した。画像加工ソフトを用いた合成写真だったことに疑いの余地はない。見せるだけに留め、職場に残さなかったのは、偽装工作の明確な物証になってしまうからだ。夕暮れの下、モデルひとりのみが写っている、最小限の加工のみを施した画像を置き土産にした。婚約者の存在を信じさせるいっぽうで、合成写真ほどではなくても、いずれバレると思える杜撰なやり方だった。永久にだまし通すつもりはなかったことがうかがえる。

そこには、たんなる見栄や悪戯とは別の理由があった。瑞希はそう確信していた。

須藤が吉岡を指さした。「彼は、いもしない婚約者に化けてたってのか？　写真とは似ても似つかないけど」

吉岡は苦い顔になった。「俺の考えじゃないよ」

円卓を囲む面々が、互いに複雑な表情を突き合わせていた。矢田と永井の視線はいったん上がったが、またうつむきがちになった。しょぼくれているせいか、年輪を刻んだ皺が数を増して見える。

瑞希はいった。「わかってることだけ話します。自殺を偽装する以前から、吉岡さんは女装し自分のマンションに帰ることが多かった。隣人や、向かいのレストランの店員に、婚約者として加工したモデルの写真を見せていた。隣人や店員が、先に写真を見てから303号室へ帰る女らしき存在を目撃したのか、その逆だったのかは判然としません。でもそれが婚約者の菜々美だと思いこんだ」

小池が渋い顔になった。「この画像の女がブサイクに加工されてるからといって、さっきの女装のクオリティじゃ、同一人物と偽るのには無理がある」

「そうでもありません」瑞希は小池に告げた。「吉岡さんは小柄で華奢だし、ラフォーレで後ろ姿を見たときには、女性と信じたでしょう？　ドアに入る直前の横顔や、夜のマンションのエントランスへ向かう姿を見かけただけなら、写真写りのいい人だなとは思うだろうけど、吉岡さんが自慢してた婚約者だと信じるでしょう。ほかに可能性がないんだから」

須藤がきいた。「メゾネット・アリゼの門を入っていったのも？」

瑞希は答えた。「警視庁に報告書を提出するからには、婚約者の現住所も明記する必要があったんでしょう。電話番号はでたらめだったけど、住所はそれなりに説得力のある場所にしなきゃならない」

「附票や住民票を見せられたけど」

「ぜんぶコピーだったでしょう？　矢田さんは元本を取り寄せたといってたのに、あの場で見せてもらった書類には、ぜんぶ背景に複写って文字が浮かんでた。あの状態なら、附票や住民票をスキャンして、パソコンで文面をいじり放題」

「なるほどな」須藤が感心したように唸った。「捜査資料なので持ちだせないといってたのも、そのせいか。僕らじゃ区役所へ行っても、他人の戸籍や住民票を確認できない。嘘は見抜けない」

瑞希はうなずいた。「あの住所は、防犯カメラのある賃貸物件で、吉岡さんが正門の鍵を持ってました。帰宅したところを映像に残そうとしたんです。のちに確認されたときすぐにデータが見つかるよう、国際親善サッカーの終了間際にした。映りこんでた車体は覆面パトカーでなくただのセダン。矢田さんが運転し、女装した吉岡さんが後ろに乗ってた。もうひとりの同僚なんていなかった」

「門を入ってからは、裏門へ通り抜けただけか」

「そう。二度目に警視庁を訪ねたとき、矢田さんは会議室を用意してくれてました。アルカルクの件で、人目を避けては話せないといってたはずなのに、個室だった。誰にもきかれる心配がないから、矢田さんも嘘をつきまくった」

〝葬儀に立ち会った鎌倉署員も、彼女がいたのを確認しています〟。〝本庁で調書の作成にご協力いただいたのも、同僚と覆面パトカーでメゾネット・アリゼへお送りしたのも、間違いなくこの人でした。車内ドライブレコーダーにも録画されてます。彼女は降車後、たしかに門のなかへ入っていきました〟。だが鎌倉署員も同僚の捜査員も実在しなかった。ドライブレコーダーの録画もない。後日見せてくれるという約束は、吉岡の元同級生らとの面会と同様、警視庁による監視騒ぎで反故になった。

小池が目を大きく見開いた。「まて。会議室で話し合われたのは、そんなことだったのか？」

「ええ」瑞希はうなずいた。「わたしたちはあくまで、松浦菜々美の行方を追おうとしてました。でも警視庁のかたがたは、ちがう解釈だったんですよね？」

「まあな。だがやむをえないことだ」小池の眉間に皺が寄った。「アルカルク過労死疑惑に関する捜査内容が、外部に漏れるのを警戒してた。なのに矢田はきみらと個室で面会した。しかもその翌日、アルカルクが一部の証拠となる書類を処分したことがあきらかになった。捜査の情報漏れがあったんだ」

須藤は心外だという顔になった。「僕らを大勢で監視したのは、そういう理由だったんですか？」

「ほかに情報漏れのルートは考えられなかった。きみらは過労死バイオマーカーという研究を検証してたんだろ？　悪意はなくてもその過程で、矢田からアルカルクの過労死疑惑について聞きだしたと考えられた。警視庁から文科省へ申しいれ、アルカルクの捜査が終わるまで、きみらを監視することになったんだ」

須藤が茫然とした顔でつぶやいた。「財務省の圧力じゃなかったのか……。小池さん。けさ僕らが、石橋さんと議論するのをきいてたでしょう？　アルカルクのアの字もいってなかったじゃないですか」

「私たちの方針は明かせなかった。邪推してもらってもかまわない、そういったはずだ。きみらが科学研究の検証のため、主査の自殺の真相を調べてるという話も、たんなる抗弁だととらえていた」

瑞希はいっそう醒めた気分でいった。「いまはもうお分かりと思いますけど、アルカルクに捜査情報を漏らしたのは……」

「ああ」小池が矢田を睨みつけた。「誰なのかは明白だ。吉岡の自殺や松浦菜々美の件から、われわれの目を遠ざける狙いもあったんだろう」

矢田は顔をあげなかった。無言のままテーブルの表面を見つめつづけていた。

須藤が額に手をやった。「松浦菜々美の両親も実在しない。過去の住所もでたらめか。メロンパンをサンライズといったなんて」

瑞希は須藤にいった。「矢田さんたちにとって、メゾネット・アリゼの防犯カメラは警報代わりだったんです。あれをたしかめられたら、次は入居者を洗われ、松浦菜々美の不在があきらかになってしまう。映像により彼女が帰宅した事実が証明されるから、あるていどの時間稼ぎにはなります。そのあいだに緊急手段をとるつもりだったんです」

「警視庁に僕らを監視させようとしたわけだな」

「ええ。わたしたちとの個室面会と、アルカルクへの情報漏洩により、そういう状況をつくりだした。以降はわたしたちも、矢田さんに連絡できなくなり、松浦菜々美への調査も打ち切らざるをえなかった。ガセ情報による攪乱もありました。東北から西日本まで範囲がひろがり、事実上絞りこめなくなってた」

「酒々井プレミアム・アウトレットは？」

小池もきいてきた。「私もそこをききたい。きょうなぜ酒々井へ行った？」

そのあたりはいま触れるべきではないと瑞希は思った。「それより吉岡さんに事情をきくべきでしょう。やったことには相応の理由があるはずです。なにしろ死んでるはずの人ですから」

吉岡はびくっと反応した。警戒心に満ちたまなざしを小池に向ける。

須藤が瑞希にきいてきた。「さっき吉岡さんがラフォーレにいるって、どうしてわかった？」

瑞希は答えた。「男性によるロリータの女装趣味は、わりとふつうです。ラフォーレ原宿はそのメッカでもあります。防犯カメラで観た吉岡さんの動作は、女性としか思えませんでした。B棟の住人も、新高円寺のマンションの隣人も、向かいのレストランの人もそう信じたんです。吉岡さんの女装は付け焼刃ではない。以前から女装が趣味だったんでしょう」

「あの近くに住んでたってことか」

「メゾネット・アリゼの鍵を昔の住人からもらったのか、ネットオークションで落札したかはわかりませんが、あのお洒落な女性専用物件への強い憧れと執着を持ってたと考えられます。B棟の住人によれば、吉岡さんは敷地を抜け、裏門をでて左へ走り去ったとのことです」

「裏門をでて左ってことは、正門に面した路地からは遠ざかったわけだな」

「ええ。警察に送ってもらった映像記録を残すためだけなら、裏門を右へでて、カメラのフレーム外でまたクルマにピックアップしてもらうでしょう。吉岡さんはあのまま帰宅した可能性が高いと思ったんです。近くに自分の住まいがあります。憧れのメゾネット・アリゼには住めないけど、代わりにごく近所で暮らしてたんです」

小池が唸った。「それで女装趣味のショップに当たりをつけたわけか」

「はい」瑞希はうなずいた。「表参道にはラフォーレのほかにも、女装趣味に応える店が集中してます。ロリータ・ファッション以外の店もあります。吉岡さんの顔写真をコピーして店に配りました。来たら連絡してくれるよう頼んだんです」

「そういうことだったか」小池は吉岡に向き直った。「待たせたな。なぜこんなことをしたか、理由をきこう」

吉岡はしばらく黙って虚空を見つめていたが、やがて鼻で笑った。矢田と永井を横目に、吉岡はどこか嘲るような口調でつぶやいた。「いったのにさ。こんなの絶対バレるって」

永井が険しい表情でささやいた。「彼は過労死か過労自殺の危険があった。私たちは彼の命を救ったんだ」

「またぁ」吉岡が笑った。「そんなの絶対ありえないって。何度も説明したのに」

すると永井が語気を強めた。「自覚はなくても、その疑いは充分にあった。ＰＤＧ値が危険値だったじゃないか」

瑞希はいった。「永井先生。過労死バイオマーカーの研究には、否定的だったんじゃないですか」

「いや」永井がためらいがちに告げてきた。「各国の専門家や研究機関の意見には、賛成せざるをえない。菅野博士の論文には非の打ちどころがなかった。精度はかなり高いと考えられた。きみらには意図を見抜かれたくなくて、逆の主張をしたが」

「……いまでも過労死バイオマーカーを信じておられますか」

永井が困惑のいろを浮かべた。「省庁職員のＰＤＧ値測定結果一覧を、私たちは入手した。危険値にありながら、まだ命を落としていない職員を探した。ただ助けるだけでなく、協力を呼びかけるにあたり、吉岡君は条件に適していた。身寄りがなく孤独だったからだ」

吉岡がまた鼻を鳴らした。「おせっかいな話だよ、まったく」

小池は醒めきった表情になった。「どう見ても死にそうには見えないな」

永井が憤然としていった。「過労のストレスは容易に判断がつかん。目安のようなものはあるが、兆候は人によって千差万別で、一概にはいえん。うつでなく躁の症状もありうるし、明るく見えても内面は脆くなってる可能性もある。現に彼は、女装という変わった趣味を……」

吉岡が遮った。「変人扱いするな。女装はね、男という役割からの解放だよ。女になりきることで、社会的に強さばかり求められる男の窮屈な生き方から、しばらく逃れられるんだ。性的な嗜好とは無関係。おかげでストレス解消なら充分できてたよ。あんたらが聞く耳を持たなかっただけで」

小池が永井にきいた。「この男に直接会って、勘違いの可能性もあると思いませんでしたか」

「私は」永井は口ごもった。「外科医長だ。精神科は専門外だった。過労死バイオマーカーの精度を信じた。彼は危険な状態だと考えた」

「だとしても」小池は身を乗りだした。「矢田と結託して、吉岡が自殺したことにして、なんになるんですか。緊急避難だとしても、いつまでも死人にはしておけないでしょう」

矢田が静かにいった。「小池。木崎のこと覚えてるか」

小池の表情が硬くなった。「いまさら同僚の死を持ちだすのか」

「いまさら？　警察官の殉職で最も多いのは過労死だ。あいつはそのひとりだった」

「公災が認定されなかったのは気の毒だと思う。しかしそれが、こんな非常識とどうつながる」

永井が小池を見つめ、唸るような声を響かせた。「私も同僚を失っとるんだよ。飯原義純といって優秀な医師だった。だが私たちの勤める国立八幡病院では、充分な医師数が確保されていない」

吉岡はからかうようにいった。「外来と入院患者の診療時間って、合わせて八時間ぐらいでしょ。気楽なものじゃないですか」

「馬鹿いうな」永井が声を荒らげた。「夕方五時にあがれる医師など皆無に等しい。当直の前後日を合わせて三十二時間、連続勤務になる。急患への対応もあって仮眠をとる暇もない。飯原は命を削って働きつづけたんだ」

小池がじれったそうにいった。「不満があるなら、環境改善のため動けばいいでしょう」

永井は小池をじっと見つめた。「どうやって?」

矢田がいった。「小池。俺たちは国家公務員だ。団体交渉権も争議権もなく、労働協約の締結はできない」

「そりゃ、警察がストライキというわけにはいかないだろ」

すると永井が物憂げにつぶやいた。「医師も同じだ。国立病院機構の職場環境は、国立病院だったころの職場環境をひきずっとる。国家公務員と扱いは変わらない。みな国のために働く建前を押しつけられとる。安い賃金で激務に追われている実態が、世間から理解されていない。過労死が認められる頻度も、民間よりずっと低い」

小池が声を張りあげた。「それとこの件と、なんの関係があるんですか」

瑞希は考えを言葉にした。「死人に口なし。そういう状況をひっくりかえしたかったんですね」

矢田と永井が、揃って神妙な面持ちになった。また視線が下を向きがちになる。

永井は声を震わせた。「名はだせないが、弁護士からも賛同と支援を得ている。きわめて現実的な手段だ」

小池が瑞希にたずねてきた。「なんの話だ？」

瑞希は答えた。「永井先生は新聞の取材に対し、病院側の嘘が徐々にエスカレートしてると訴えてました。加害者のはずの上司が、自己正当化のため過去の発言を捻じ曲げていき、やがて事実とは正反対のことを口にする。上司としての権限を行使し、部下たちを威圧し黙らせる。亡くなった被害者には異議申し立てが不可能。遺族も同じ職場に勤めてたわけじゃないので、事実を証言できない。よって加害者は裁かれることなく職場に君臨しつづける。それが過労死の現場です」

「まさか」小池が両手で頭を抱えた。「国家公務員の過労自殺を演出したうえで、死人にものを語らせたかったのか」

　吉岡が軽い口調で告げた。「話をきいたときは半信半疑だったけどね。乗ったよ。宮沢は気にいらなかった。あいつなら保身のため、ありもしなかったことを並べ立てるだろう。実際、矢田さんによれば、あいつはどんどん饒舌になってたってさ。そのうち生きかえって事実をぶちまける。証拠の録音もある。たまげるだろうね。最高の復讐になる」

　瑞希は吉岡を見つめた。「架空の婚約者、松浦菜々美さんを作りだしたのは、その計画を持ちかけられて以降ですね？」

「そう。死亡検案書のためにも近親者が一名は必要だといわれたからね。ふだんからヘアメイクやファッションの参考にしてるモデルがいて、その子の写真を使わせてもらった」

「職場の人たちは、あなたが婚約者とラインでやりとりしてたって証言してますけど」

「矢田さんや永井さんと連絡を取り合ってたんだよ。十一月下旬になったら身を隠して、失踪を演じることになってた。ちょうどそのころ、由比ヶ浜で自殺があったから、職場にはそれが俺だと思わせることにする、そういわれたよ。さすが捜査一課の警部補と嘱託医、直接見なくても情報だけで、当面身元が明らかにならない遺体だと確信したらしい。でも大胆なやり方だし、俺は早々にバレると思ったけど、それより早く宮沢がボロをだすってのが矢田さんたちの読みだった」

矢田がひとりで財務省を訪ね、宮沢と彼の部下たちに対して捜査の振る舞いをしたのは、その計画のためだった。監察官の定期調査により、春には偽装も発覚するだろうが、それ以前に宮沢がつく嘘をすべて記録する。被害者が生きているのだから、証言の食い違いについて、疑問点をいくらでも洗いだせる。過労死の現場に起きがちな実態、その全容を暴きうる。

小池が矢田に目を向けた。「なんの発表もなかったのに、週刊誌が疑惑を報じたのは……。おまえが情報を流したんだな」

宮沢を告発するための前段階として、過労自殺の疑惑を世間に広めておきたかったのだろう。そんな状況下でも宮沢が罪を認めず、居直ったり嘘をついたりしてこそ、世間に溢れる過労死の現場の再現となる。

どうりで『週刊現在』の記者が菜々美の実在を信じ、住所をメゾネット・アリゼとしていたわけだ。瑞希はそう思った。記者の虻川は菜々美に会ったこともなかった。警視庁からのリークなだけに、情報に誤りはないと考えた、ただそれだけだった。

あの日虻川は、守秘義務を守るよう圧力がかかった、そういった。あれも情報源の矢田から電話がかかってきたにすぎない。瑞希が譚評社を訪ねると予想し、矢田は虻川に口止めした。虻川はそれを矢田の言葉どおり、警視庁の総意と信じた。

矢田が物憂げにつぶやいた。「私と永井先生は相応の責めを負うだろう。実刑も覚悟の上だった。だが吉岡さんは、過労死寸前だったのだから、緊急避難が認められると考えた。私たちのやったことは、前代未聞の事態として広く喧伝される。国家公務員の過労死について、被害者がいかに発生し、加害者がなぜ不問になるか、一部始終を白日のもとに晒せる。そのはずだった」

瑞希は暗く沈みがちな気分とともにいった。「でもそれは……。吉岡さんが本当に過労自殺寸前でなきゃ成り立ちませんよね？」

冷やかな空気が蔓延しだした。矢田が深刻な面持ちで居ずまいを正した。永井は肩を落としたままだった。吉岡は天井を仰いでいた。

永井がいった。「何度もいうが、過労死バイオマーカーの理論は正しかった。しめされた危険値も絶対だと信じた」

吉岡は口もとをゆがめた。「おかしな性癖の持ち主だし、いっちまってると思ったんだろうな。俺自身はそうでもないと思ってたよ。でも宮沢にひと泡吹かせたうえで、俺は罪に問われないというから、やってもいいと思った。どうせ三ヵ月で生きかえると決まってたし、面白そうじゃないかってね」

小池が軽蔑したように鼻を鳴らした。「公正証書原本不実記載罪の片棒を担いだわけだ。戸籍は復活できても、いちど死んだ以上、年金は止まったままだ。年をとっても支給はされんぞ」

「おい」吉岡が真顔になった。「そりゃどういうことだ？　永井先生。過労のストレスも科学的に証明されるから、緊急避難も認められるし、問題ないって話だったろ？」

永井がうつむいたままつぶやいた。「死んだことになったのち、血中のコルチゾール値を随時測定し、経過を記録するつもりだった。ストレスホルモン量の多さで過労が裏付けられるし、それが減少していけば自殺のリスクを回避できたと証明できる、そう信じた。ところが吉岡君は、約束の時間にも現れず、女装し買い物にでかけてばかりで……」

「俺は元気だったんだよ！　自由に行動してなにが悪い」

小池が吉岡を見つめた。「なら最初から過労じゃなかったんだ。おまえ、自分で健康を証明したんだよ。永井先生の思惑が外れた。見こみちがいだったんだ。やはり共謀の容疑はまぬがれないな」

吉岡は目を瞠った。「そりゃないだろう！　さっき先生がいってた、なんだっけ、過労死バイオマーカーで危険値だったんだろ？　それが証明になるじゃないか」

須藤が吉岡にいった。「過労死バイオマーカーは研究段階です。永井先生は過労の指標になると思ってたけど、まだ公的な証拠になりうるものじゃない。先生もそれを承知してたから、事後の診断記録を重視してたんです」

小池が立ちあがり、ドアへ歩きながら告げた。「吉岡君。きょうは帰れないからそのつもりでいろ」

「ま」吉岡が腰を浮かせた。すがるように小池のもとへ駆けていく。「まってください。俺、いえ私はですね、主査として厚労省の担当者から信頼を得てました。先方にきいてもらえばわかります。惜しい人を失くしたとおっしゃってると思います。主計局の業務を円滑におこないうる人材として……」

円卓には、四人だけが残された。瑞希と須藤、矢田、永井。ふたりの中年、いや初老と呼ぶべき見てくれの男たちは、いまや憔悴しきったように項垂れていた。

どのように声をかけるべきか想像もつかない。瑞希は静かにいった。「あのう。こんなことになって、お気の毒です。でも組織との対話はきっと実現できるはずです」

永井は意気消沈しながらも、耳を傾けているようすだった。だが矢田はちがった。表情を険しくし、ふいに弾かれたように立ちあがった。視線が辺りをさまよい、目の焦点が定まらないうえ、瞳孔が開いている。

おかしい、瑞希がそう感じるより早く、矢田は駆けだした。その行く手に、吉岡と小池が向かい合って立っていた。吉岡は小池に対し熱弁を振るっている。矢田はいきなり吉岡を羽交い絞めにした。

小池は愕然とした顔で怒鳴った。「おい！　なにするんだ。放せ」

吉岡も目を瞠っていたが、自分がどんな状況にあるか把握できるまで、数秒を要したようだった。しばし固まっていたものの、血相を変えじたばたと暴れだした。「なんだよこれ。どうしてこんな……。放してくれよ」

逮捕術としての本格的な羽交い絞めに見えた。背後にまわった矢田は、左右の腕を吉岡の両わきの下から通し、吉岡の後頭部で両手を組んで固めている。両腕により強く締めつけ、吉岡の身動きを封じていた。小柄な吉岡が抗おうとしても、体格は大人と子供の差に近い。矢田がドアへ後退していくと、吉岡はずるずると引きずられていった。

小池が駆け寄ろうとした。「矢田！　馬鹿な真似(まね)をするな」

矢田はすでにドアにまで達していた。片腕で吉岡の首を締めあげるように保持し、もういっぽうの手でドアを開け放った。矢田の姿が部屋の外へ消えた。

すぐさま小池が走りだした。悪態を残しドアをでていく。

瑞希は須藤と顔を見合わせた。じっとしてはいられなかった。瑞希は立ちあがった。須藤も同様だった。ふたりで廊下へ駆けだした。

フロアが騒然としていた。ブース型オフィスのあちこちで職員が伸びあがり、顔をのぞかせている。矢田と吉岡の姿が見当たらず、瑞希は困惑した。だが次の瞬間、近隣のブースから人影が現れた。

矢田は依然として吉岡を盾にしていた。その喉もとに、千枚通しの鋭利な尖端が突きつけられている。

私服の職員らが取り囲んだ。飛びかかろうとすれば、千枚通しが吉岡の首すじを貫きかねない。矢田が何歩か前進すると、包囲も後ずさる。そんな拮抗が生じた。

小池が怒鳴った。「凶器を置け！　どうしたというんだ、矢田。冷静になれ」

矢田の顔はすでに汗だくだった。必死の形相で叫びかえした。「いいから下がってろ！　俺のやることにかまうな」

「なにをいってる。話し合いの場なら設けてやる。幹部を説得して、人事について是正を……」

「そんなことはあてにならん。抜き差しならない事態になれば、組織も世間も無視できなくなる。いまそうしてやる」

「よせ。たんなる傷害になるだけだ。いっそう発言力が失われるぞ」

「傷害？　こいつはもう死んでる。嘆き悲しむ人間がいないのは証明されてる」

吉岡は恐怖に顔をひきつらせていた。「冗談じゃない。この人正気じゃないよ。みんな警察官だろ。助けてくれよ！」

須藤がじれったそうにいった。「誰も拳銃とか持ってないのか」

小池は須藤を睨みつけた。「内勤で携帯してるわけない。黙っててくれ」

矢田が動きだした。吉岡を人質にしたまま廊下を後ずさっていく。包囲は狭まらず、ただ矢田の周りを移動するのみだった。廊下の向こうから歩いてきた職員たちも、あわてたようすで左右にどいた。

誰も無茶をしたがらないのは、警官ならではの判断なのか。瑞希はもどかしさを噛みしめながら、集団とともに矢田を追いかけた。

群れのなかに永井医師の姿があった。永井の皺だらけの顔に、悲哀のいろが浮かんでいた。永井が矢田に声を張った。「よしてくれ。矢田君、きみの責任じゃない。私が協力者の選別を誤ったんだ」

　矢田はなにも答えなかった。後ずさりながら、何度か背後を振りかえる。その行く手にはエレベーターホールがあった。三基あるエレベーターのうち一基の前に、点検中の立て看板が据えてある。扉は開きっぱなしで、昇降路の内壁が見えていた。

　ホールにいた女性職員が、悲鳴をあげ退避する。背を向けしゃがんでいた作業着姿も、びくっとして振りかえり、すぐさま逃げだした。その拍子に立て看板が倒れ、昇降路のなかへ落下した。数秒の間を置いて、叩きつけるような音が、小さく籠もりぎみに響いた。

　瑞希はぞっとして足がすくんだ。周囲も立ちどまった。

かごが昇降路内の上下いずれに位置しているかは不明だが、昇降路の底が深いのはたしかだった。落ちたらひとたまりもない。

　矢田が開放された扉に近づいていく。吉岡はあわてふためき、必死に身をよじって抵抗していた。だが依然として逃れられない。千枚通しも喉もとに向けられたままだった。

　吉岡は顔面を紅潮させていた。「助けてくれよ！　あんたら警官だろう。この人は正気じゃない。見てわかるだろ」

になる。

小池が矢田に呼びかけた。「要求があるならいえ。なにが望みだ」

矢田は縦穴の縁ぎりぎりに立っている。仰向けに倒れるだけで、昇降路への身投げになる。

吉岡が子供も同然に泣き叫んだ。「早く助けてくれ！　こんなの嫌だ。死にたくない」

千枚通しの先端が、吉岡の喉をちくりと刺した。矢田が唸るようにつぶやいた。

「黙ってろ」

とたんに吉岡は息を呑んですくみあがった。

あわただしい靴音が響く。制服警官が十数人、ホールに駆けこんできた。彼らは武装しているようだった。私服よりも前にでて、包囲網を狭める。

小池がひときわ甲高く怒鳴った。「矢田！　話し合いの相手を指名しろ。どんなに上の役職だろうとかまわん。連れてきてやる」

「いまさら要求はない」矢田の低い声は、かすかに震えていた。「すでに死んでる男とともに、俺も死ぬ」

ざわっとした反応がひろがった。吉岡が悲痛な叫びを発した。「この人飛び降りる気だ！　誰か助けてください」

小池は制服警官を押しのけ前にでた。「考え直せ、矢田。心中してなんになる」

吉岡が矢田を振りかえった。「そうだよ。俺は関係ないだろ」

矢田は動じなかった。「本庁のなかで警察官が死んだだけじゃ、上が理由を隠蔽する。だがいちど死んだ男があらためて死んだなら、経緯の説明は免れない。広く世間の関心をひく。マスコミも事実を追及する」

「あんた無茶苦茶だ！」吉岡が泣いて懇願した。「頼むよ。放せ。放してくれよ。あんたにだって家族はいるだろ」

「妻は働いてる。独り息子を養うぐらいはできる。きっとわかってくれる」

「そんなのあんたの思いこみだろ。奥さんも子供も絶対に悲しむよ。なあ、もともと俺は乗り気じゃなかった。過労の奴はほかにいくらでもいる。そいつらをあたってくれりゃよかったんだ」

永井が制服警官に阻まれながら怒鳴った。「矢田君！　きみが死ぬことはない。私たちは等しく責任をとる覚悟だったはずだ」

矢田の顔から表情が失せた。誰を見つめるでもなく矢田がつぶやいた。「木崎がなぜ死んだか、みな知ってる。直属の上司は自主退職。それで幕引き。パワハラや時間外労働について取り沙汰されることもなかった。あいつの奥さん、棺にすがって泣いてたよ。七歳の娘もだ。俺は合わせる顔がなかった」

小池がいった。「あの上司なら、日ごろの言動に問題があったとされ、処分が下されてる。そのうえでの自主退職だ。すべてが闇に葬られたわけじゃない」

矢田は譲る姿勢をしめさなかった。「そんなものは論点のすり替えだ。上司の言動で部下が死に追いやられたかどうか。突き詰めなきゃいけないのはそこだ。誰が時間外労働について問題視した？　刑事課から交番勤務まで、過労死ラインを超えてない職員がどれだけいる」

「俺たちは自分で警察官になる道を選んだ。過酷な職務はわかってたはずだ。ふだんから命懸けで働いてる」

「そうだ。命懸けだからこそ、上の者と信頼で結ばれる必要がある。行動を共にする人間と心が通ってなけりゃ、ひとりで緊張を背負わざるをえなくなる。チームの一員として臨機応変に対処しろとか、上司の命令には絶対服従だとか、組織を信頼しろとか、徹底的に叩きこまれた。結果はどうだった。上司の八つ当たりをきいても、自責の念に駆られてしまう。不合理なことであっても、楽観を許されず、すべて受けとめなきゃならない。心が押し潰されて当然だ」

「幹部が全員、無責任なわけじゃない。おまえもわかってるはずだ」

「いや。上に立つ者が自己保身を図ってる。警察官を志すような人間は、みな気性がまっすぐで、責任感が強い。勉強し体を鍛え、難しい試験を突破し、失敗のない生き方を送ってきた。それを誇りにしてきた連中ばかりだ。組織はそんな実直さを利用し、使い捨てにしてる」

「俺たちはみな、税金で食ってる。国民のために身を捧げるのが役割なんだ」

「優等生の発言か？　小池、本心じゃないだろう。世間はわかってない。俺たちは特権階級だと思われてる。税金の甘い汁を吸い、いい加減に勤務し、各種手当が保障され、退職金も確実に受けとれる。職場が潰れる心配もない。国民からそんなふうに揶揄されてばかりだ。実際には薄給で休みなし、基本労働権すら保障されてないのに」

「それは国家公務員全体の問題だ」

「ああ。地方公務員すら国家公務員を誤解してる。既得権なんかあるはずない。重責と、身をすり減らす労働、パワハラがあるだけだ。永井先生と話してて、国立病院機構もいまだにそうだとわかった。やがて官庁街すべての抱える悩みだと知った。ほんのひと握りの幹部を除き、みな苦しんでる。思い切った手段に訴えるよりほかにない、そう確信した」

「国家公務員の死を偽装して、世を変えられると本気で思ってたのか」

「思ってたとも。こんな男を選びさえしなけりゃ」

吉岡が取り乱したようすで叫んだ。「俺のせいじゃないよ！　勝手に俺を選んで接触してきたんじゃないか」

矢田の握った千枚通しは、なおも吉岡に突きつけられていた。その先端が小刻みに震えている。

瑞希は気づいた。制服警官らが腰のホルスターに手をかけている。警察がどんな行動にでるつもりか、素人の瑞希でもあるていど想像がつく。隙が生じた場合、人質の救出をこそ優先させるだろう。

思いがそこに及んで、瑞希は耐えきれない気分になった。制服警官のあいだを割って、瑞希は前へ躍りでた。「矢田さん。やめてください！」

須藤は制服警官に押し留められていた。「水鏡、よせ」

矢田が警戒したように表情をこわばらせた。千枚通しの先端が、いまにも刺し貫かんばかりに吉岡の喉もとに食いこむ。吉岡は全身を硬直させていた。

瑞希は矢田を見つめた。顔に刻みこまれた皺が、父親と同じぐらいの世代だと感じさせる。そんな矢田を前に、瑞希はいった。「矢田さん。たしかに公務員の九時五時勤務なんて幻想です。わたしたちも国会議員が質問をしてくるたび居残りさせられる。月百時間ていどの残業は当たり前なのに、その事実は世間に公表されてません。国の予算は前年に決まっていて、各省庁に振り分けられる額も、そのなかの人件費も決定済みです。だから残業代に費やされる予算額も限度がある、いつもそういわれます。一定以上は支払われない。わたしが受け取ってるのも、実際の残業時間から換算すれば三割ていどです」

矢田は無表情のままだった。「ましなほうだ」

「そうかもしれません。霞が関で過労死ラインを超えて働いてる職員は、三千人だそうです。全体の一割以下といわれてますけど、ほんとはもっと多いでしょう。でもアルカルクの例をみるまでもなく、民間にも過労死は蔓延してます。規制が進んでるようでも、それ以上に隠蔽が横行してるんです。わたしたちだけの問題じゃありません」

「それがどうかしたか」

「矢田さんは、アルカルクへの捜査を滞らせましたよね。捜査情報を漏らしてまで、自分たちの計画を優先した」

「俺が救いたいのは国家公務員だ」

「それが排他的で利己的だとわからないんですか？　苦しんでるのはわたしたちだけじゃないんですよ」

「日本の公務員数は諸外国より少ない。ひとりあたりに押しつけられる責任と労働の量が大きすぎる」

「民間もブラック企業だらけです。菅野博士の論文でも触れられてました。いつも長時間の残業が発生するのは、人手が足りていないから。けれども企業は雇用を増やさない。社員が増えると、一定の人件費を絶対払わなきゃいけなくなる。そうすると経営が悪化したとき苦しくなる。だから人件費を流動的にしておきたくて社員を少なめにする。非正規雇用を増やし、サービス残業を強要する。地位を向上させ収入を増やそうと意欲を燃やす人ほど、自主的に残業しがちだけど、企業はそれに応えてくれない。辛い立場はわたしたちと同じです」

「それでも労働三権に守られてる。俺たちにはそれがない」

「どうして理解できないんですか！　労働三権に守られてるはずの民間でさえ、過労死が後を絶たないんですよ。わたしたちは先に民間を助けなきゃいけないんです。そのために身を粉にして働く運命なんです。それが税金から給料を受け取る国家公務員です。民間を救えてないのに、まず自分たちを救おうとするなんて、沈みかけた船から真っ先に逃げだす船長と変わらないじゃないですか！」

静寂に包まれたホールのなかで、瑞希は自分の声がわずかに反響を残すのをきいた。周囲の誰もが固唾を呑んで見守っている。

矢田の顔になんらかのいろが表れた。虚空を見つめるような目で、ぼそぼそと告げた。「公務員より民間の救済を優先しろっていうのか」

「あなたは自己犠牲により仲間を救おうとしました。たしかにわたしたち霞が関の労働者は、いつも過労死の危険に晒されてます。でも民間にもそういう人がたくさんいる。わが身を投げだすなら、まずその人たちのために」瑞希は胸が詰まるのを感じた。涙がこみあげてくる。震える声を絞りだし、瑞希はいった。「でなきゃ、なんのために国家公務員になったんですか」

「木崎は現に犠牲に……」

「同僚のかたも、国民のために尽力したんじゃないんですか。警察官ならなおさらでしょう。過労死は官民問わず、この国の全体的な問題です。民間に犠牲者がでそうなら、わたしたちが率先して救わなきゃなりません」

「きみは文科省の人だ。警察官とはちがう」

「たしかにそうです。身体や心が傷つく度合いも、実際低いのでしょう。でもわたしは覚悟を決めてます。民間をすべて救ったのちに、ようやくわたしたちは救われるんです」

矢田の虚空を眺める目が、わずかに潤みだしていた。「国民すべてが救われるなんて、理想にすぎん」

「その理想を実現するために働くのが、わたしたちです」瑞希はつぶやいた。「あなたもそうあってこそ、同僚のかたが浮かばれるでしょう」

沈黙があった。矢田はなおも、瑞希を見つめようとはしなかった。その目に涙が膨れあがり、表面張力の限界を超え、頰を流れ落ちた。

永井医師が切実にいった。「矢田さん。彼女のいうとおりだ。私も重要なことを忘れていた。医師は患者のために働くんだ。病院や勤務実績やノルマのためじゃない。患者を救わねばならないんだ。死んだ飯原も、第一にそれを考えてたと思う」

矢田は目を真っ赤に泣き腫らしていた。「過酷な日々も犠牲も、やむをえないというのか」

瑞希は胸の締めつけられる思いとともにいった。「辛くても苦しくても、ぎりぎりまで頑張るしかないです。民間を救い、わたしたち自身も救われる日まで、働きましょう」

「虚しくないか。これからもただひたすら働くのみ。一喜一憂しながら生きるだけなんて」

「一喜一憂以外、人生になにがあるんですか」

また沈黙が降りてきた。周りの誰も身じろぎひとつしない。しんしんと無音の響く静寂だけがあった。

　矢田の視線がさまよった。わずかな迷いを感じさせる。喉にからむ声で告げた。

「国民のために働くにしてもやり方がある。同僚は直属の上司だった男の犠牲になったんだ」

　瑞希は首を横に振ってみせた。「矢田さん。いつまでも人を恨んでちゃいけません。あなたが恨んでいるその人は、いまごろたぶん、人生を楽しんでます」

「これからも同じことの繰りかえしだ。なにも変わらない」

「いいえ。すべての不幸を踏まえて未来は築かれます。理想の実現は、案外近いかもしれません」

　矢田の目がようやく瑞希をとらえた。涙がとめどなく流れ落ちていた。これまで向きあってきた矢田の顔とは別人に思えた。外見は実年齢より老いて見える。内面はずっと若く感じられる。ごく身近にいて、絶えず心を通わせあってきた仲のように。

　失くした同僚に思いを馳(は)せているのかもしれない。あるいはその遺族にも。内面に問いかけたうえで、答えをきいたのだろう。瑞希には矢田の表情の変化が、そんなふうに感じられた。

矢田がささやくようにいった。「きみにもっと早く出会ってればよかった」

千枚通しの先が、いつしか吉岡の喉元から逸れていた。矢田の腕も脱力し、弛緩しかかっている。状況の変化に吉岡も気づいたらしい。矢田の手から逃れようと、ゆっくりと動きだしている。

そのとき矢田が、意を決したように吉岡の背を突き飛ばした。吉岡は前のめりによろよろと進み、つんのめりかけたところを制服警官らに支えられた。

人質が解放された。だが矢田のほうは、反動でふらついた。千枚通しが放りだされ、両手が空を掻きむしる。矢田の身体が後方へぐらりと揺れた。身体が昇降路へ吸いこまれるように仰向けになった。

瑞希は猛然と駆け寄った。矢田の上着を両手でつかんだが、重力には勝てずその場に突っ伏した。それでも瑞希は手を離さなかった。矢田の両手が、瑞希の左右の腕をつかんでいた。

いまや瑞希はうつ伏せた状態で、昇降路内へ半身を乗りだしていた。両手は矢田を支えている。満身の力をこめて服をつかんだ。だが激痛とともに力が失われていく。いまにも指先が滑りそうだ。

後方から人影が飛んできた。瑞希に覆いかぶさるようにして、誰かの腕が二本突きだされた。矢田の両手首をしっかりとつかむ。

須藤だった。腹から絞りだすような声が頭上で告げた。「離すな」

しかし、矢田の身体が徐々に下がっていく。瑞希は須藤とともに前屈姿勢になり、縦穴へ引きずりこまれそうになった。

ずいぶん時間が過ぎたように思えたが、ほんの数秒だったのだろう。背後に大勢が駆け寄ってきた。瑞希の身体は無数の手により保持された。須藤も同様のようだった。安定したと感じる。だが矢田を引っ張りあげるには力が足りない。離さずにいるのが精いっぱいだった。

私服や制服の警官らが、どうにかして矢田に手を差し伸べようとしている。しかし瑞希と須藤がうつ伏せに重なり、エレベーターの開放された戸口の中央を占拠しているため、ほかの警官たちは配置に難儀しているようだった。瑞希たちの両隣りや頭上からでは、矢田をろくに支えきれない。

瑞希の指先が痺(しび)れだし、握力が発揮できなくなった。目に涙が滲みだす。このままでは落下する。どういうわけか轟音(ごうおん)が響き、縦穴から風が吹いてきた。昇降路内で釣(つり)合錘(あいおもり)が下がっていき、メインロープも動きだしている。なにが起きたかはよくわからない。いまは矢田を支えることだけに集中していた。それでも指先の感覚は、しだいに失われていく。

須藤は矢田の手首をつかみつづけていた。先に力尽きたのは瑞希だった。服を保持していた両手が滑り、矢田の身体から離れた。矢田の手も瑞希を保持しきれなくなったらしい、空を切っている。唯一、須藤の両手が矢田を支えていたが、それも限界のようだった。須藤がつかむ位置は、矢田の手首から指先へとずれていき、次の瞬間、矢田の身体は落下した。

周囲に叫びがこだまする。瑞希の全身を寒気が駆け抜けた。

だが、矢田の落下はほんの二、三メートルで止まった。眼下で矢田の身体が、ごろりと横たわっていた。昇降路の底がいつしか、極端に浅くなっている。床がせり上がったのか。いや、あれはエレベーターのかごの屋根だった。すぐ下の階まで上昇してきて、停止している。

矢田は背を強く打ちつけたのか、苦痛の表情を浮かべていた。だがゆっくりと起きあがろうとしている。腕や脚は、問題なく動いていた。

警官たちが身を乗りだしていた。小池の怒鳴り声が響いた。「矢田は無事だ！　梯子を持ってこい、急げ」

歓声に似たどよめきがあがり、私服と制服が入り乱れて動きまわった。騒然とするなか、瑞希はぐったりと前のめりになったまま、昇降路に両腕を投げだしていた。

そんな瑞希の身体を、誰かが後ろから抱きかかえ、群衆のなかから引っ張りだした。エレベーターの扉からも遠ざかる。人混みと距離を置いた床に、瑞希は横たえられた。すぐに瑞希は身体を起こした。須藤の顔がすぐ近くにあった。心配そうにのぞきこんでいる。

須藤がきいた。「だいじょうぶ?」

「ええ」瑞希は力なく応じた。「ありがとう」

斜向かい、別のエレベーターのわきで、作業着姿が脚を投げだして座りこんでいた。手にはドライバーが握られている。柱のパネルが開けられ、配線や基板が剝きだしになっていた。彼がエレベーターを上昇させたにちがいない。間一髪の操作を終え、ほっとしたのか、ぼうっとした面持ちのままだった。

開放された扉のほうには、依然として大勢が群がっている。梯子が運びこまれた。救出は時間の問題だろう。

須藤が瑞希の隣りに腰を下ろした。汗だくになり、前髪がべったりと額に張りついている。たぶん自分の顔も同じありさまだろう、瑞希はそう思った。

いや、もっとひどいかもしれない。自分の顔に触れて初めて、頰が濡れているのに気づいた。いつの間にか涙が溢れていた。

少し離れたところに、吉岡がへたりこんでいる。警官らが歩み寄り声をかけた。いちど死んだ彼にとって、第二の人生の冴えない始まりがあった。事情聴取が待っている。

須藤が疲れきった顔でつぶやいた。「死にたがってる人と、初めて向きあった」

その言葉の意味するところを、瑞希は考えた。救えてよかったと思っているのか。それともただ、衝撃が尾をひいているだけか。

矢田がいっていた。みな気性がまっすぐで、責任感が強く、失敗のない生き方を送ってきた。そんな自分たちが利用され、組織の犠牲になっている、それが過労死だと矢田は主張した。

瑞希はつぶやいた。「失敗のない生き方だなんて。生き方を失敗する」

須藤が見つめてきた。「なにかいった？」

「いえ」瑞希は首を横に振った。いまだから実感できる。自分は働きすぎではない。理想を実現するには、まだ働き足りない。

32

　昼下がり、瑞希は須藤とともに、文京区本郷の国立医学研究所を訪ねた。病院とは異なり診療もないため、ロビーはオフィスビル然としていた。受付カウンターに職員がいるほかは、待合のソファにもひとけはない。閑散としたその空間に、靴音が響いた。白衣姿の菅野祐哉博士が、ゆっくりと階段を下りてきた。

　須藤が立ちあがり、頭をさげた。瑞希もそれに倣った。

「ああ」菅野は歩み寄ってくると、微笑もせず低い声でいった。「早いね。七階の研究室まで上がってきてくれてかまわないのに」

　須藤が控えめに首を横に振った。「いえ。こちらのほうがむしろ好都合なので」

　ふうん。菅野はさして気にも留めないようすで、向かいのソファに腰かけた。

　瑞希は書類がぎっしり詰まった大判の封筒を、テーブルの上に置いた。「論文、お返しにあがりました。本当にありがとうございます。勉強になりました」

菅野は封筒を引き寄せながらいった。「わざわざご丁寧に。検証のほうは済んだんですか」

「ええ」瑞希は菅野を見つめた。「論文の内容は完璧だと専門家も太鼓判を捺してました。世界じゅうの学会が認めてるわけですから、いまさらかもしれませんけど」

「いや」菅野はようやく、かすかな笑いを浮かべた。「文科省のお墨付きを得られるのはありがたいことです」

「肉体的負荷と精神的負荷を数値化し、方程式によりPDG値を算出する。非の打ちどころがないと評判でした。わたしも拝読しまして、学のない頭にもわかりやすくお書きいただいていて……。いえ、すべてわかったわけじゃないんですが、本当によくできてると思いました。曖昧さや、仮説に基づくところが一ヵ所もなくて、もう完璧ですね」

「それはどうも」菅野は両手の指を組み合わせた。「では研究公正推進室のほうでも、正式に承認いただいたわけですか」

「ええ。あのですね、現状までの調査内容を報告書にまとめても、きっと承認の決定が下るとは思います」

菅野の表情が曇った。「まだ報告書をだしていないとか？　期限はもう過ぎていると思いましたが、理由は？」

瑞希は黙って須藤に目を向けた。

須藤が咳ばらいをしていった。「すべてを科学的と断定するには、あとほんの少し疑問点が残っていまして。よろしければ菅野先生のお知恵をお借りできないかと」

「そういうことなら」菅野が居ずまいを正した。「なんでしょうか」

瑞希は身を乗りだした。「理論は万全、方程式の算出方法に疑問の余地なし。各省庁職員へのｆＭＲＩや睡眠計、血液検査による測定も問題なし……ですが、危険値のボーダーの設定はどうでしょう」

「というと？」

「理論上すべて正しくても、最終的に危険値を弾きだすのは統計ですよね。対象になる職員数が膨大で、これを検証するとなると大変です。しかも職種別、役職別に特別に加算される数値や、変則的な方程式も存在してて、いちいちチェックしていくのはとんでもない手間かと」

「それなら心配ありません。ケースごとに算出方法を自動選択するソフトを開発してあります。この研究室でもそれを用いました」

「知ってます。論文にもそうありました。でもそれはようするに、統計データとそこから算出される危険値のボーダーは、菅野先生ひとりが握っておられるって意味になりますよね？」

　菅野の表情が険しくなった。「なにがいいたいんですか。要請していただければソフトも提供できたのに」

「そうなんですけど、科学技術・学術政策研究所（NISTEP）の人にきいたらですね、そのソフトのプログラムを検証するのにも、手間と時間がかかるそうです。統計がすべて間違いなく反映されてるかどうかの確認と、プログラムの解析、両方やって絶対に正しいと証明できるまで、一年はかかるとか」

「大変だと思うから、わかりやすく論文に著したつもりだったんですけどね。理論からもおおよその数値は見当がつくし、大きく外れることはないと思うが」

「おっしゃるとおりです。でも数値にして10や20のずれはありえますよね？　いま承認するとなると、みなし承認ってことですよね。理論も測定も方程式も完璧だったから、検証しづらい部分についても、菅野博士のことだしきっと信用できる。そんな捉え方ってことですよね」

「疑問を残すのが科学的でないというのなら、あくまで検証すればいいだろう」

「それが国のほうでも、過労死バイオマーカーの導入に積極的で、一日も早くというスタンスなんです。現にわたしたちの調査はたった三日でした。もう超過してしまってます」

「なるほど。私を信用するか否かという話になるわけか。ならいったん信じてもらって、国の意思に沿って制度として導入しながら、検証のほうもつづけてはどうだろう。一年後、危険値が正しいと証明されればそれでよし。もし誤差があれば修正し、以後に適用する。私は現段階で完璧と信じてるが、科学技術も実用化となれば、微調整はよくあることだよ」

「でもそれじゃ不公平になりますよね」

「不公平？」

「国会での審議はこれからですけど、議員の質疑のやりとりは官僚がシナリオを書いてるんで、文科省や厚労省が承認すれば国が承認したも同然です。与党圧倒的多数の国会だし、過労死バイオマーカーに関する法案は、まず間違いなく最短で可決されます。早ければ春にも導入され、測定が始まる。危険値に該当すれば、すみやかに休みをとらされます」

「もちろんそうだろうな」

「でも危険値の設定に疑問の余地を残してるのなら、まずくないですか。本当は過労死か過労自殺の危険があるのに、数値がボーダー以下だったという理由で、休めない人がでてくるかもしれません。その逆もありえます。休む必要がないのに休める人もいるでしょう」

「ああ」菅野はソファに身をうずめ、天井を仰いだ。「ならそれが問題かどうかも含め、あなたたちの省庁なり国会なりで審議したらどうかな。誤差による弊害がまったく許せないというのであれば、実施は先延ばしにするしかない」

「それ、まずもって困難です。政府がどれだけ積極的か、厚労省の職員から菅野先生にも伝えられてますよね。菅野先生、予想済みだったでしょう。過労死バイオマーカーに対し、いまさら重箱の隅をつつくような批判はない。いまわたしが挙げたような疑問点すら、本来浮かびあがってこないと高をくくってたでしょう。現にこうして指摘されても、まだ早期の法案可決に絶対の自信を持ってる」

菅野が頭を起こし、瑞希をじっと見つめた。瑞希も菅野を見かえした。

ロビーに響く低い声で、菅野が問いかけてきた。「なにをいいだすんだ」

いまさら臆したりはしない。瑞希はギャンブルを承知でたずねかえした。「先生のPDG値、お教えいただいていいですか」

みずから質問を発しておきながら、室温が急に低下し、空気が凍りついたかに思える。それぐらいの緊張感だった。だが瑞希は物怖じしなかった。ほかに可能性は考えられない。なら答えもこれしかない。

菅野の顔に動揺のいろがあった。ぼそりといった。「きいてどうする」

手ごたえがあった。そう感じながら瑞希に語気を強めた。「参考までにおたずねしてるだけです」

「測ってない」

「そんなわけないでしょう。研究開発者なら、まず自分にお試しになるはずです」

「私は省庁職員じゃないし、プライバシーもある」

「ならわたしが測定してかまいませんか」

「測定？」菅野の声がわずかにうわずった。「あいにく、ＰＤＧ値の測定は認定した医師のみに許可されてる。あなたには採血ひとつできない」

「そんな方法じゃなくて、目を見ればだいたいの数値がわかるんです」

「目だと……」

「危険値は１５７・５以上でしたね。菅野先生のＰＤＧ値は、１５７・５に極めて近く、しかも危険値のボーダーを超えてます。１５８・１から１５８・５のあいだぐらい。どうですか？」

菅野のまなざしは、一瞬の眼光の鋭さを失い、曇りがちな自信のなさに埋没していった。

深く長いため息がきこえた。菅野が厳かにつぶやいた。「１５８・３だ。正解だよ。たいした測定だ」

瑞希は内心、ほっと胸を撫(な)でおろしていた。安堵(あんど)すべき状況かどうか、自分でもよくわからない。菅野にとっては苦悩の始まりだろう。しかし全容をあきらかにしないまま、放置はできなかった。

菅野がソファにうずめていた背を、ゆっくりと起こした。瑞希を真顔でじっと見つめる。菅野はきいた。「本当に目で測ったわけじゃないだろう。どうして気づいたんだ？」

瑞希は菅野を見つめた。「去年の春以降に亡くなった省庁勤務の三人。うちふたりのＰＤＧ値は１９０・６と１６８・５。もうひとり、財務省主計局主査の吉岡健弥さんは１６１・４。でも吉岡さんは死んでなかった」

菅野の目が大きく見開かれた。「なんだって？」

須藤が身を乗りだした。「ここ数日、警視庁と財務省は大揺れです。きょう夕方にも発表があるでしょう。前代未聞の事態です」

瑞希はいった。「そっちの複雑な状況は、テレビのニュースを観ればわかります。でも菅野先生の公表した危険値のボーダーに、疑問が生じました。研究段階だけに精度の問題といえそうですけど、それにしてもまったく過労自殺の傾向のない人物でした」

ロビーは静まりかえった。菅野は肩を落としうつむいた。いくらか時間が過ぎ、菅野の顔はわずかにあがった。

「165・1以上」菅野は虚無を漂わせながらつぶやいた。「それが実際の危険値だ」

「先生ご自身のPDG値が、誤差の範囲である0・5を超えたうえで、ぎりぎり危険値に含まれるよう、ボーダーを下方修正したんですね」

菅野は鼻を鳴らした。「方程式が完成し、初めて自分で試したとき、正直落胆したよ。あれだけ働いたのに、過労にはほど遠かった」

「お休みになりたかったんですか」

「きみが想像したとおりだ。私は怠け者だよ」

「いえ。そうじゃありません。事実に気づけたのは、先生がどんなお人か、正確におうかがいできたからです」

菅野の顔に疑問のいろが生じた。たずねる目を向けてくる。

瑞希は視線の端に、全面ガラスの向こうをとらえていた。専用のワンボックス型タクシーが横付けされている。リフト式のステップが車椅子を下ろした。

ロビーのエントランス、自動ドアが左右に開く。痩せ細った小さな身体がそこにあった。回転する車輪のきしむ音が、断続的にこだました。

視線を向けた菅野が、はっとして腰を浮かす。愕然とした面持ちになった。「涼子」菅野が瑞希に向き直った。「まさか。ここへ呼んだのか」

車椅子で近づいてくる白髪頭の婦人が、か細い声で告げた。「いいえ。わたしのほうが来たいといったの」

須藤が駆けていき、車椅子の後方へまわる。そっと押して、彼女の夫のもとへと連れてくる。

瑞希は菅野涼子を眺めた。けさ彼女が入院中の病院で会ったのが初対面だった。当初はずいぶんやつれて見えたが、髪を染めてないし化粧してないから、涼子はそういって微笑した。外へでるなら、そのあたりをなんとかしたいと看護師に訴えていたが、結局病床と変わらない顔のままだ。防寒着を羽織っている。穏やかで眠る寸前のようなまなざしが、静かに瞬きを繰りかえす。控えめでおとなしい態度も、ずっと変わらなかった。

夫のほうは悲痛な表情を浮かべていた。声が震え、思うように言葉にならないようすだった。

かなりの時間が過ぎた。ようやく菅野はつぶやくようにいった。「涼子。このふたりと話したのか」

涼子は夫を見上げ、小さくうなずいた。

落胆のいろとともに、菅野がソファに沈んだ。うつむき頭を抱える。

すると涼子が車椅子を夫の傍らに近づけた。「いいの。わたしのためにしてくれたことだから」

瑞希はいたたまれない気持ちになった。

脚の末梢動脈の内膜に炎症が起き、動脈の閉塞につながり血流障害が生じる。閉塞性血栓血管炎は原因不明の難病だった。

菅野が過労死バイオマーカーの研究開発により、医学界で力を持とうとしていることは、精神科医の佐久間からきいた。妻のため治療法の研究を促進させるべく、各方面へ働きかけうる立場になるのが目的だという。だが菅野の望みは、それだけではなかった。闘病中の妻に寄り添う時間こそ持ちたかったのだろう。

須藤が静かにいった。「菅野先生。過労死バイオマーカーが公的な基準になったうえで、その危険値にご自身があてはまらないと……。過労死のリスクがあきらかにならないと、仕事を休めないものなんですか」

菅野は項垂れていた。震える声で応じた。「職務の量が半端じゃないんだ。過労死バイオマーカーのほかにも、複数の研究を抱えてる。多くの関係者が私を頼ってくれている。彼らを失望させるわけにはいかない。ずっとそう思って働いてきた。だが新たな責任が次々と生じる。妻が辛い目に遭っていても、私はいつも職場に籠もりっきりだ」

瑞希は菅野を見つめた。「ご自身が危険値だという理由でしか、休みを申しでることができなかったんですね……」

菅野がうつむいたまま顔に手をやった。「馬鹿げてると思うだろうが、私には信頼を裏切る勇気がなかった。過労死バイオマーカーを利用して休もうなんて、初めから考えてたわけじゃない。だが自分の測定結果を目にして、ぼんやりと思った。危険値のボーダーを偽れば、楽になれる。妻と一緒にいられる」

しばらく静寂があった。菅野の肩が震えだした。声を殺して咽び泣いていた。

涼子は夫の手をとった。彼女の頬にも涙が流れだしていた。夫婦は互いに、言葉を交わさなかった。妻が夫を責めることもなく、夫も妻に弁明しない。しかし思いは通じ合っているのだろう。ふたりにとっては、それで充分なのかもしれなかった。

偽りの数値が、矢田や永井の計画を狂わせた。もしそうでなかったら、結果はどうなったのだろう。本当に過労死の危険がある者が、死んだように見せかけられたとしたら。矢田たちの思惑どおり、国家公務員の過労死の実態が、白日の下に晒される。それは革命的な変化につながっただろうか。

考えるうち、瑞希は虚しい気分になった。真実を暴くことで、失われる希望もある。変わることを期待していた人々からすれば、未来が闇に閉ざされたのかもしれない。現に菅野も、働きつづけねばならないと悲観している。

しかし瑞希のなかには、別の思いが生じていた。変化とは自分で引き起こすものだ。

瑞希はささやいた。「菅野先生。危険値のボーダーは修正すればいいでしょう。統計の誤りだったと発表するんです。そのうえで、各方面に休養を申しでてください。先生にとって必要なことです。奥様にとっても」

菅野が首を横に振った。「そうはいかないんだ。いちど発表した論文に重大な誤りがあったと認めれば、修正後のデータにも証明の責任を負う。統計の検証に一年を費やすことになる。そのあいだ、私は研究から離れられない。皮肉なものだ」

「だとしても、どなたかに研究をまかせ、休みをとってください」

「いや。そうするためには、私は研究の責任者を降りるほかなくなる。引き継ぎうる者はみな、自分の名を知らしめたがっているんだ。私の名は残らない。それでは学界の信用に関わる。妻のためにも……」

やはりそうなのか。瑞希の胸を哀感が満たしていった。妻の治療のため、医学界に影響力を持たねばならない。菅野のなかにはその一心しかなかった。

瑞希は思いのままいった。「先生はもう充分に信頼を得ています。きっと先生の思いは通じます。成果をださなきゃ誰も力を貸してくれないなんて、そんなことありません。先生が奥様のため腐心してる事実を、すでに多くの医師が受けとめています。いま研究をお降りになっても、みなきっとわかってくれます。なんのための休養かを」

菅野の視線がゆっくりとあがった。目が赤く染まっていた。茫然とした面持ちで瑞希を眺める。

須藤が落ち着いた声でいった。「菅野先生。迷惑がかかるから辞められない、そんな思いが過労につながります。休まなきゃならない理由は、危険値だけじゃありません。過労死バイオマーカーの開発者である以上、率先して手本をしめすべきです。ご自身の望みを優先し、休まれるべきです」

涼子が目を潤ませ、夫の顔をじっと見つめている。菅野も妻を見かえした。

瑞希は静かに告げた。「報告書、ＰＤＧ値の危険値が修正される旨を記載しておきます。先生から正しい数値を受けとりしだい、書き直しますから」

末席係員でもわかることがある。過労死バイオマーカーは、その精度がなにより重要視されていた。肝心の危険値が修正されたとなると、さすがに拙速な実用化はない。国会での法案提出は当面見送られるだろう。菅野も休養をとれば、研究の責任者でなくなる可能性が高い。今後のことはすべては菅野しだいだった。

しばらく時間が過ぎた。菅野は憔悴のいろを漂わせていたものの、表情は穏やかになっていた。小さくうなずきながら、菅野がささやいた。「ようやく肩の荷が下りた気がする」

瑞希は落ち着いていった。「先生は過労死の危険から労働者を救おうとしたんです。悪い人のはずがありません」

涼子が夫にまっすぐ向き直り、両手を添えた。菅野は妻をじっと見つめ、安堵したように視線を落とした。

静かに消えるときがきたのだろう。瑞希は須藤に目を向けた。須藤がうなずき歩きだした。

瑞希も歩調を合わせ、ふたりで自動ドアをくぐった。枯葉が舞い、脆い午後の陽射しが降り注ぐ。いつもどおりの冬がそこにあった。

須藤がつぶやいた。「過労は国民病だな。あらゆるところに蔓延してる」

そのとおりだと瑞希は思いを強くした。いますぐにも助けを必要としている人がいる。

33

午後五時、テレビはどのチャンネルも同じニュースを伝えていた。衝撃的としかいいようがない、前代未聞の珍事だった。自殺を報じられた財務省主査が、じつは生きている。事件に関する報告書を提出した警視庁の主任警部補と、死亡検案書を作成した医師も事情をきかれているという。

文化庁文化財部美術学芸課の学芸研究室で、職員たちは仕事の手をとめ、テレビを注視していた。菊池裕美もそのなかのひとりだった。ただ愕然とするしかない、そんな心境だった。

いま霞が関のあらゆる区画を、報道陣が埋め尽くしている。へたに外出できないありさまだった。公式な声明がなければ混乱はおさまりそうにない。財務省で記者会見の準備が進んでいるというが、詳細はあきらかではなかった。

裕美はデスクを離れ、ふらふらとテレビの前に歩み寄った。

実名報道はされていないが、吉岡健弥のことにちがいなかった。省庁職員の死という意味で、同僚の秋山恵子と同じ悲劇、そう感じていた人物だった。とすれば、恵子もあるいは……。

いや。裕美は頭を振り、その思いを遠ざけた。恵子の葬儀に出席し、死に顔に対面した。遺族とともに火葬場まで付き合い、骨上げにも立ち会った。彼女が還らぬ人となったのは、まぎれもない事実だった。

なぜか悲哀がこみあげてきた。涙が滲んでくる。どうしてこんな気分になるのだろう。

理由はすぐに思い当たった。水鏡瑞希が過労死バイオマーカーを検証している。その一環として、吉岡が過労自殺した可能性について吟味していた。やがて恵子の死も調べてくれることになっていた。

なのに吉岡は死んでいなかった。これまでの調査は無意味になる。今後、すぐに対象を恵子へと切り替え、調査を続行してくれるだろうか。ありえない。裕美はそう思った。騒ぎが収束するまで、過労死バイオマーカー研究はなかったことにされるだろう。研究自体に問題はなくとも、スキャンダルの生じた分野はただちに切り離す。それが役所仕事の常だった。

恵子の死はいまだ報われない。過労をめぐる職場の見直しも、当面棚上げだ。いつ変革がもたらされるかと期待を募らせてきた。研究公正推進室が過労死の具体例を調査する、そこが唯一の希望だった。だがすべては水泡に帰した。

茫然とたたずんでいると、ドアが荒々しく開いた。靴音が足ばやに踏みこんでくる。室長の尾崎が声を張りあげた。「なにしてる。手を休めるな。時間がないんだぞ」

同僚の木下や高田が、あわてたように手もとに目を落とす。職員はみな仕事に駆り立てられている。裕美は立ち尽くしたままだった。いつもどおりの職場の光景を、ただぼんやりと眺めていた。

尾崎がテレビを消した。裕美に視線を向けてくる。「菊池。なにを油売ってる。女は業務外のことに時間をかけすぎだが、呑気にテレビ鑑賞か。税金泥棒はうちの部署にはいらん」

また高圧的な物言いが始まった。裕美は黙って自分のデスクへ戻りだした。

なおも尾崎は裕美の背に罵声を浴びせてきた。「サボったぶんだけ、ほかの者に皺寄せがいくとわからんのか。うちで過労死がでたらおまえのせいだぞ！」

瞬時になにかが脳を刺激した。全身が硬直し、デスクへ向かおうにも一歩も動けなくなった。尾崎を振りかえるぶんには、なんら問題なかった。

ふてぶてしい面構えと、見下すような目つき。いつもと変わらない上司の顔をまのあたりにしたとき、烈しい感情がこみあげてきた。憤怒とは質が異なる。このままでは殺される。そんな恐怖心に抗おうと、必死でもがき苦しむ衝動があった。耐えられない。救われない。逃れられない。海の深みに嵌まり溺れるような息苦しさが胸にひろがる。窒息する。

ほとんど反射的に、裕美はデスクの引き出しを開けた。なかをまさぐり、カッターナイフをつかみあげた。スライダーを滑らせ刃を露出する。

尾崎の表情が硬くなった。裕美の手もとを眺める。驚愕のいろがひろがった。

「おい」尾崎がつぶやいた。「なにする気だ」

思考は鈍かった。もとより自分の行為を振りかえるつもりはない。すでにためらいの一線など踏み越えてしまっている。

裕美は尾崎に歩み寄った。接近するにつれて歩が速まった。カッターナイフを振りかざし、尾崎に肉迫した。刃をどう使うか、前もって考えてはいなかった。なにをするべきかはわかっている。目の前にいる不快な中年を黙らせる、ただそれだけだった。

職員のどよめきが響いた。尾崎はぎょっとして、裕美の手首をつかんだ。刃は宙に留まった。尾崎が血相を変え抵抗する。やはり男の腕力だけにびくともしない。裕美もいまさら退けなかった。いつしか叫んでいた。隙あらば尾崎を切りつける。もはやなんの感情もない。ただ熱に浮かされたように躍起になっていた。

尾崎は裕美の両手首を把握している。刃を眼前に突きつけられながら、一瞬たりとも力を緩めない。顔を真っ赤にして尾崎が怒鳴った。「やめろ！　誰か。来てくれ！」

高田や木下が腰を浮かせているのを、裕美は視界の端にとらえた。しかしひとりも近づいてはこなかった。無能な上司に味方する人間などいない。やはり職場に無用な存在だった。排除するのに躊躇はいらない。

ところがそのとき、女の声が呼びかけた。「菊池さん！」

裕美はびくっとした。職員の声とはちがう。耳に覚えがないわけではない。むしろ会うことを望んでいた、そんな気がした。

目がそちらへ向いた。裕美は息を呑んだ。水鏡瑞希が立っていた。

茫然とした瞬間、わずかに弛緩してしまったらしい。尾崎が裕美の前を脱した。怒りと苛立ちがこみあげ、裕美は尾崎を追おうとした。

尾崎は血相を変え、必死に両手をばたつかせながら逃れた。救いを求めるように、瑞希の背後にまわる。

瑞希が尾崎にいった。「外へでてください。早くでて！」

もはやプライドもかなぐり捨てたのか、尾崎は振り向きもせず、ドアへと駆けていった。瑞希は職員らにも怒鳴った。みなさんもです。

高田や木下のほか、全員が臆したようすでデスクを離れ、尾崎につづき部屋をでていった。

裕美は瑞希を見つめた。水鏡さん。そんな自分のつぶやきをきいた。

「菊池さん」瑞希は落ち着いた声を響かせた。「どうしてこんなことするんですか」

「野放しにできないでしょ」裕美は自分でも驚きをおぼえていた。思いがあっさりと口を衝いてでた。「水鏡さん。調査じゃ埒が明かない。あいつをなんとかしないと」

「なぜ埒が明かないって決めつけるんですか？」

「だって」裕美はつぶやいた。「あいつ……」

恵子の死に責任がある。だがどういうわけか言葉にできない。喋ろうとすれば身体が震え、汗ばかりが滲んでくる。

瑞希の肩ごしにたたずむ人影を見た。女だった。ロングコートを着ている。誰だろうと裕美は目を凝らした。容姿に覚えがあった。よく知る人物のようだ。顔を眺めた。茫然としたまなざしが裕美を見つめている。

雷に打たれたも同然の衝撃が、裕美の全身を貫いた。信じられない。裕美はつぶやいた。「恵子……」

秋山恵子は怯えたような表情で立ちすくんでいた。裕美が近づこうとすると、恵子は後ずさる素振りをしめした。

恵子の目が裕美の手に向けられた。裕美は自分の手もとを眺めた。カッターナイフが握られている。怖がらせているのはこれか。刃をおさめ、それを放りだした。主を失って久しい恵子のデスクと、恵子本人をかわるがわる見つめる。いまだ現実とは思えない。しかし夢を見ているわけではなかった。財務省の吉岡と同じだ。命を落としてはいなかった。

裕美は恵子に歩み寄った。思わず涙が滲んでくる。「恵子。生きてたんだね。よかった」

ところが恵子は、なおもびくついた反応をしめした。「なにいってんの？　裕美。怖いよ」

足は自然にとまった。裕美は静止し、恵子のようすをうかがった。なぜ恵子は恐怖のいろを浮かべているのだろう。もうカッターナイフは手放したのに。

瑞希が割って入ってきた。「菊池さん。どうかしたんですか」

胸のうちにこみあげてくるものがある。裕美は声を絞りだした。「恵子が……。死んでなかった」

「なぜ死んだと思ったんですか」

思わず絶句した。裕美はつぶやいた。「なぜって……」

記憶が蘇(よみがえ)ってくる。葬儀に参列した。尾崎は薄情にも現れなかったが、職場の仲間たちが一緒だった。棺のなかに彼女の死に顔を見た。火葬場で焼かれた骨も。

裕美はわけがわからず、ただ首を横に振った。「なんで生きてるの？」

恵子が震える声でいった。「わたし、京都に出張してただけだよ？　移転の下準備で、東山区の地域文化創生本部に……。知ってたでしょ？」

ぼんやりと情景が想起される。あれは正午すぎだったか。恵子がカバンに書類を詰めこんでいた。二時の新幹線だから、恵子はそういった。高田が笑った。土産はいらないぞ、向こうへ移転したら飽きるほど目にするだろうし。

裕美はつぶやいた。「あれは、亡くなるより前だったでしょ？　いったん帰ってきた。出迎えたよね、東京駅で。いらないっていわれてたのに、恵子がお土産をたくさん買ってきちゃって、ふたりで分担して持って地下鉄に乗って……」

「なんの話？」恵子の身体は震えていた。「わたし、きょう初めて帰ってきたんだよ。水鏡さんから、どうしてももって頼まれて」

めまいに似た混乱が襲ってくる。なにに向けているかわからない、ただ切実な思いだけがあった。裕美は恵子に歩み寄ろうとした。「なんでそんなこと……」

だが恵子は怯えきった顔で後ずさった。裕美は絶句せざるをえなかった。

瑞希が裕美を押し留めた。恵子を振りかえってささやいた。「秋山さん。でてください」

恵子はかすかに躊躇をしめしたものの、すぐに背を向け、ドアの外へ駆けだしていった。

空虚な思いとともに、裕美はたたずんだ。なにが起きているのか理解できない。

正面に瑞希が立った。裕美をじっと見つめ、瑞希はきいた。「いま何時何分何秒ですか」

自然に目が壁の時計に向く。裕美はつぶやいた。「五時十七分。二十三秒……」

「即答しましたね」瑞希はいった。「もしかして時計が止まってる、そんな疑いは持ちませんでしたか」

文字盤を眺めたまま、裕美は首を横に振った。「ちゃんと動いてる」

「見た瞬間に動いてるとわかったんですか」

「当然でしょ」

「いえ。当然じゃないです。時計を見たとき、秒針が一秒を超えて止まってると感じたりしませんか。文化庁で働きだす前から、ずっと同じですか」

昔のことは覚えていない。でもきょうは何度も壁の時計を見上げた。秒針はいつも動いていた。

答えずとも表情から察したらしい。瑞希はため息をついた。「クロノスタシスが起きてないんですね」

「クロノ……なに?」

「急に時計を見たら、秒針が止まっているように錯覚するのが普通なんです。でも統合失調症患者は、眼球の移動距離が少なくなります。フリービューイングにおける、スキャンパス距離が極端に短い。探索眼球運動が乏しくなり、クロノスタシスも発生しにくい」

裕美は身体の隅々が冷えきっていくのをおぼえた。

「なにそれ」裕美はつぶやいた。「統合失調症って……」

「菊池さん。『厚生労働』六月号の記事なんて、なぜお読みだったんですか」

「なぜって。ほかの省庁から送られてくるし、目を通しておかなきゃ……」

「秋山さんにききました。広報誌すべてを保存し、読みこむ義務を感じているなんて、そもそも真面目すぎませんか」

「職員として、当たり前のことをやってるだけ」

「それが真面目すぎるんです。過労になりがちな性格です」

「わたしが過労って」裕美は首を横に振った。「PDG値、ちゃんと確認したのよ。数字には強いの。わたし、129・6だった。恵子のほうは167・2。危険値は157・5以上でしょう。危険なのは恵子よ」

「157・5ではなく、165・1以上とボーダーが修正されました。それでも菊池さんが安全圏で、秋山さんが危険値に該当。そう思えますすけど」瑞希は一枚の紙を取りだした。「これが正確な数値です。あなたは逆に記憶してたんです」

渡された紙を見つめる。裕美は目を瞠った。秋山恵子、129・6。菊池裕美、167・2。そう印字してあった。測定を受けた病院のゴム印が捺され、院長の署名捺印もある。

「こんな」裕美の手にした紙が小刻みに震えた。「こんなの嘘でしょ」

「きょう高田さんに電話でききました。菊池さん、仕事で計算を間違えて、尾崎さんから叱責されることが増えましたよね」

「あれは向こうの無理解で……。いつもそう。現に同じ計算結果を再提出しても、なにもいわれない」

「それは高田さんがあなたに代わってやり直したからです。高田さんも木下さんも、あなたが疲れきっているのに気づいていた。でも真面目なあなたはサポートを求めない。だから黙って手伝ってたんです」

信じがたい話だった。裕美は瑞希を見つめた。「わたしが……。数字を理解できなくなってるというの？」

「仕事は辛くないといってるにもかかわらず、目にした日付や番号を誤って記憶する。前頭前皮質や頭頂皮質、前帯状皮質、大脳基底核の一部が関与するワーキングメモリの機能に、支障を生じたから。短期記憶に問題があるんです。重度の統合失調症の症状だそうです」

裕美はかっとなった。「重度だなんて。わたしのなにをわかってるの」

瑞希が語気を強めた。「あなたのほうも、周りをどれだけわかってるんですか。長野のご実家、庭にお父さんの作ったブランコがあるっておっしゃいましたよね。水平に延びた枝にロープを二本結わえてあった。先日帰ったら、木が生長してて枝も高くなってたって」

「それがどうかしたの？」

「あなたは最近、帰郷してません。ご両親に連絡して確認しました」

「なに勝手なこといってるの！　わたしは絶対に……」

「木が伸びたとしても枝の位置は変わらないんです。あなたは想像を都合よく現実のように信じてしまうんです。精神科医にきいてきました。一次妄想、それも妄想知覚という症状です。突発的に誤った確信を持ち、心理や思考過程が自分でもまったく理解できません。脳機能の器質的な異常が原因です」

「人を異常者呼ばわりしないで！　そんな妄想になんの意味があるの」

「秋山さんが亡くなったのだとしたら、献花もなくデスクが放置されてるのはなぜですか。どうして替わりの人員が補充されないんですか」

「人手が足りないのはいまのうちだけだって、高田さんがいってた。きっと近いうち補充が……」

「ちがいます。秋山さんは出張してるだけだから、そのうち戻ってくる。高田さんがいったのはそういう意味です」

裕美は言葉を失った。不自然さを感じなかったといえば嘘になる。しかしその都度、納得できる理由が思い浮かんだ。尾崎だ。あの上司が献花や人員補充を拒絶した。

瑞希がじっと見つめてきた。「精神科医の佐久間先生が薦めてくれた文献に、似た例が載ってました。会社を辞めた同僚を死んだと思いこんだ社員が、広島にいたんです。命を脅かされるほどの辛さから、妄想により現実逃避する。自分と同じ理由で苦しんでいる誰かが、犠牲になったと信じることで、上司を完全に悪者扱いできます。自分が悪いと思いがちな、真面目な人ならではの責任感を軽減し、一時的な退避を得てるんです」

「そんなわけないでしょ」裕美は泣きそうになった。「恵子が出張してるだけなら、みんなその話をするはず。わたしが彼女を死んだといってたら、みんなおかしいと思うはず」

「あなたはわたしにたずねた。吉岡さんに次いで、ほかの亡くなった省庁職員についても調査するかどうかを。でも秋山恵子さんが亡くなったなんて、あなたはひとこともいわなかった。心の片隅で妄想から覚める事態を避けてたんでしょう。自分からは言及せず、誰かが話していても、ちがう解釈を持つか忘れてしまう。妄想に浸るため現実を拒絶してきたんです」

「ない」裕美は涙を堪えきれなかった。「そんなのない。恵子は苦しんでた。耐えられなくて命を落としたの。あなたは知らないんでしょう。文化庁移転の日が迫って、この部署もパニックに等しい状況になってる。恵子も死ぬほど忙しくなって……」

「それ去年の夏以降ですよね？　春にはまだ、移転の話も本格化してなくて、そこまでの状態じゃなかった。なのにその時点で、恵子さんのPDG値が危険値だったんですか？　あなたは移転に関係なく、ふだんからストレスを溜めがちだった。病気のせいです」

わからない。深く考えようとすれば呼吸が詰まり息苦しくなる。裕美は瑞希に冷たさを感じ始めていた。ずっと責めるばかりだ。協力してあげたのに。

裕美は瑞希を見つめ、思いをぶちまけた。「わたし、あなたの力になってあげたでしょ。吉岡さんについても、婚約者についても、覚えてるかぎりのことを教えてあげた。なのにどうしてこんな仕打ちをするの。ひどい」

「どうか落ち着いてください。菊池さん」

「ずっと吉岡さんのことばっかり調べて、わたしがどんな思いだったかぐらい想像がつくでしょ。一日も早く恵子の調査を始めてほしかったのに」

瑞希はあくまで冷静な態度を崩さなかった。「なぜ吉岡さんを最初に調査したと思いますか？　文科省のわたしたちからすれば、財務省は道路を挟んですぐ隣り。距離的にも最も近く、手をつけやすかったからです」

「すぐ隣りって。だけどここは……」

「そうです」瑞希がうなずいた。「文化庁は文科省の外局。財務省以上に近くて、ほとんど一体化してる。建物の表札も一緒にかかってる。亡くなった人がいたとしたら、どうしてわたしたちが、それを無視するんですか」

裕美は途方に暮れるしかなかった。虚空を眺めながら、嗄れた声でつぶやいた。

「三人のなかに、恵子の名前はなかったの？」

「ありませんでした」瑞希は穏やかな口調になった。「それに、菊池さん。文化庁の玄関前で吉岡さんを見たなんて、事実に反してます」

「わたしはたしかに……」

「きいてください。衝動的にならず、よく考えてみてください。わたしが吉岡さんについて調査していると知ったから、あなたは彼を目撃した気になったんです。婚約者の写真を見せたら、彼女が一緒にいた記憶が追加された。彼女が成田方面へ向かったという話をきいて、オディールのローズディリアンを持っていると信じた。前日のテレビで、成田に近い酒々井で販売されたと知ってたから、心の奥底で結びつけた」

「ぜんぶでたらめとでもいうの？」

「あなたがわたしに協力したいと願った結果、妄想が働いたんです。三人の調査対象者のうち、一人目が終われば、それだけ早く秋山さんの番がくると思ったから。いえ、あなた自身は妄想を覚ましたくないと思ってたのだから、そうじゃないかも。頭のどこかで本当のＰＤＧ値を理解してる以上、過労死バイオマーカーが早く公的な基準になってほしい、そう願ってたのかもしれません。危険値のあなたが、一日も早く休めるように」

涙にぼやける視界は、幻覚ではないのだろう。裕美は自分が泣きだしていることに気づいた。

少しずつわかってきた。あるいは、本当は自覚できていたのかもしれない。故意に疑うのを遅らせてきた、そんなふうに思える感覚があった。ひとつずつの記憶は鮮明でも、前後の脈絡がないことばかりだ。そこに至るまでの経緯が思いだせない。実際に起きたできごとではなかったからか。

しかしいっぽうで、石に刻まれた文字のように明確な事実がある。裕美は涙ながらにいった。「いつも辛かった。胸やけがして、動悸がひどくなっておさまらなかったりする。身の置きどころがないような感じがつきまとうの。胃に違和感があって、どんどんあがってくる気がする。下あごから喉まで締めつけられてるようにも思えて、奥歯が疼いたりもする。疲れてても眠れないし、なにもやる気が起きない」

「わかります……。わたしにも経験があります」

「手足が痺れたり、理由もなく物を取り落としたり、呂律がまわらなくなることもあった。身体がひどくだるくて疲れやすいし、ものが二重に見えるし」

これまで説明がつかなかった苦悩が、次々と溢れだしてくる。思いに発声が追いつかず、うまく言葉にできない。いつしか子供のように泣きじゃくっているせいでもあった。いまになってわかったことが山ほどある。ほろ苦さを伴いながらも、解放感があった。そしてどうしようもなく悲しかった。

「あいつが」裕美は大声でわめいた。「あの糞上司が！　尾崎のやつがいたから、人生がめちゃめちゃになった。真面目にきちんとやってきたのに、理不尽なことばっかりいわれて。反論しないでいたら、いつまでも調子に乗って責任転嫁してくる。もう耐えられない！」

泣き叫んだとき、瑞希が裕美を抱き寄せた。裕美は瑞希の肩で、声をあげて泣きつづけた。

瑞希がそっと裕美の頭を撫でた。耳もとで穏やかにささやいた。「きっと回復できます。もう現実を認識できているんだから。妄想なんか怖がる必要ありません。幸せはいつも自分の心が決めるんです」

34

二月になった。ひところ過熱していた財務省主査をめぐる報道も、鎮静化しつつあった。警視庁が捜査中を理由に、事実の公表を控えるようになったせいもあるだろう。死んだはずの人間が生きていたという、やたら通俗的でドラマチックな事象に対しても、世間の興味や関心は永続するものではなかった。国内外には突拍子もないできごとが頻発する。異変も事変も、ほどなく過去の記憶のひとつになる。それが現代社会かもしれなかった。

騒動のせいで期限から大幅に遅れたものの、瑞希は須藤とともに報告書を提出した。過労死バイオマーカーに関する評価、表紙にはそう記した。ただし研究の責任者だった菅野祐哉博士が降板を表明したため、報告書の内容はあくまで現段階までの検証に留まった。別の研究者が引き継げば、新たな論文が発表されるだろう。そのときにはまた詳細を検討し直す必要がある。

よって報告書の価値も緊急性も、当初求められていたほどではなくなった。だが室長の石橋は、別部署の人間にも見せるといった。提出の翌日、石橋は瑞希たちに声をかけてきた。人事課のほうへ行く、須藤も水鏡も同行しろ。石橋はそういった。

瑞希は妙に思った。なぜ人事課なのか。

エグゼクティヴデスクと応接セットから成る書斎風の部屋で、人事評価調整官の江(え)島雄介(じまゆうすけ)と面会した。江島はほっそり痩せた四十代で、眼鏡をかけた面立ちは、冷静沈着を絵に描いたかのようだった。

人事評価調整官と会う理由はどこにあるのか。瑞希の疑問をよそに、江島はデスクで報告書を読みだした。ソファでは石橋も報告書のコピーに目を通している。瑞希は須藤と並んで石橋の向かいに座り、恐縮しながら話しかけられるのを待った。

やがて石橋が戸惑いに似た表情を浮かべた。「報告書自体はよく書けてると思う。過労死バイオマーカーの精度が、理論上信用に足るものだという説明も、充分に納得がいくレベルだと思う」

須藤が頭をさげた。「ありがとうございます」

「ただし」石橋がページを繰った。「ずいぶん分厚いと思ったら、後半は……。研究の検証とは呼びがたい内容だ」

瑞希は遠慮がちにいった。「調査中に判明したことを掘り下げてみたつもりなんですけど」

石橋が文面を読みあげた。「労働基準法の原則どおりでは効率があがらない業種のため、労働基準監督署に届けでれば、法定労働時間を超えて労働させても、法定休日に労働させても、労基法違反にならない制度がある。いわゆるサブロク協定である……。以下は法律論か？　研究公正推進室として、研究の是非を検証するという目的範囲を逸脱してる」

江島が片手をあげて石橋を制した。「まあ待ってください。興味深いことも書いてある……。民間にPDG値測定を義務付ける以前に、サブロク協定を締結した企業に対し、月四十五時間の延長限度が守られているかどうか確認すべきである。また定時に比べ残業時の時給は二・五倍に上げ、残業はコスト高にする。……そこはいいとして、問題はこの一文だな。解雇規制を緩和し、企業が人員整理をしやすくもする。これの意味するところは？」

須藤がいった。「あのう。日本には解雇規制があるので、企業にとって従業員の解雇が困難です。このため企業は、必要とする人数より少なく雇って、長時間労働を強いる傾向があります。頭数ぶんの給料が必要になる固定費にくらべ、いざとなれば減らせる変動費である残業代の割合を増やしがちなんです。非正規雇用の拡大も、人件費を変動費にできるからです。労働者にしてみれば、転職すると給料が大きく下がるため、辞めたくても辞められません。両方が合わさって、長時間労働につながってると考えられます」

石橋がため息をついた。「雇用社会の分析としてはありふれてる。須藤も転職するか？　ハローワークの職員なら務まりそうだ」

須藤は表情をこわばらせ押し黙った。

江島が報告書を読み進めた。「若いうちは生産性以下の報酬しか受けとれず、年功で出世したのちは生産性以上の報酬が保証される、いわば社内貯金の暗黙的な活用は廃止すべきである……か。正論ではあるな。勤続年数のみを基準に退職金が増額されるのも、好ましくないだろう。転職しづらくなるからな」

瑞希はつぶやいた。「民間の過労死を減らすには、そのあたりの改革が必要じゃないかと思いまして……。無職を責めたり肩身を狭くさせたりする風潮もよくありません。死ぬほど辛ければ辞めるという選択肢が断たれてしまいます。ブラック企業は、無職になることへの恐れを吹きこんで、人材を奴隷化するんです」

石橋が報告書を閉じ、膝の上に置いた。「気持ちはわからなくもないが、改革は容易じゃない。うちが権限を行使できる問題でもないし」

　発言を迷ったものの、瑞希は思いのままにいった。「でも必要なことです。過労死バイオマーカーという絶対的基準が導入されたら、それだけを判断材料にして、ほかの過労死対策が疎かになる可能性があります。危険値だから休ませるというのは対症療法です。原因療法にも努めないと」

　江島が瑞希を見つめてきた。「するときみは、過労死バイオマーカーを制度化する場合、こういう規制とセットにすべきと考えてるわけだな」

「そうです。労働時間の短縮は急務です」

「規制は民間のみか」

「いえ。公務員にも改革が必要です。省庁勤務は慢性的に人手不足ですから、人事院の指針どおり千人増やすべきです。でないと月三十時間の残業に抑えきれません。国会議員にも協力を求め、審議になる前々日の正午までに、ちゃんと質問を関係省庁にまわしてもらいましょう」

「それは素晴らしい理想だ。私たち官僚も人間らしい暮らしができる。もっとも、実現すればの話だが」江島がいった。「各方面に牙を剝く内容だな。一般職の末席係員による提言と知ったら、みな反発するだろう」

瑞希は動じなかった。報告書を取り下げるなどもってのほかだ。瑞希は江島に告げた。「過労死バイオマーカーの実用化に向け、必要なことをすべて書きました」

沈黙があった。江島は報告書のページを繰って、一ヵ所を開きっぱなしにするように、手で強く押さえつけた。

江島が冷静な声を響かせた。「ここから後半は、切り離して厚労省にまわそう。文科省人事課からの意見書として幹部に読ませる。彼らにとっても重要なことだ」

ふいに視界が開けたように感じられた。瑞希は頭をさげた。「ありがとうございます」

「きみらがこの問題をいかに熟考したか、よくわかる報告書だった。礼をいうよ。数字にとらわれがちな官僚の特性を見越し、適切な進言をおこなってくれた」

「いえ」瑞希は声の震えを抑えようと必死だった。「恐れいります……」

石橋の表情が和らいだ。「苦言は呈したが、私も個人的にきみらの頑張りを評価してる」

褒められるのは意外な気がした。瑞希は石橋を見つめた。石橋が小さくうなずいた。

いまになって思う。室長の理解を得られたことが、どれだけ幸いしたかわからない。あれはそんな三日間だった。

トップが部署に与える影響は大きい。その逆もまたしかりだった。財務省主計局の宮沢や、文化庁文化財部の尾崎が相次いで異動になった。八重順子から瑞希のもとに、感謝のメールが届いた。菊池裕美には公災が認められた。休養をとり精神科で治療を受けているときく。

激震があちこちに残した爪痕は、容易には癒えない。しかし霞が関全体が、わずかでも職場環境の是正に動いたと信じたい。末席係員にすぎなくても、改善を望む権利はあるはずだった。

江島が瑞希を見つめてきた。「ところで、今後の希望もきいておこう。どういう部署に勤めたい？」

「はい？」瑞希は意味がわからず、江島にたずねかえした。「あのう。なんのことでしょうか」

「休養後、復帰してからどんな仕事をしたいかね」

いっそう理解しがたい。瑞希はきいた。「休養とおっしゃいますと……」

石橋が穏やかにいった。「きみは休みをとるんだ。しばらくのあいだ」

「休みって」瑞希は驚いた。「べつに望んでませんけど」

須藤が瑞希に向き直った。「このあいだ佐久間先生のもとで再測定したろ？　結果がでたのはぎりぎりだったから、報告書に反映できなかったけど。石橋さんにはもう相談したよ」

差しだされた紙を瑞希は眺めた。全身に衝撃が走った。

プリントされた文字列に、思わず目を疑う。水鏡瑞希、１７８・８。

瑞希は思わず声をあげた。「なんで？」

すると須藤がいった。「危険値のボーダーを超えてる。ただちに休むべきだ」

動揺がひろがった。瑞希はあわてて訴えた。「でもわたし、そんな実感なんてない……。過労死バイオマーカーはまだ研究段階です。公的な目安にもなってないですし」

石橋が静かに告げてきた。「きみはこの報告書で、研究がいかに正しいか、こと細かに説明してるじゃないか。いっぽうで、数値のみを基準にすべきでないという主張も、正論極まりない。だからまず実践したい。きみが休養をとり、ほかの職員への模範をしめすべきだ」

「だけど」瑞希はなぜか、涙が滲みだしていることに気づいた。「わたし、働きたいです。それとも無用な存在なんでしょうか」

「勘違いされちゃ困る。きみほどの人材はいない。前任者のいったとおりだと、あらためて思ったよ」石橋が身を乗りだした。「だからこそ上司として務めを果たしたい。きみは難解な科学技術用語ばかりが氾濫する、不正研究を問う部署で、孤立無援ながら頑張ってきた。去年の春以降、こんなにもストレスが蓄積してた。ほうってはおけない」

「だからといって……。ほかへ移りたいなんて、わがままなんかいいません。少しずつでも学んでいくつもりです」

江島がつぶやいた。「きみは報告書に書いたな。雇用の固定化が、人材の適材適所への配属を妨げていると。理解するのも困難なレベルの数学、化学、物理学に立ち向かうのには、大変な努力を強いられたろう。石橋さんが私に相談してきたのは、そういう理由だ。きみの負担を少しでも軽減してあげたいんだよ」

どういうわけか涙がとまらない。瑞希はしきりに頰をぬぐった。

須藤が微笑した。「佐久間先生がいってたとおりだな。休んでいいと許可を受けた瞬間、緊張の糸がぷつりと切れ、涙がとまらなくなる。それでようやく過労を実感するんだ」

瑞希は泣きながら須藤を見かえした。「気づいてたんですか。わたしが過労だって」

「ああ」須藤がうなずいた。「PDG値が危険値じゃないといっても、信用できなくてね。クロノスタシスが起きるかどうかテストしただろ？　きみの疲労の度合いが気になってたからだ。病気でないことは判明したけど、それでも疲れているのはありありとわかった」

「酒々井へ行くとき、ついてきてくれたのも……」

「僕なんかじゃ足手まといかもと思ったけど、ほうってはおけなかった。少しでも力になりたくて」須藤が笑顔になった。「いままできみは、いくつもの不正研究を見破り、騒動を収めてきたよな。考えてみると、事態の大きさのわりに誰かが傷ついたり、命を落としたりするような悲劇がなかった。きみに会ってよくわかったよ。吉岡さんが死んでなかったのも偶然じゃないんだ。本当に犠牲者がいるなら警察の仕事だけど、きみはどこかに生命の存在を感じとってたんだと思う。だから放棄せず、わずかな可能性に賭けつづけた。理知的に考えたうえで、最後まで希望を失わないのがきみだ。僕はおおいに学ばされたよ。きみのおかげで、今後もがんばってみる気になった」

瑞希は堪えきれず、声を詰まらせ泣いていた。これが緊張の糸の切れた瞬間か、そう実感した。

なぜ自分がああまで過労死を追及しようとしたか、いまになって理由がわかる。菊池裕美の妄想に生じた無意識のサインと同じだった。瑞希自身も過労死の危険に晒されていた。心のどこかで気づいていたにちがいない。資料室で過労死に関する映像を観てから、ずっと熱心だった。報告書のための調査、その範疇を逸脱しても、過労死について突き詰めたかった。

いまその答えがでた。他人のためだけに戦ったのではない、自分のためにも戦っていた。生き延びようとしていた。瑞希はそう実感した。

「水鏡君」江島が感慨深げにいった。「職場は戦場だ。考えてみれば、国家公務員の私たちは平和な時代の兵士なのかもしれない。過労死問題において、きみは一矢を報いた。未来へ希望をつないだ。これまで命を落とした職員たちも、きっと喜んでいるだろう」

35

夜九時、梶原駅近くの道草食堂に、まだ客の姿はない。

板前法被を着た水鏡勇司は、ようやく仕込みをあらかた終えたところだった。肉や野菜を切っておき、均等にポーションしておく。袋に入った食材はタッパーに移す。

本来ならもっと早くやっておくべきところだが、この店ではちがう。

妻と娘が帰宅後、カウンターで夕食をとる。家族への食事は賄い(まかない)ではない。手を抜かずしっかり作る。ふたりは時間差をおいて帰ってくるのがふつうだ。よって、食事もたいていひとりずつになる。きょう瑞希はずいぶん早く帰宅したが、妻の優子はさっき食べ終わったばかりだ。

優子がエプロンを身に着ける。これからの時間、夫婦で店を切り盛りする。

勇司は高い場所にあるテレビを見上げた。先週観た覚えのあるドラマが始まっていた。

「おい」勇司はいった。「これ、瑞希が観たがってたやつだろ」

優子が顔をあげて画面に目を向けた。「あー、そうだっけ」

「瑞希、呼んできたら」

優子はお通しを作るのに追われていた。細切りしたチクワとピーマンを小皿に分け、麺つゆとごま油を注ぐ。「あと一分まって」

「そんなこといって、もうドラマ始まってるんだからさ」勇司は階段へと向かった。二階へ呼びかける。「おい。瑞希」

返事はなかった。勇司は階段を登っていった。瑞希の部屋のドアをノックする。

「ドラマ観ないのか」

静まりかえっている。食事を終えてからは、でかけていないと思ったが。勇司は声をかけた。「開けるぞ」

そろそろとドアを開ける。室内は消灯していた。ベッドのフトンが膨れあがっている。端に瑞希の寝顔がのぞいていた。熟睡しているようだ。まだ小さかったころを思い起こさせる、あどけない寝姿だった。投げだされた両腕に、パジャマの袖が見てとれた。とっくに着替えていたらしい。

階段を登ってくる音がした。優子が室内を眺めた。「ああ。さっき歯磨いてたと思ったら、もう寝てる」

勇司は優子と顔を見合わせた。ドアをゆっくりと閉める。足音をしのばせて階段を下りた。

瑞希はずっと眠れない夜を送っていたはずだ。どんな変化があったのかはわからない。しかし勇司は、思わず泣けてくるほどの嬉しさを嚙みしめていた。ようやく娘が安らぎを得た。騒々しい客を迎えるぐらいなら、このまま看板にしてしまってもかまわない。

36

国は危機管理という言葉に弱い。金を引っ張るなら、そこを刺激するのが最も手早く確実だった。

株式会社通信総合研究所、取締役の樫原庸路は、雑然としたオフィスで来客を待っていた。半ば倉庫のように物で溢れかえっているのは、中小企業の常だ。もちろん片付けなかったのには理由がある。樫原の後ろにある大きな段ボール箱を、めだたなくするためだった。

社名自体が、国立研究開発法人である情報通信研究機構の前身、通信総合研究所をそのまま模倣していた。専門機関の組織名をうろ覚えの役人たちに効果がある。省庁への緊急課題の申しいれが受諾されやすい。国の経費を狙う立場からすれば、手慣れた裏技のひとつだった。

ドアが開いた。カモ、いや客が通されてきた。三人とも官僚らしくスーツに身を包んでいる。丸顔で太りぎみの初老は、経済産業省大臣官房の参事官、牛久(うしく)だった。それよりいくらか若く、いつも疑い深そうな面持ちの中年が、サイバーセキュリティ・情報化審議官の井草(いぐさ)。そして文部科学省、研究公正推進室の須藤。彼は線の細い若者にすぎなかった。

　事実、ここ数ヵ月の研究公正推進室は、まるで恐るるに足らない。いまは四月だが、今年に入って以降、不正研究や捏造は世間の槍玉(やりだま)にあがっていない。この部署でやり手だった下っ端の女性職員が、過労で異動したかららしい。官僚の集まりなど、しょせん保守的にならざるをえない。むろん樫原にとっては好都合だった。

　三人とは何度も顔を合わせている。樫原は立ちあがっておじぎをした。「わざわざご足労いただき、ありがとうございます」

「こちらこそ」牛久が大判の封筒から書類の束を取りだした。「返却する。意見書はこれで四度目だったな？　その都度お返ししてきたが」

「どうぞおかけください。書類をご返却なさったからといって、この問題を軽視しておられるわけでもないでしょう」

　テーブルをはさんだ向こう側で、三人が並んで腰かけた。

　須藤が遠慮がちに告げてきた。「あのう。研究公正推進室のほうでも、意見書を拝読しまして、NISTEPの専門家にも相談したのですが……。たしかにおっしゃるようなモバイル機器への自動ハッキングは、理論上ありうるとは思いますが、現状どのキャリアも対策を講じており、問題ないのではという話でして」

井草も険しい顔つきでいった。「携帯電話に特殊な機器を近づけただけで、なんの操作もないにもかかわらず、データを電波で読みとってしまう。事実なら非常に由々しきことです。私どもも対策の必要性を議論してきました。しかしキャリア各社や専門家がみな、不可能と口を揃えております。なら国として、なにか手を打つこともないかと」

樫原は心外だという顔をしてみせた。「それをおっしゃるために、わざわざお越しになったんですか」

牛久も仏頂面だった。「樫原さん。情報セキュリティを重視するあなたの姿勢は大変尊重している。だから私も、最後に自分で出向く気になったんだ。これからもわが国の通信技術全般の発展向上のため、ご尽力いただきたい。しかし今回は、大変申しわけないが提案を見送らせていただく」

樫原は反論した。「モバイル時代最大の危機ですよ。誰も気づいていなかった致命的なセキュリティホールがあって、それを突く方法が存在するんです。実際、外国人不法滞在者のあいだに、専用の機器がでまわっているともききます」

　須藤がおずおずといった。「そのセキュリティホールですが、NISTEPの話では、たしかに理論上は脆弱性ととらえられるけれども、実際にはさまざまな暗号化プロセスを経て守られているので、アクセスするのは不可能とのことで」

「わかりました。実例をお目にかけたほうがいいようです。牛久さん、携帯電話をお持ちでしたら」

　牛久が懐からスマホを取りだし、樫原に渡してきた。「指紋ロックがかかっとるよ」

「もちろん、それで結構です」樫原はタブレット端末をしめした。「この機器は中身を改造してあります。近くにあるモバイルからデータを傍受できます」

　タブレット端末を牛久に渡す。三人はそれを眺めまわした。

　しばし三人の視線が逸れた。樫原にとっては充分な間があった。最後にタブレット端末を手にした須藤が、樫原に返却してくる。

　須藤が苦笑した。「なんの変哲もないタブレット端末に見えますけど」

「でしょうね」樫原はうなずいてみせた。「でもこれをご覧ください」

　テーブルに置いたスマホに、タブレット端末を近づける。するとタブレット端末の画面に、静止画が現れた。パーティー会場のもようだった。牛久のほか、同世代の男性たちが写っている。さらに、家族とおぼしき集合写真。飼い猫。旅行先の風景。次々と画像が映しだされていく。

牛久が目を丸くした。「私が撮った画像だ」

画面が切り替わった。今度はメールの書面が一通ずつ表示された。

「おい」牛久はあわてたようすで、タブレット端末の画面を手で覆った。「これは……困る。私のプライベートだ」

井草が驚愕のいろを浮かべていた。

須藤も茫然とした顔でつぶやいた。「まさか。本当に読みとれるんですか」

「ええ」樫原は自信満々にタブレット端末を差しだした。「指紋やパスワードのロックも関係ありません。USBケーブルでつなぐ必要もないんです。カバンにしのばせて近づいただけで、相手のスマホから情報を抜きとってしまいます」

井草がタブレット端末を受けとり、真顔でいった。「牛久さん。これは放置できない問題です。まさしく百聞は一見にしかずでした。こうしてテクノロジーが現実に存在する以上、国民に被害が生じる前に対策をとる必要があります」

「まったくだ」牛久も深刻そうにうなずいた。「状況を楽観視してたキャリアの技術陣は頼りにできんな。意見書のとおり、通信総合研究所に対策アプリの開発費を認めるのが、最も適切かもしれん」

三人の目がまたタブレット端末に注がれている。樫原はなにげなくテーブル上のスマホを手にとった。勝った、そう確信した。国から巨額の費用を得たうえで、なんの機能も持たないアプリを安くでっちあげればいい。それをインストールして、国民はみな安心を得るだろう。問題も起きない。携帯電話のデータを電波で盗むなど、もとより不可能なのだから。

ところがそのとき、ふいに女の手が伸びてきた。スマホをひっこめようとする樫原の腕をつかんだ。

鳥肌が立った。樫原は息を呑んだ。三人もはっとしたようすで、こちらに目を向けた。

樫原は近くに立つ女を見上げた。色白の小顔に大きな瞳がじっと見つめる。長い髪のレディススーツがそこにいた。

額に汗が滲むのを感じた。樫原は女を見つめた。「なにするんだ」

女が冷やかにいった。「そのスマホ、どうする気ですか」

「どうするって……。牛久さんのだから、返すんだよ」

「本当に？」女は疑わしそうにつぶやくと、自分のスマホを取りだし、タッチパネルを操作した。耳もとに当てている。電話をかけているようだ。

まずい。樫原が肝を潰したとき、背後にある段ボール箱から着信メロディがきこえてきた。

牛久が眉をひそめた。「私の着信音だ。どうしてそのスマホが鳴らない」

女は樫原の背後にまわった。段ボール箱を両手でつかみ、片足をかけると、力ずくで押してごろりと転がした。

「うわっ」男の悲鳴があがった。段ボール箱は半回転し、なかに潜ませておいた社員がもんどりうって出現した。

三人が立ちあがった。牛久が目を瞠った。「なんだこれは！」

地獄絵図としかいいようがない。樫原は言葉を失いたたずんだ。

女が段ボール箱のなかからスマホを拾いあげた。「こっちが牛久さんのスマホです。前に顔を合わせてるから、樫原さんも機種を把握してた。同じ物を用意してあったんです。タブレット端末に注意を向けておいて、スマホをこっそり後ろの段ボール箱の切りこみに挿しこみ、すり替えた」

井草がタブレット端末を女に向けた。「ここに表示された内容は？」

女はまた段ボール箱のなかに手を伸ばした。別のタブレット端末を取りだす。「これで牛久さんのスマホ画面を撮影し、送信したにすぎません」

牛久は目を白黒させていた。「だが私のスマホは、指紋ロックがかけてあったんだぞ」

さらに一枚の紙が段ボール箱から拾われる。親指の指紋が拇印のように黒々と印刷されていた。女がいった。「いままで何度も意見書を返却したとおっしゃいましたよね？　紙の表面にアルミの粉末をまぶせば、蛋白質に付着するので指紋が検出できます。ＡｇＩＣという導電性のインクでコピーして、スマホのボタンに押しつければ、センサーが親指と錯覚してロックが解除されます」

牛久の顔面は憤りに紅潮していた。「樫原君。どういうことなんだこれは！」

井草が身を翻し、ドアへ駆けだしながらいった。「警察を呼びます」

樫原にとっては、死の宣告に等しいひとことだった。思わず両手で頭を抱える。女を見つめ、怒鳴らずにはいられなかった。「誰なんだ！」

須藤が落ち着いた声で告げてきた。「紹介します。研究公正推進室の水鏡瑞希です」

頭のなかで、試合終了のゴングがけたたましく鳴ったかに思えた。樫原は愕然としながら、弱々しく嘆いた。「過労で異動したんじゃなかったのか」

瑞希が醒めたまなざしでじっと見つめてきた。「充分休んで復帰しました。樫原さん、胸にしっかりと刻んでください。省庁から支払われる研究費は、国民の税金ですよ」

解説

細谷正充
（文芸評論家）

本書『水鏡推理Ⅵ　クロノスタシス』を開いた途端、大いに驚くことになった。少なからぬ読者も、私と同様の気持ちになったことだろう。だって、そうじゃないか。いきなり、

本書は過労死について描いている　その意味で「人の死なないミステリ」ではない
劣悪な職場環境による過労死が根絶されるよう強く願う

という一文が、掲げられているのだ。松岡圭祐の「水鏡推理」シリーズといえば、「万能鑑定士Q」や「特等添乗員α」シリーズと同じく、「人の死なないミステリ」という点を、作品の特色としてきた。それなのに、この一文である。たしかに物語の時

間軸の中では、人が死なないが、わざわざシリーズの特色を捨ててまで、過労死を題材としたのはなぜか。それは過労死や過労自殺に対する、作者の怒りがあったからだろう。この点を踏まえながら、まずは物語の内容に踏み込んでいきたい。なお、シリーズといっても各作品は独立しており、本書から読み始めても何の問題もないことを、付け加えておく。

前作で、「研究における不正行為・研究費の不正使用に関するタスクフォース」から、研究公正推進室に異動となり、すぐさま核融合研究の不正を暴いた水鏡瑞希。そんな彼女のことを知り、助けを求めようとする女性がいた。文化財部の美術学芸課、学芸研究室に配属されている菊池裕美だ。文化庁の京都移転が決まり、残業続きの学芸研究室は、独善的な室長の尾崎寛樹によって、理不尽な仕事が増えていた。そして裕美と仲のよかった同僚の秋山恵子が過労死したのである。恵子に残業等を強いた尾崎だが、責任を認めようとはしない。その事実を瑞希に暴いてほしいと、裕美は期待していたのだ。

その瑞希は、総合職の須藤誠と組んで、菅野祐哉医学博士が開発した過労死の危険度を数値化できる〝過労死バイオマーカー〟の評価を決めるため、内容を調査し、報告書をあげることを命じられた。期間は三日。総合職にしては気のいい須藤と始めた調査で、過労死バイオマーカーに問題は見当たらなかった。また、すでに省庁勤務職員は検査を受けているが、九ヵ月以内に亡くなった三人の数値は高く、過労死の疑いが強い。過労死バイオマーカーの評価を補強するため、亡くなった三人のうち、財務省主計局の主査だった吉岡健弥について調べることにした瑞希。鎌倉の由比ヶ浜で死んでいた吉岡の件は、過労死自殺として、週刊誌にも書き立てられていた。婚約者の松浦菜々美との関係は良好と、私生活に問題は見つからない。やはり自殺の原因は仕事での過労か。どうやら上司の理不尽な圧迫により、徹夜で残業しないと消化できない量の仕事を押しつけられていたようだ。同僚が過労死したことから、過労死問題を憎み、いまも大手商社アルカルクの女子新入社員の過労死疑惑の捜査にかかわっている、警視庁の矢田洸介警部補の協力を得てまで、真実を見極めようとする瑞希と、それに引っ張られる須藤。だが彼らの行動は、やがて省庁に睨まれ、警察に監視される事態へと発展していくのだった。

　水鏡瑞希、二十五歳。阪神・淡路大震災で祖母と弟を失い、いまは父母と共に東京で暮らしている。文部科学省の職員だが、総合職ではなく、使い走りの一般職。しかし鋭い推理力で何度も科学技術の不正を見抜き、意外と有名になっている。そんな彼女の活躍が、実に痛快だ。なぜ、これほど読んでいて気持ちいいのか。明確な理由がある。瑞希の推理が、ジャイアント・キリングになっているからだ。ちなみにジャイアント・キリングとは、スポーツなどで、格下が格上を倒したときなどに使われる言葉だ。人気サッカー漫画『GIANT KILLING』で、広く知られるようになった。

格下が格上を倒す。エンターテインメント作品の主人公を魅力的に描く、重要な方法論である。いうまでもなくミステリの世界でも、何度も使われてきた。一例として、テレビドラマの『刑事コロンボ』を挙げよう。ピーター・フォーク扮するロサンゼルス市警殺人課の刑事コロンボは、よれよれのコートにぼさぼさ頭。時にはホームレスと間違われるような、冴えない男だ。上流階級や有名人の犯人からは、常に、侮られている。しかしストーリーが進むにつれ、鋭い推理能力により、犯人を捕まえるのだ。侮っていたコロンボに、格上の相手が追いつめられていく様が、とにかく愉快痛快。『刑事コロンボ』の絶大な人気は、ミステリとしての面白さに加え、主人公のジャイアント・キリングがあるからだといっていい。

その魅力を作者は、水鏡瑞希に与えた。注目すべきは、省庁における、彼女の立場である。同じ国家公務員といっても、総合職と一般職では、その立場に開きがある。一般職は事務員として、総合職から見下されている。また、瑞希が仕事でかかわる相手は、科学者や会社社長など、世間的な地位の高い人物が多い。まさに下っ端なのだ。

でも彼女には、驚異的な推理力があった。不正を許してはならないという、熱い信念があった。それが瑞希を、どこまでも走らせる。困難な状況に陥り、時に涙しながらも、ぜったいに諦めない。推理力を駆使して、真実に迫る。そして結果的に、地位や能力に驕(おご)った者たちを、やり込めるのである。だからこのシリーズは、痛快きわまりないのだ。

さらに、瑞希が過労死問題にこだわる理由にも留意したい。本書のラストちかくで瑞希自身が気づいた理由は、納得のいくものであった(しかもそれが、物語のテーマと直結した、最後のサプライズになっているのが心憎い)。でも、それとは別の思いもあったのではないかと、勝手に想像してしまう。鍵となるのは、阪神・淡路大震災だ。先にも触れたように、瑞希が祖母と弟を失うことになった天災である。その傷跡は、いまも一家に残っている。

人間の力ではどうにもならない天災によって、愛する者を失った瑞希は、だから自分が手を伸ばせば防げるかもしれない人災に、果敢に立ち向かっていく。しかも今回の過労死問題は、直接的に人の死と繋がっている。だからこそ瑞希は、この調査にの

め り込んでいったのではないか。そんな風に感じているのである。
さらにいえば、『水鏡推理V　ニュークリアフュージョン』で、瑞希がこんなことを思うシーンがある。

「仕事とは学ぶ機会だ。意味のない職務はない。苦労が誰かを幸せにする。なかなか成果に至らずとも、耐えてつづける価値がある。理不尽なことがあろうとも、悩みを抱えようとも、きっと道は開ける。そんな人生だから、失敗も悪くない」

嫌なことも辛いこともあるが、仕事には意味がある。でも、人を過労死や過労自殺に追い込む仕事は必要ない。年間、どれだけの人が過労死や過労自殺によって亡くなっているのか。はっきりした数字は分からないが、けして少なくはないはずだ。それが常態化している国に、未来があるのか。ある訳がない。作品を読み進めるうちに、これを訴えずにはいられないという、作者の熱意が伝わってくるのである。
もちろんミステリとしての面白さも抜群だ。メインで扱われているのは、吉岡健弥の過労自殺の一件だが、ある人物に関する不可解な事実が浮上してきてからの展開は、ページを捲る指が止まらない。何がどうなっているのか分からないままに事態がエスカレート。省庁や警察が敵になったかのような四面楚歌の状況で、とんでもない真相が暴かれるのだ。凄い凄い、凄すぎる！　そういう方向に話を持っていくとは思わなかった。読者を翻弄する、作者の手腕に脱帽だ。

しかもこれで終わりではない。さらに過労死バイオマーカーと、秋山恵子の過労死の件に関しても、意外な事実のつるべ打ち。一冊の中に、どれだけネタをぶち込むのかと、啞然呆然である。でも、これだけ物語の密度が濃いからこそ、人気シリーズになっているのだ。貪欲な読者の期待に、作者は見事に応えてくれたのである。

さて、物語の後半で瑞希は、ある人物に「一喜一憂以外、人生になにがあるんですか」といいながらも、

「いいえ。すべての不幸を踏まえて未来は築かれます。理想の実現は、案外近いかもしれません」

と、希望を信じた言葉を口にする。本書のみならず、シリーズで描かれてきた犯罪は醜く、現代の日本の抱える問題が、これでもかと剔抉される。それでも世の中が、よりよき方向に行く可能性があると思えるのは、瑞希という存在に作者が希望を託し

ているからだ。水鏡瑞希がいる。彼女の影響を受けた、須藤誠のような人もいる。ほんの少しずつでも、主人公から発せられた波紋は、確実に広がっている。そして瑞希のジャイアント・キリングが続く限り、さらに波紋は大きくなっていくのである。

最新作
『籠城の箱庭』
松岡圭祐
2017年4月14日刊行

本書は講談社文庫のために書下ろされました。

この物語はフィクションです。登場する個人・団体等はフィクションであり、現実とは一切関係がありません。

|著者| 松岡圭祐　1968年、愛知県生まれ。デビュー作『催眠』がミリオンセラーになる。代表作の『万能鑑定士Q』シリーズと『千里眼』シリーズ（大藪春彦賞候補作）を合わせると累計1000万部を優に超える人気作家。『万能鑑定士Q』シリーズは2014年に綾瀬はるか主演で映画化され、ブックウォーカー大賞2014文芸賞を受賞した。2017年には第2回吉川英治文庫賞候補作となる。累計100万部を超える『探偵の探偵』シリーズは2015年に北川景子主演でテレビドラマ化された。両シリーズのクロスオーバー作品『探偵の鑑定』（Ⅰ・Ⅱ）を2016年春、『Q』シリーズの完結巻『万能鑑定士Qの最終巻　ムンクの〈叫び〉』を2016年夏、ともに講談社文庫より刊行した。本書は2015年秋より刊行が開始された『水鏡推理』シリーズの第6弾。著書には他に『ジェームズ・ボンドは来ない』『ミッキーマウスの憂鬱』などがある。

水鏡推理（すいきょうすいり）Ⅵ　クロノスタシス

松岡圭祐（まつおかけいすけ）

定価はカバーに
表示してあります

2017年2月15日第1刷発行

発行者――鈴木　哲
発行所――株式会社　講談社
東京都文京区音羽2-12-21　〒112-8001
電話　出版（03）5395-3510
　　　販売（03）5395-5817
　　　業務（03）5395-3615

デザイン―菊地信義
本文データ制作―講談社デジタル製作
印刷――――大日本印刷株式会社
製本――――大日本印刷株式会社

Printed in Japan

ISBN978-4-06-293611-8

講談社文庫刊行の辞

二十一世紀の到来を目睫に望みながら、われわれはいま、人類史上かつて例を見ない巨大な転換期をむかえようとしている。

世界も、日本も、激動の予兆に対する期待とおののきを内に蔵して、未知の時代に歩み入ろうとしている。このときにあたり、創業の人野間清治の「ナショナル・エデュケイター」への志を現代に甦らせようと意図して、われわれはここに古今の文芸作品はいうまでもなく、ひろく人文・社会・自然の諸科学から東西の名著を網羅する、新しい綜合文庫の発刊を決意した。

激動の転換期はまた断絶の時代である。われわれは戦後二十五年間の出版文化のありかたへの深い反省をこめて、この断絶の時代にあえて人間的な持続を求めようとする。いたずらに浮薄な商業主義のあだ花を追い求めることなく、長期にわたって良書に生命をあたえようとつとめるところにしか、今後の出版文化の真の繁栄はあり得ないと信じるからである。

同時にわれわれはこの綜合文庫の刊行を通じて、人文・社会・自然の諸科学が、結局人間の学にほかならないことを立証しようと願っている。かつて知識とは、「汝自身を知る」ことにつきていた。現代社会の瑣末な情報の氾濫のなかから、力強い知識の源泉を掘り起し、技術文明のただなかに、生きた人間の姿を復活させること。それこそわれわれの切なる希求である。

われわれは権威に盲従せず、俗流に媚びることなく、渾然一体となって日本の「草の根」をかたちづくる若く新しい世代の人々に、心をこめてこの新しい綜合文庫をおくり届けたい。それは知識の泉であるとともに感受性のふるさとであり、もっとも有機的に組織され、社会に開かれた万人のための大学をめざしている。大方の支援と協力を衷心より切望してやまない。

一九七一年七月

野間省一

水鏡推理V ニュークリアフュージョン

現役キャリアも注目の問題作！

異動先の文科省最前線部署でも災いに巻き込まれるノンキャリの問題児・水鏡瑞希。彼女は何者かに拉致され、核融合プロジェクトには巨額の予算が計上される。瑞希が暴く悪とは？

定価680円（税別）

ISBN978-4-06-293556-2

探偵の鑑定I

「万能鑑定士Q」「探偵の探偵」二大シリーズの決着点

秘密交際クラブで、超高級バッグを囮にした連続詐欺事件が発生。対探偵課探偵・紗崎玲奈と万能鑑定士・凜田莉子が、並外れた探偵力と鑑定眼を発揮する規格外のコラボ小説。

定価620円（税別）

ISBN978-4-06-293349-0

探偵の鑑定II

莉子と玲奈、二人が向かうのは光か闇か？

暴力団の罠に玲奈が気づいた時には、莉子は既に誘拐されていた。元暴力団員だと告白した須磨の真意とは。二人が最後に向かうのは、人の死なない世界か、正義も悪もない世界か？

定価680円（税別）

ISBN978-4-06-293350-6

万能鑑定士Qの最終巻 ムンクの〈叫び〉

「万能鑑定士Q」シリーズ完全完結！

国際鑑定機関からの誘いを断りリサイクルショップで働く凜田莉子。編集者から探偵となった小笠原悠斗。再出発を果たした元恋人たちを再び近づけたのは、あの名画盗難だった。

定価680円（税別）

ISBN978-4-06-293474-9